向井康介

Osaka University of Arts

Kosuke MUKAI

Destroyers Come from the West.

大阪芸大

破壊者は西からやってくる

東京書籍

向井康介

Kosuke MUKA

大阪芸大

破壊者は西からやってくる

troyers Come from the West.

University of Arts

Osaka Univers

Destroy

CONTENTS

異能者たちの大阪芸大——出身者が語る

大阪芸術大学
11

大芸再訪——鬼畜大宴会のころ

大芸再訪――序にかえて

大阪芸術大学は大阪府の南部、南河内郡河南町にある。この本を編むにあたり、とにもかくにも一度行ってみないことには何も始まらないと考えた東京書籍の編集者・金井亜由美さんと藤田六郎さん、そして書き手の僕は、ある秋の早朝、東京駅に集まった。僕と同じく、金井さんも大阪芸大の卒業生であり、藤田さんは大阪芸大でこそないが、芸術系の大学を出ているという点では共通していた。

一八歳から二二歳までの、大阪南部の辺境で過ごしたあの四年間の思い出を、いつか書いてみたいとずっと思っていた。特別な何かになりたい、そんな曖昧な欲望だけを頼りに学門をくぐり、表現の迷宮に翻弄され続けた日々のことだ。

けれど、それは自分じゃないとも思っていた。根拠のない自信に満ち溢れているくせに、見えない未来に対して不安でいっぱいで、ものを表現しようにも未熟な術では形にならず、ただ苛立っているしかない。そんな僕のような、当時なんら特別な素質や経験を持ち合わせていなかった人間に、あの時代のことを書く資格などあるはずはない。僕は湧き上がる欲求を日々の忙しさで覆い、うまくごまかしながら、日に日に遠くなってゆくあの頃を時折思い出しては、くすぐったいような懐かしさを持て余していた。

その転機はふいに訪れた。

「大阪芸大の本を作りませんか？」

メッセンジャー経由でそんな連絡をくれたのは、金井さんだ。彼女は大阪芸大の一つ年上の先輩だった。金井さんは文芸学科で、僕は映像学科。専攻は違っていたけれど、90年代後半の一時期を、同じ景色を見ながら生きてきた。

「私にとっても大事な四年間だった」

と金井さんは言った。自分の人生を俯瞰する時、あの四年間を中心に、区切りとして捉えてしまう。いつも、ついこの間のことのように思っては、そうではないのだと寂しくなってみたり。

同じような思いを持つ卒業生はどれだけいるだろう。

「友人や仕事仲間、同僚に、美大を卒業した人はたくさんいるんですけど、人間として考えると、大阪芸大を卒業している人が一番面白いと僕は思うんです」

と、もう一人の編集者である藤田さんは言う。

大阪芸大とは何なのだろう。他の美術・芸術系の大学と何が同じで、どこが違うのだろう。大阪芸大を「アンチエリートの密林」と藤田さんは名付けた。そうかもしれない。あんなに隔離された畑だらけのウェイストランドに四年間も放り出されたら、育つのはルサンチマンだけだ。

確かに大阪芸大は一つの「村」だった。学門の中だけが大阪芸大ではない。僕らに言わせれば大学を取り囲む四方の町もまた大学の敷地だった。河南町を歩けば芸大生とすれ違い、コンビニに入れば芸大生が漫画を立ち読みしているし、レジで働いているバイトも芸大生だった。目につくアパートはどれも学生寮か学生専用アパートで、石を投げれば本当に芸大生の頭に当たる。

そんな広いのか狭いのかよくわからない環境が大阪芸大生を大阪芸大生たらしめるのか。それとも各学部の授業、講義、実習の中に独特な何かが隠されているのか。運さえあれば偏差値40を下回る人間でも入学できる私学のくせに、「大阪」と名がついただけで、日本で唯一の国立総合芸術大学「東京藝術大学」と双璧をなすエリートと勘違いされることもある大学。

大阪芸大とは何か？

その正体を、僕自身の学生生活を振り返りながら解き明かしてみようというのが本書の狙いだ。

一面的な答えが出るような簡単な問いかけではない。学生たちの入学の動機は人それぞれだ。はっきりした目的を持って入学してくる者。他の芸大に落ちて、滑り止めでやってきた者。わけもわからずうっかり入ってきてしまった者。きっかけが違えば、過ごし方も違う。過ごし方が違えば、大学に抱く感慨も違ってくるのが当然だろう。

果たして辿り着いた先に答えは見つかるのか、それは僕にもわからない――。

これから記すのは、あくまで僕の視点から見た個人的な四年間の記録である。数多いる大阪芸大の卒業生、年代によっても、それぞれにそれぞれの記憶と印象があるはずで、必ずしも僕の過ごした学生生活が主流ではないことを了承したうえで、読み進めてほしいと思う。

十一月の大阪は曇っていた。東京から東海道新幹線で一路新大阪についた頃は寒さも感じなかったのが、地下鉄御堂筋線から近鉄長野線の河内長野行に乗り継ぎ、南下するにつれて停車駅で開くドアからの冷気でしんしんと冷たくなる。近鉄長野線で乗り合わせた乗客のほとんどは若者だった。

「地方のローカル線にしては若者が多いですね」

と藤田さんが不思議がる。

「彼ら、きっとみんな芸大生ですよ」

と僕は答えた。案の定、僕らの目的地である喜志駅に到着すると、みんなぞろぞろと降りてゆく。ほらね、と藤田さんとうなずき合い、彼らに混じって電車を降りた。

十数年振りに見る喜志駅の風景は、記憶と照らし合わせると細部は間違いなく変わっていたけれど、大きな外形はそのままで、どうしても懐かしさが込み上げてくる。僕らは学生たちの足の流れに従い、大学専用の送迎バスに乗った。走ること10分ほどで、小高い丘の上に要塞のようなコンクリートむき出しの建物が見えてきた。それが大阪芸大だった。

送迎バスは大学の入り口の門を抜けて、坂道を登りきったところで止まった。僕が学生だったころ、バスは門の手前までしか行かず、坂を喘ぎながら登ったものだった。ヘビースモーカーの肺にはかなりきつく感じる傾斜で、確か学生たちからは「芸坂《げいさか》」と呼ばれていた。

事務局に挨拶をしたあとで学生食堂に入った。昔、溜まり場だったそこは随分と清潔感が増している。何より禁煙になったのが大きい。当時は食堂内が紫煙でけぶっていた。学生たちの着ているものも新しく、いかにも若者という感じがする。僕たちのころは、なんというか、もっと薄汚く煤けていたように思う。老けていた、と言うべきか。いや、単に金がなかっただけだろう。三日に一度は食べていたラーメンを注文してみたが、あのころと同じ味なのかどうか、最早判然としない。

昼食を食べ終えた僕らは、学内を散策してみた。大阪芸大の秋は紅葉が美しい。大学の背骨である天の川通りは、周りの校舎の壁が白く塗られている。一九九五年当時はコンクリートむき出しで、どこか寒々しかった。まもなく僕が在籍した映像学科の校舎、７号館が見えてくる。大木の脇をすり抜けて、劇場の方に上がってゆく。初めて見る運動場から折り返して、文系サークルの部室が並ぶ裏道の通りへ。部室はどこも閑散としていたが、ニューフォーク部の部室の前だけは楽器を背負った若者たちで賑わっていた。

歩けば歩くほどに、記憶の断片が不規則にいくつも脳裏をかすめ、消えてはまた別の欠片が湧いてくる。金井さんも、懐かしい、懐かしいと呟いては、スマートフォンで風景を写真に収めていた。頭の中いっぱいに宇宙の星屑のようにちらばった過去のピースをどのようにして一つのまとまった物語に昇華してゆけばいいのか。ここは正直に、入学したころから日を追って思い出しながら書き進めてゆくしかないように思う。

大芸以前

大学時代に話が移る前に、まずは僕がどうして大阪芸大に入学することになったのか、そのいきさつを簡単に記しておきたい。

映画を見るようになったのは父の影響だ。まだ小学校に上がる前、父に抱きかかえられながら、立ち見の映画館でスターウォーズを観たのを今でも覚えている。おまけに父は新しもの好きで、ＡＶ機器などを買い集めては、今でいうホームシアターのような空間を作って悦に入り、家族で旅行に行くときなどは、まだ肩に担ぐほどでかかったビデオカメラを抱え、一人で汗をかいていた。

僕が生まれた徳島県三好市（その頃はまだ三好郡）池田町は、四国の山あいにある相当な田舎町で、映画を観に行こうにも、映画館のある繁華街まで車で2時間もかかった。必然両親に連れて行ってもらうしかなかったのだが、ビデオデッキが一般家庭に普及し、レンタルビデオ屋が出現し始めると、自宅で一人でも映画を観ることができるようになった。本格的に観始めたのは中学生の頃。レーザーディスクも父は早々と手に入れ、僕も一緒に夢中になった。毎月心待ちにしていた雑誌は月刊『Ｒｏａｄｓｈｏｗ（ロードショー）』と月刊『ＳＣＲＥＥＮ（スクリーン）』。ハリウッドはスティーブン・スピルバーグ（映画監督［以下略］、一九四六年生）やジョージ・ルーカス（一九四四年生）が台頭し、ブロックバスター世代の洗礼を僕は一身に浴びた。友達と観に行くのは『ターミネーター2』や『ジュラシック・パーク』。技術の進化はとてつもなく早かった。

　高校時代はひょんなことからハンドボールに明け暮れた毎日になってしまったけれど、映画を忘れはしなかった。中学のころとは友達付き合いも変わり、映画好きが周りにいなくなったのが少しだけ寂しかった。それと反比例するように、衛星放送ではＷＯＷＯＷチャンネルが始まり、様々な映画に触れる機会が格段に増えた。僕は気になる映画を片っ端から録画して、貪るように観ていた。

　やがて進路を考えなければいけない時期になったが、さしてしたいこともなく、目指すものも見つからず、ただ実家に居続けることだけは嫌で、四国を離れて都会に出てみたいと思っていた。

　そのころ、お笑いコンビのウッチャンナンチャン（一九八五年結成、内村光良《うちむらてるよし》と南原清隆《なんばらきよたか》によるお笑いコンビ）が好きで、彼らのテレビ番組をよく見ていた。オールナイトニッポンも毎週欠かさず聞いていた。

　ある夜、いつものように彼らのレギュラー番組を見ていると、ウッチャンこと内村光良さんが日本大学芸術学部映画学科を本気で受験するという企画があった。そのとき、映画を教える大学があるんだということを、僕は初めて知った。その手があったか、と思ったけれど、都会に出たいとは言ったものの、四国の山奥に暮らす童貞にとって東京ははるかに遠く、そして怖すぎる。もっと近くにないものかと調べてみると、大阪にも一つだけあることがわかった。それが大阪芸大の映像学科だった。

映像学科と呼ばれるくらいだから、そこに集まる人たちは当然映画が好きだろう。たくさん見ているに違いないし、いろんな作品の話ができるだろうな。そう思うと俄然行きたくなってきた。徳島から瀬戸内海を渡ってすぐの距離ながら、西日本最大の都市である大阪。都会に出たい思いも叶う。何より僕は映画について話せる友達が欲しかった。

しかし、受験するといっても、映像なんていう学科、どんな試験内容なのかさっぱりわからない。本屋で赤本を開くと、カリカチュア（戯画）だの映像における小論文だの、読んでもよくわからない。というか余計にわからなくなった。

途方に暮れていると、徳島市で行われる各地の大学説明会に大阪芸大も参加するという知らせを聞きつけた。藁をも掴む思いで会場のあわぎんホールに向かい、映像学科に入りたいことを告げると、担当してくれた職員の男性は、たった一言、「『キネマ旬報』と月刊『シナリオ』という雑誌があるから、それを読みなさい」とだけ言ってめんどくさそうに僕を追い払った。

『キネマ旬報』は池田町の本屋にもあって何度か買ったことはあったが、『シナリオ』というものは読んだこともなければ、見たことすらない。仕方がないので大阪の親戚に連絡を取り、大型書店を調べてもらった。数日後に届いたその雑誌で、僕は生まれて初めてシナリオというものを読んだ。それから毎月送ってもらうことにした。筒井《つつい》ともみ（一九四八年生、脚本家）の『1 9』や、じんのひろあき（脚本家、劇作家、『櫻の園』など）の『月より帰る』、野沢尚《のざわひさし》（一九六〇―二〇〇四年、脚本家、小説家）の『集団左遷』などを読んだ覚えがある。何をどう読んで、何がどう面白いのか、さっぱりわからなかったけれど。

気になる坊主——高三、十一月

映像学科を受けようとしている同級生が同じクラスにもう一人いた。特に親しい間柄ではなかったけれど、共に奥田民生《おくだたみお》（一九六五年生、ロック・ミュージシャン、UNICORNのボーカル）が好きで、その頃出た新曲の話で盛り上がった。A面の『愛のために』ももちろんいい曲だけど、B面の『愛する人よ』の方が民生っぽくて素晴らしいと二人とも同じことを思っていた。彼はことさら映画が好きというわけでもなかったが、とにかくそういう方面に進みたいという思いだけはあるらしかった。正直一人で受験するのは心細かったので、僕は嬉しかった。そして十一月、そのイワサキくんという同級生と一緒に、僕は大阪芸大の推薦入試を受けた。

推薦入試は一般教養試験がなく、映画についての筆記試験と実技試験の二つがあり、それぞれ午前と午後に分かれていた。試験時間は45分くらいだったように思う。試験の始まる前、琥珀の色眼鏡をかけた、背の低い、けれどやたらに貫禄のある初老の男が入ってきて、「まあ、落ち着いて、精一杯やるように」

とみんなに声をかけた。励ますくらいだから教授か何かに違いないが、僕にはヤクザの親分にしか見えなかった。その初老のヤクザ風の男は、試験が始まると、長いシガレットホルダーにタバコを差し込んで煙を燻らせながら受験生の間を悠々と歩き、やがて静かに出て行った。紫煙の残る試験会場で、僕たち受験生は黙々と机に向かった。

筆記試験といっても、内容は、例えば右側に映画の作品名、左側に監督の名前がばらばらに並べられていて、作品と監督名を線で繋いだり、「映画の父と呼ばれた人は誰？」みたいな質問に答えたりするもので、まるでクイズを解いている気分だった。確か、翌年が映画誕生百年に当たるころで、それにちなんだ問題が多かったような気がする。

午後からは実技試験で、これはまず短い小話を読まされる。僕たちのときは確か「赤ずきん」を援用した童話だったと思う。その小話は途中で終わっていて、「さて、その後の展開はどうなったのか、６つの絵コンテと、セリフで表現しなさい」といったもの。要は６コマ漫画を書けというのである。

一体何をどう書いたら正解なのか、皆目わからない僕は最初、途方に暮れた。カンニングするわけじゃないが、他のみんなはどうしてるんだろうと軽く周りを見回すと、斜め後ろに座っている受験生に目が止まった。受験生のほとんどが私服で受けているのに、彼だけは詰襟の学生服だった。おまけに丸坊主で背が低く、見ようによっては中学生だ。彼は骨折でもしたのか、中指と薬指に添え木で包帯が巻かれた右手で、不器用に鉛筆を動かしている。僕も気を取り直して、仕方なく自分の答案に戻った。

試験を終わらせた足でイワサキくんとそのまま徳島に戻った。受かるかどうか、自信はまるきりなかった。翌年の一月には一般試験も行われるようだったが、そこでは数学、英語、国語の学科試験も含まれるそうで、高校三年間まったく勉強してこなかった僕は、推薦に落ちたら終わりだと思っていた。映像系の大学を調べていた中で、大阪に映画の専門学校があることも知り、そっちは10万円くらいの入学金だか契約金だかを払えば試験も何もなく入れることがわかっていたので、映像学科に落ちたらそこに行こうと決めていた。

そうして待つこと数週間、ある日、高校から戻ると、大阪芸大から僕に宛てて一通の大きな封筒が届いていた。開いてみると、合格通知が入っていた。喜ばない僕を見て、両親は不服そうだった。嬉しくないわけではなかった。ただ、まるで現実感がなかった。

翌朝、高校に行くと、イワサキくんが待ち受けていた。

「どやった?」

とイワサキくんは僕に訊いた。

僕は、

「受かった」

と答えた。イワサキくんは、そうかぁ、と呟いて、

「俺、落ちたわ」

と言った。その顔は無表情だったが、どこか青白かった。

一限目が始まり、二限目、三限目、昼休憩と時を過ごすうちに、合格したことがだんだんと

実感として胸の中に押し寄せてきた。そうか、俺は合格したのか。受かった喜びよりも、これでもう受験に悩まなくていいのだという安堵の方が大きかった。

次の日から、同じように進路の決まった同級生たちと前後を忘れて遊びまくった。未来なんて考える暇もない。そのときの僕には「今」しか見えていなかった。

入学――創美荘の四月

そうして年が明けた一九九五年の春。僕は大阪芸術大学芸術学部映像学科に入学した。ちょうど東京では地下鉄サリン事件が起こって人が死に、関西では阪神大震災が起こって街が死んでいた。僕の知らないところで世の中はいろいろとなんだか騒然としていた。

入学式の三日前に、両親の運転する車で僕は学生アパートに向かった。ハイエースにはひとり暮らし用の家具が後部座席いっぱいに詰まっていた。

学生アパートは大学のある河南町の隣、太子町という町の、町役場の真裏にあった。名前は「創美荘」といった。外廊下が剥き出した二階建ての建物で、僕の部屋は一階の１０６号室。六畳間のワンルームにユニットバスがついて、当時で確か三万六千円だったと思う。

到着したのは早朝で、せっかちな父と母は家具や台所用品などをがちゃがちゃと無遠慮に運び入れた。二人の無神経さに僕はただいらいらしていた。そして思った通り、その音で起こされたのか、二軒隣の窓が開いて、眠そうな目を擦りながらドレッド頭の男が何事かと顔を出した。ドレッド頭というのを僕はそのとき初めて生で見た。怖くて何も言えないでいると、父が、どうもすんません、と頭を下げる。ドレッド頭は、ああ、新入生の方ですか、よろしくお願いします、と礼をして、顔を引っ込めた。ドレッド頭にもいい人がいるのだなと、田舎者の僕は偏見を改めなければならなかった。

部屋は小一時間ほどですっかりできあがった。母がお茶を入れ、三人で黙って飲んだ。父は立て続けにタバコを二、三本吸った。そして母を見て、よし、行くか、と立ち上がった。母は黙って父に従った。

ハイエースの運転席に乗り込んだ父は、頑張れよ、と僕に言った。助手席の母はずっと心配そうな顔をしていた。二人の愛情が鬱陶しくて、早く一人になりたかった僕は、ぶっきらぼうに頷くばかりだった。

車が走り出し、路地の向こうに消え、父と母の姿が見えなくなると、途端に猛烈な寂しさが込み上げてきた。考えてみれば、本当に一人になったのは、その時が生まれて初めてなのだった。部屋に戻っても落ち着かない。僕は持ってきた父のお下がりのスクーターに乗って、ひとまず最寄りの駅前を目指した。細い道路の周りの至る所に田んぼや畑が広がっている。せっかく都会に出られると思ったのに、まるで騙された気分だった。まあ、その頃の実家は一番近くのコンビニまで車で50分もかかったから、実家よりはよっぽど都会だったけれど……。

大芸最寄駅（といっても徒歩50分）の近鉄長野線喜志駅に向かうつもりが、たどり着いたのは隣駅の富田林だった。スクーターを止めて、近鉄線に乗った。阿倍野に出ると、御堂筋線を経由して難波駅で降りる。難波は昔、親戚を訪ねて来たことがあった。

地上に出ると、まず人の多さに圧倒された。パチンコ屋、ゲームセンター、周りのそこかしこから喧しい電子音が鳴り響いている。そして大阪弁。憧れていた都会のはずだったのに、10分も歩くと心が息切れしてきた。ぐったり首をもたげると目の前に映画館があった。逃げるように駆け込むと、タイトルも見ないでチケットを買った。やっていた映画は『レオン』だった。

マチルダの可愛さに救われた僕は、這々の体で創美荘に戻った。夜の太子町は暗室のように真っ暗で、寝付くのに時間がかかった。

翌日、すでに街中に出る気力もなく、一人で冷凍チャーハンを温めていると、備え付けの電話が鳴った。後々わかったことだが、当時の創美荘の電話は外線でまずすべての部屋に電話がかかってきて、それを取った人間が内線でそれぞれの部屋に回すという、変な仕組みだった。僕が電話を取ると、ちょうど僕の部屋の真上の、206号室にかかってきたものだった。内線につなげるやり方がわからず、僕は受話器を上げたまま、206号室のドアをノックした。中から目の大きな痩せた男が顔を出した。電話がかかってきている旨を伝え、僕の部屋に呼んだ。要件はもう忘れてしまったが、彼は電話を切ると、そのまま僕の部屋に居座った。名前を玉置と名乗った。

玉置くん、通称たまちゃんは僕と同い年の新入生で、美術学科に入るのだと言った。僕よりたった二日ほど前に創美荘に引越しを済ませただけなのに、なんだかちょっと偉そうに先輩風を吹かせていた。コンビニのサラダについてくる、あの真ん中でパキッと割れるディスペンパックのドレッシングの開け方がわからなくて、自分に向けて開いてしまい、顔をドレッシングまみれにしてしまった僕を見たせいもあるかもしれない。たまちゃんは静岡県出身で、僕よりはるかに都会慣れしていた。

「ここの他の人たちには会った？」

「いや、まだ全然」

「そう。じゃ、近いうち紹介するよ」

近いどころか、その夜のうちにたまちゃんは再び僕の前にやってきた。実に馴れ馴れしい男だったが、寂しいから嫌な気はしない。

誘われるままに、二階のとある一部屋に入ってゆくと、ものの少ない六畳間にモヒカン頭をしたするどい目つきの男がいた。男は油で汚れた青いツナギを身にまとい、胡座をかいたその上に、ちょこんと、小さな女の子が座っていた。緑色したおかっぱ頭の、目と唇の薄い美人で、日本人形にそっくりだった。男はショージと名乗り、女の子はシバちゃんといった。

ショージさんは僕とたまちゃんより二歳年上で、ハーレーとブルースが好きだといい、シバちゃんの代わりにギターを抱えると、挨拶がわりに憂歌団《ゆうかだん》（一九七五年デビューのブルース・バンド）の歌を歌い始めた。そのいかつい顔つきからは想像もできないほど伸びやかな声で、僕はすっかり聞き惚れてしまった。モヒカン頭にもこんなに歌の上手い人がいるのだなと、田舎者の僕はまた一つ偏見を改めなければならなかった。気持ち良さそうに歌うショージさんの横で、緑のおかっぱ頭のシバちゃんは遠くを見つめながら黙ってタバコを吸っていた。緑色のおかっぱってなんだか気怠いんだなと、僕はまた一つ大人の色気を知った。

翌日、一応スーツを来て入学式のある大阪フェスティバルホールに向かったが、人の多さと華やかさに気圧されて、僕は1分で会場を後にした。まだまだ孤独を引きずっていた。

坊主との再会

本格的な学生生活が始まると、まずは総合ガイダンスが行われた。僕が入学した年の学生数は一六〇人ほどで、一度に行うには数が多すぎたのだろう。AクラスとBクラスに分かれ、僕はBクラスだった。半分になったとはいえ、講義室は学生たちでぎゅうぎゅうだった。Aクラスのガイダンスは昨日もう終わっているということだった。

授業が始まると、見覚えのある色眼鏡が入ってきた。受験のとき、試験会場でタバコを燻らせていた老人だった。

老人は中島貞夫《なかじまさだお》（一九三四年生）という名前で、教授だと名乗り、その日もタバコの煙を吐き出しながら、「まあ、君たちもこれからの四年間、ともかく何か掴めるように頑張ってくれ」というようなざっくりした声援を送ると、早々に教室を出て行った。

それから、助手というのか、講師のような男の指示で僕らはさらに六つの班に分けられた。学生たちは当然まだまだ他人同士なので五十音順でグループ分けができてゆく。どうやらAクラスとBクラスのクラス分けも五十音だったようだ。僕はマ行から始まる最後の班に組み込まれることになった。

ガイダンスの主な目的はこの班分けにあったようで、あとは授業の履修登録や授業概要などの確認だけで解散になった。あまりのあっけなさに所在をなくしながら講義室を出ようとすると、班の中でも一際背の高い、モッズコートを着た学生が、

「なあ、せっかく一緒の班になったんやし、みんなでお茶でも行かへん？」

と周りに声をかけた。同じ班の僕たちは誰ともなく顔を見合わせ、その森野という男の後に従った。

僕たちは学門の坂を上がったすぐのところにある図書館内の喫茶店に入った。森野順《もりのじゅん》、通称ジュンちゃんは滋賀の出身で、外見から想像した通り音楽が好きらしく、ギョロ目とは対照的なやわらかい口振りがみんなを気安くさせた。小さなテーブルを寄せ集めた円陣で安いコーヒーを飲みながら、それぞれの存在を新鮮な顔つきで眺めていた。一人ひとり立ち上がって自己紹介をするというようなことでもなく、聞かれるままに、聞きたいままに、ぼそぼそと言葉を交わし合う。

大阪弁、それも南の方の訛りのきつい男は村主《むらぬし》といって、そのするどい三白眼も相まって「ヌシって呼んでや」と頭を下げるだけで何か凄んでいるような圧迫感を見るものに与えた。高校ではラグビー部だったと言っていたから、そのせいかもしれない。

三重から来たという前田隼人《まえだはやと》、通称ハヤトは、浅黒い小さな顔に据わった目つきの似合うひょろっとした男で、みんなの口に上る映画の名前や音楽の話題すべてについていった。驚くほどの博学だった。

そしてもう一人、背が低くて足が太いのに、渋く着古したジーンズが妙に似合う坊主頭の学生に、僕は思い出すことがあった。

「あの、受験は推薦入試だった？　それとも一般？」

「俺は推薦で」

「試験のとき、学生服着てなかった？」

「あ、着てた」

「指、怪我してなかった？」

「あ、してた」

やっぱり受験の時に見かけたあの中学生みたいな男の子だった。彼は飄々とした顔で軽く頭を下げると、

「山下敦弘《やましたのぶひろ》です」

と名乗った。

十何人いた班の学生たちも一人減り、二人帰り、気がつくと、僕とヌシと山下くん、そして岸和田出身の白い顔をしたヤマノという学生だけになっていた。なんとなく帰るタイミングを逃した僕たちは、山下くんの誘いで、彼の寮に移動することにした。

山下くんの住む平和寮は、芸坂を降りて、学舎沿いの小道を三分ほど歩いたところにあった。大学の麓、急な丘陵を抉った側に佇む二階建てで、脇に小さなドブ川が流れていた。川を渡すように鉄板が敷かれた駐輪場にはSTEDやSRなど様々なバイクが置かれている。建物の真ん中を、入り口から裏口にかけて一直線に土足の廊下が貫き、その両脇に薄っぺらい木のドアが並んでいた。裏口の奥が共同の台所と浴場で、コンクリート床の寒々しさが刑務所の雰囲気を醸し出している。大学へと続く山の傾斜から林が屋根に覆い被さり、辺りは湿っぽく陰気で、またボイス・デ・ムドンという名の日当たり良好な高級学生マンションの真裏にあるという立地が、いたたまれなさに拍車をかけている。それが、僕が卒業までの四年間入り浸ることになる学生寮だった。

山下くんの部屋は一階の103号室だった。ニッセンで買ったような黒いデスクと14型のテレビデオ。壁には映画『パルプ・フィクション』の登場人物の写真が貼られていた。きっと『ロードショー』の切り抜きだった。

「『パルプ・フィクション』、やっぱみんな好きよなあ」

とヌシが言うと、よっぽど恥ずかしかったのか、山下くんは切り抜きをはがそうとしだした。僕らはそれを慌てて止めた。

小さなテレビデオの周りにビデオテープがいくつも積み重ねられていた。そのタイトルを眺めながら、映画の話をした。ヌシはヒップホップが好きだといい、その延長でブラックムービーに傾倒していた。スパイク・リー（一九五七年生）の『ドゥ・ザ・ライト・シング』は僕も大好きだった。女優の話になり、僕が、中学の頃シャルロット・ゲンズブールに熱病のようにハマっていたと言うと、まるで恋敵のように、俺も！　と山下くんが息巻いた。それが彼と意気投合した最初の出来事だったような気がする。

積み上げられた映画の中に、手書きのラベルが貼ってある一本を見つけた。マジックで猛々しく書かれたそれは『我ら天下を獲る！』と読めた。

「これ、高校のとき、友達といろいろ撮ったやつで……」

それは山下くんが地元の同級生たちと一緒に、暇にかまけて撮ったコント集というようなものだった。家で埃をかぶっていたＶＨＳ－Ｃを見つけ出したのをきっかけに撮り始めたそうで、一発芸やダジャレ、誰かのモノマネをただ繰り返すだけのふざけたものだったが、ヌシのツボにはハマったようで、初対面なのにヨダレを垂らして笑っていた。みんな地元の仲間なんだと、山下くんは誇らしげだった。

その日は日暮れ前に家に帰ったが、僕は山下くんの『我ら天下を獲る！』に軽い衝撃を受けていた。ビデオにはコントのほかに、『ロボコップ』や『ビー・バップ・ハイスクール』、『ゾンビ』などを模したストーリー性のある長尺のものもあり、なんと編集までされていたのだ（後で聞くと、編集機器もないので、ただ順撮りで撮り繋いでいっただけだったそうだ）。今思い返すと他愛もない、物語はオマージュというよりほとんどパクりにしても、衣装やロケ場所など、あるものを寄せ集めて何とかそれ風に見せようという熱意は十分に映っていた。

僕の実家にももちろんビデオカメラはあった。父の新しもの好きもあって、それも性能のいいものが。けれど僕はそれを使って何かを撮ってみようとは思わなかった。僕にとって、それまで映画は観るものだった。それを、山下くんはすでに意識的に使っている。

僕は胸の奥がざわざわと音を立てて波打つのを感じていた。でも、それ以上のことをまだまだ想像することはできなかった。

教授と講義

学生生活が始まったところで、講義内容を少し思い出してみよう。あくまで僕が受けた授業なので、一部抜粋になってしまうのはご了承願いたい。

総合教育科目、つまり一般的な教養課程で覚えているのは、語学では英語とフランス語と中国語。どれも三日で行くのをやめてしまった。他に倫理学と、詩についての授業があったが、授業名は覚えていない。たしか萩原朔太郎《はぎわらさくたろう》の作品を中心にした講義で、それまで詩にほとんど触れたことがなかった僕にはなかなか刺激的で、この授業はよく出ていたように思う。

他に覚えているのは「日本映画の歴史」。四年間散々迷惑をかけることになる太田米男《おおたよねお》（一九四九年生、現・おもちゃ映画ミュージアム代表）という映像学科教授が、伊藤大輔《いとうだいすけ》（一八九八―一九八一年）から伊丹万作《いたみまんさく》（一九〇〇―四六年）、山中貞雄《やまなかさだお》（一九〇九―三八年）と始まり、戦時下プロパガンダの国策映画を経て日本映画の黄金時代へ向かう歴史を紐解いてゆく。

対をなすのが「外国映画の歴史」で、僕はこっちの方が好きだった。なぜなら授業という名の上映会だったから。D・W・グリフィス（一八七五—一九四八年）の『イントレランス』から遡り、果てはマーティン・スコセッシ（一九四二年生）の『レイジング・ブル』まで、延々と映画を観るだけなのである。これで授業と呼べるのか甚だ怪しかったが、下手な注釈を入れられるより、ただ映画を観て感想を言い合い、解説を聞くということの重要さが今になってみると身に沁みてわかる。ましてや『月世界旅行』や、『カリガリ博士』、『戦艦ポチョムキン』なんか、授業でもなければ間違いなく観なかったろうし、現に今も観返すことはない。そういった意味では一〇代の頃に無理矢理観させられたのもいい経験だったといえる。

映像学科独自の授業としては、割合熱心に取り組んだ「シナリオ創作論」。学年ごとに講師と授業名は変わっていったが、やることは同じ、シナリオ執筆で、一年次はペラ二〇枚前後（ここでいうペラとは一枚二〇〇字のことである）、二年次は前期三〇枚、後期六〇枚前後、三年次は一二〇枚と、それぞれオリジナルのシナリオを書いてゆく。

「撮影技術論」という授業を初めて受けた時のこともよく覚えている。初老の教授が入ってきて、授業が始まるやいなや、やにわにチョークを取り上げて、黒板いっぱいに、

「芸術＝技術！」

と書きつけた。何が何だかわからなかったが、とにかくその気迫に、おおっと学生たちはのけぞったものだ。

その講師は森田富士郎《もりたふじお》（一九二七—二〇一四年）という老人で、古くは『大魔神』から『極道の

妻たち』『吉原炎上』『226』まで、第一線で活躍し続けている巨匠カメラマンということだった。けれど、その頃はそんな経歴もろくに知らず、彫りの深い顔立ちに白髪が似合う、物腰の柔らかいダンディなおじいさんとしか映らなかった。

　森田先生のみならず、映像学科の、とりわけ実習科目の授業を受け持つ講師や教授は、そのほとんどが東映京都撮影所出身だったようで、正直なところ、僕は彼らから学ぶことは何もないと思っていた。なにしろその頃の僕たちのヒーローと言えば、クエンティン・タランティーノ（一九六三年生）でありジョン・ウー（一九四六年生）であり相米慎二《そうまいしんじ》（一九四八―二〇〇一年）であり石井隆《いしいたかし》（一九四六年生）であり北野武《きたのたけし》（一九四七年生、映画監督、俳優、ビートたけし）であり黒沢清《くろさわきよし》（一九五五年生）であり岩井俊二《いわいしゅんじ》（一九六三年生）で、たとえ極道の妻たちの吉原が炎上して226が八甲田山で凍え死のうが、こっちはレザボアの犬たちが二丁拳銃でヌードの夜にスワロウテイルがソナチネなんであって、今さら水戸黄門だの遠山の金さんだのと言われてもちゃんちゃらおかしかったのである。それがとんだ間違いだったことに気づくのは卒業して本格的に映像業界に入ってからのことで、つまりは僕たちがまだ彼らの言葉が理解できない赤ん坊だということの証左でもあった。あの頃の自分を、思い出すだに顔が赤くなる。

ミニシアターの洗礼

芸大には実に様々な地方から学生がやってきていた。大阪にある大学だから大阪の人間ばかりいると僕はすっかり勘違いしていた。山下くんは愛知だし、博学のハヤトは三重、モッズコートのジュンちゃんは確か琵琶湖のそばの彦根出身だったはずだ。

関東出身のフセくんは、東京のデザイン学校を出たあとにこの大阪芸大に進学してきた変わり種で、つまり年が現役入学の僕より三つほど上だった。一〇代後半が見る二〇代前半の人というのは、桁違いに大人に見えるものだ。ましてやフセくんは東京の風を知っている。九〇年代半ばは今より情報格差が激しかったから、その洗練された空気たるや、東京弁を話すだけで凄まじいものだった。

「いやー今一番『意味がない』ってことに意味を見出そうとしてるのはスチャダラパー（一九九〇年にデビュー、Ｂｏｓｅ、ＡＮＩ、ＳＨＩＮＣＯの三人からなるラップグループ）しかいないよねー。こないだのシングルの『ドゥビドゥＷｈａｔ？』でもさあ、Ｂｏｓｅ言ってんじゃん？　『原寸大の象の模型　自宅の二階　６畳の部屋で　作ったはいいが外に出ないもの』これだよねー、スチャダラの真骨頂って」

意味がないどころかまったく意味のわからない理屈でも、なんだかどえらい崇高な話をしているような気分がしたものだった。

そのフセくんが、ある日、みんなを映画に誘った。なんでも数ヶ月前に亡くなった映画監督の特集オールナイト上映があるらしい。

「谷町九丁目のミニシアターでやるんだって。行かない？」

「ミニシアターって、何なん？」

「え……向井くん、ミニシアター、知らないんだ？」

徳島弁丸出しで尋ねた僕を、フセくんは残念そうに見つめていた。

その神代辰巳《くましろたつみ》（一九二七―九五年）追悼オールナイト上映に同行したのは、僕を含めて総勢七人ほどいたと記憶している。メンツの中には山下くんもいた。

場内は観客でぎっしりだった。席が足らず、僕たちは真ん中や両脇の通路に腰掛けるしかなかった。観客は皆若く、同じ芸大生らしき姿もあった。隣と肩がぶつかるほどに人がぎゅうぎゅうに詰め込まれた館内にブザーが鳴り響き、やがて辺りが暗くなる。

神代辰巳の映画を見るのはそれが初めてだった。ロマンポルノというジャンルがあるのを知ったのも、そのときが初めてだった。『赫《あか》い髪の女』、『濡れた欲情・ひらけ！チューリップ』、『青春の蹉跌《さてつ》』もあったかもしれない。ねちっこい長回しに圧倒されるままに時間が過ぎてゆく。暗がりの中、画面いっぱいに広がる男と女の濡れ場を、女の子も混じった鮨詰めの場内で共有していることに興奮していた。

夜も2時を過ぎ、最後の作品『棒の哀しみ』が始まるころになると、僕の頭はぼーっとしてきた。どうも息切れがして、目の前が赤くなってくる。画面では奥田瑛二《おくだえいじ》扮する主人公田中が腹を刺されて血まみれになっていた。その血を見ていると、急に頭が冷たくなり始めた。我慢ができなくなり、立ち上がると、客の肩を分け入ってロビーに出た。

目の前にあったトイレに入り、鏡で自分を見た。顔色は真っ白だった。「あの、ここ、女子トイレですよ」という声が聞こえて、振り返った。係りの女の人の顔を確認する間もなく、僕の意識はなくなった。「すみません」も言えなかった。

気がついたときには、僕は控え室のソファに寝かされていた。見回すと、他にも客らしき何人かが同じようにぐったりしている。満員以上の客数で場内の空気が薄くなり、酸欠で倒れたのだという。結局、上映が終わるまで、僕はソファで横になっていた。

意識がはっきりするのを待ってから、劇場を出た。もう外は明るかった。電信柱の周りで、フセくんや山下くんたちがタバコを吸いながら僕を待っていた。散々心配されたが、僕の気分はよかった。ミニシアターでオールナイト映画を見る。その興奮が僕を高揚させていた。世の中には、僕の知らない映画が無数にあるのだ。

フセくんが短くなったタバコを地面と足の裏でもみ消した。

「よし。吉野家で牛丼食って帰ろうぜ」

俺並み、俺朝定、と宣言しながら皆ぞろぞろと歩き出す。

僕はフセくんに訊ねた。

「あの、吉野家って、何なん？」

「え……向井くん、吉野家の牛丼、食ったことないんだ?」

みんなが、残念そうに僕を見た。僕の故郷に吉野家はなかった。そして今もない。

一食の仲間

親しくなった学生の中に、もう一人、関東出身の男がいた。博識のハヤトの紹介だった。

ハヤトは大学から歩いて10分ほどのところにある北山マンションという名の学生マンションに住んでいた。だだっ広い田んぼの真ん中に不釣り合いなほど新しい建物で、室内も僕やノブの住んでいるところよりもはるかに広かった。

その広いワンルームの中には、おどろくほど大量の書籍やCD、ビデオ、レーザーディスクが詰め込まれていた。これほど自分が田舎者だったと気付かされたことはない。こんなにも早熟な同い年がいるとは。あるいは、僕が単に奥手だったのか。ともかく入学して間もないある一時期の、僕やノブ、ヌシ、ジュンちゃんたちの溜まり場になったことは間違いない。僕たちはほぼ毎日のようにハヤトの部屋に入り浸って、彼の宝物を享受した。塚本晋也《つかもとしんや》（一九六〇年生）も日野日出志《ひのひでし》（一九四六年生、漫画家）も、大駱駝艦《だいらくだかん》（一九七二年結成の舞踏集団）も維新派《いしんは》（一九七〇年活動開始のパフォーマンス・カンパニー）も、浅川《あさかわ》マキも『ガロ』もつげ義春《よしはる》（一九三七年生、漫画家）もつげ忠男《ただお》（一九四一年生、漫画家、つげ義春の弟）も鈴木翁二《おうじ》（一九四九年生、漫画家）も、ぱちかぶり（一九八四年結成のパンクバンド）もＪＡＧＡＴＡＲＡ（一九七九年活動開始のロックバンド）も、みんな僕はハヤトから教えてもらった。同い年なのに、兄のようだった。

そんな情報ジャンキーな引きこもりの毎日に突如現れたのが、柴《しば》田《た》剛《ごう》だった。

柴田剛、通称ゴウはハヤトと同じ北山マンションに住んでいた。映像学科ということもあり、ハヤトとは入学前後からすぐに意気投合していたらしい。横浜育ちだというゴウは、出会ったのっけからフセくんと同じような東の言葉遣いで淀みなく喋り続けた。その洗練された物言いもフセくんのようだった。一浪しているらしく、僕やノブより年が一つ上だった。ただどこか頭でっかちで、人の意見を聞こうとしないところが、まだまだ子どもっぽかった。

ハヤトとは正反対に、ゴウの部屋は殺風景でものがなく、木製の床が寒々しかった。そしてノブと同じように高校時代から映像作品を作っていて、けれどノブとは違って８㎜フィルムを使っていた。

浪人時代に撮っていたというそのフィルムはモノクロで、三人ほどの男がとにかくギターやドラムで何かを演奏しているのを、手持ちカメラで撮影しているというものだった。編集も何もされていない、初期のジム・ジャームッシュ（一九五三年生）のＮＧカットみたいな画だったが、それでも僕は十分に刺激を受けた。ノブと同じように、ゴウにとってもまた映画は観るものではなく作るものだった。

ゴウは彼が好むと好まざるとにかかわらず、世界の中心を自分にしてしまうきらいがあり、持ち前の勢いというか吸引力でもって周りの目を自分に向けさせることが得意だった。またハヤトに負けず劣らず映画や音楽の様々な情報に長け、二〇歳前にして表現に対する一端の持論を持っていた。その屁理屈には突っ込みどころが満載だったが、あまり自信たっぷりに喋るので、僕らは熱に浮かされたようにゴウの口車に乗せられた。アジテーターとしての資質はこの頃から垣間見えていたように思う。後々、映画監督になったのは必然だったともいえる。ハヤトの部屋と並行して、ゴウの部屋も同じように溜まり場になった。

そんな皆の一歩先を行く存在のゴウだったが、ある日、彼の部屋の普段開けない押入れを誰かが開けたら、大量の雑誌が雪崩れ落ちてきた。見ると全部エロ本で、なんだこの人普通の変態だったんだ、ということで皆の目が覚めた。以来、突っ込まれキャラとしての側面も併せ持つ男になったが、同じ頃、類まれな巨根の持ち主だということも発覚し、それについては僕たちも素直に一目置かざるを得なかった。僕も、ゴウも、ノブも、みんなまだ童貞だった。

大学内での僕たちの溜まり場といえば、芸坂を上がってすぐ目の前、事務局棟の入った11号館にある食堂だった。

大学には大きく三つの食堂があり、11号館の食堂が一食《いっしょく》、天の川通りを抜けた先にあるのが二食《にしょく》、大学裏の小さな池にほど近い場所にあるのが三食《さんしょく》と呼ばれていた。

二食はデザイン学科と美術学科の棟に挟まれていたので、センスのありそうな、いかにも美大生という学生たちが集まっていたように思う。絵の具や石膏で汚れたツナギの腕の部分を腰で縛って、上はTシャツで、少し茶色に染めた長い髪をお団子に結って、肌は白くて、というような女の子たちも見受けられて、あんな娘たちと恋愛できたらどんなに幸せな学生生活になるだろうとよく夢想したものだった。食べ物としては、カレーが美味しかった。

三食はどういうわけか音楽学科の人たちでいつも賑わっていた。側に演奏ホールがあったことが理由なのか、違うような気もする。音楽学科の学生はそのほとんどが女子学生で、物腰も着ているものも上品な人たちばかりだった。皇族の方々を思い浮かべてもらえると、そのイメージに近いと思う。おしなべてお嬢さんという感じで、新世界のジャンジャン横丁で買ったドカジャンなんかを着ている僕たちには近寄ることも許されないといった趣き。当然、三食は数えるほどしか行ったことがない。パスタを出す食堂は、大学でもここだけだったのではないか。

そして僕たちの溜まり場、一食はどうだったかというと、前にあげたような学生たちと交われない、どこにも属することができない有象無象の集まる、どうにもやさぐれた場所だった。朝から晩までタバコの煙で視界はかすみ、床は吸い殻だらけ、テーブルには食べかけのプラスチックの食器が転がり、柱はサークルやバンド仲間募集の手書きチラシで埋まっている。近くに軽音楽部の練習場所があったので、バンドマン風の先輩の姿もよく見受けられた。僕は山菜蕎麦、ラーメン、カツとじ定食なんかをよく食べていた。

携帯電話がなかった当時は、とにかく誰かと出会うためにずっと外に出ていた。大学に行くとまず最初に覗くのは一食で、そこにノブとハヤトの姿を見つけ、一緒に飯を食っているとヌシがやってきて、ゴウとジュンちゃんも姿を現し、だらだらくっちゃべっているうちに夕方の閉店時間になるというのがルーティン。みんなが新しく出会った学生を連れてくることもあって、一食で友人が増えることも多かった。授業にはほとんど出ていなくとも、一食には毎日顔を出していたんじゃなかっただろうか。自分のいないところで何か楽しいことが起きているんじゃないかという不安から、いつも一人でいたくなかった。そんな気持ちだった。

そうして毎日のようにつるむ仲間が固まり始めると、当然映画を作ろうという話にもなってくる。けれど、具体的な行動に移そうとするものは誰もいなかった。撮ろう撮ろうと口では言うものの、仕切れるものもおらず、誰も無責任で、何より方法を知らなかった。ともかくこの集団に名前をつけるところから始めよう、なんて言って、その名前を決めるのに二週間も悩んだりしていた。本末転倒も甚だしい。おまけについた名前が「我像一族《がぞういちぞく》」なんて、富田林のヤンキーも腹を抱えて笑うだろうイタいネーミングセンス。当然一本も映画を作ることなく自然消滅した。毎日同じ面子と顔を合わせているとなんとなく苛立ちも募るもので、小さなことで口論になったり、かといって仲間を離れる強さもなく、ただイライラと過ごす日々が続いた。

そんな停滞した日常を破る決定的な出会いがあったのは、ゴールデンウィークが明けてすぐのころだ。

熊切さん

「寮の先輩に映像学科の人がいてさ」

夏が始まりかけた頃、いつものように平和寮のノブの部屋で溜まっていたときだった。

「なんて人？」

「熊切さんって人。二個上の三回生なんだけど、俺の部屋の並びの一番奥に住んでる。なんか、たぶんすごい映画好きだと思う」

「へぇ」

「今度飲もうってさ」

それから数日も経たない夜、ノブの部屋に、眉毛の太い小さな男と、中年に見えるやたら老けた大きな男が一升瓶片手に訪ねてきた。小さい先輩が熊切和嘉《くまきりかずよし》と名乗り、老けた方が財前智広《ざいぜんともひろ》と言った。

「お！　スコセッシ好きなんだ。いいねぇ！　『ミーン・ストリート』最高だよねぇ！　お！『悪魔のいけにえ』！　やっぱこれだよねぇ！」

熊切さん、通称クマさんはノブの部屋の棚に並んだビデオテープにいちいち反応していた。ノブはホラー好きなのを褒められて、とても嬉しそうだった。財前さん、通称ザイプさんは二人の様子を静かに見守りながら、僕たちの湯呑みに焼酎を注いでいる。アルコールが頭の芯にたどり着いた頃、

「いやあ、俺たちもこれから長編撮るんだけどね」

「どんな映画ですか？」

「スプラッターやりたいんだよ」

「マジすか！」

ノブの目が輝いた。

「映画は狂気だよ！　バイオレンスだよねぇやっぱり。サム・ペキンパー好き？」

「好きですっ！」

ノブの目がまた一段と光り輝いた。

「いやー気が合うよねぇ！　よかったらさあ、手伝ってよ、映画」

後でわかったことだが、クマさんとザイプさんは卒業制作で16㎜の長編映画を撮るためのスタッフ探しとして、同じ寮の映像学科の後輩を勧誘しようとノブの品定めに来たのだった。そしてその場に居合わせた僕も巻き込まれる形となる。

そんな魂胆も知らず、散々映画の趣味を褒められたノブや僕はすっかり上機嫌で、

「やります！　やらせてください！」

と前のめる。そのときはどんな過酷な撮影が待ち受けているか、僕たちにはまるで知る由もなかった。

クマさんは人懐っこい笑顔で焼酎の入った湯呑みを僕たちの湯呑みにぶつけた。その話題は周りの友人たちにも伝わり、ハヤトやヌシ、ゴウも加わることになった。

クマさんの部屋は壁一面が青いペンキで塗られていて、その上に、青が見えないほどぎっしりと、映画のポスターが貼られていた。見上げると天井もポスターで埋まっている。壁沿いに小さなテレビとビデオデッキ。万年床の周りには大量のビデオテープ。片隅の小さな机にはこ

れも大量の現像済み8㎜フィルムとビュワー（編集機）がある。その部屋で、僕はクマさんにこれから撮る映画の脚本を見せてもらった。

『鬼畜大宴会』というのが映画のタイトルだった。時代は一九七〇年前後。学生運動に身を投じる若者たちが、リーダーの自死をきっかけに崩壊の道を辿り、挙句互いに殺し合う、というのが大まかなストーリーだ。クマさんの部屋の棚に、ビデオテープに混じって、全共闘や中核派、革マル派関連の書物が積まれてあったのを今でも記憶している。まだまだ無知だった僕は全共闘も学生運動も内ゲバも総括も、言葉そのものを知らない体たらくで、読んでも意味がさっぱりわからなかった。まあ、後々撮影が進んでいく中で内容は大幅に膨らみ、撮り足されるたびに物語はどんどん変わっていったので、理解できていようができていまいがそんなに関係はなかったのだけれど、お話はさておき、ともかく僕は撮影というものがどんな風に行われるのか、最初はそのことにしか興味がなかった。

物語の冒頭は、学生運動のリーダーが収監された刑務所に、後輩が訪ねてくるというシーンで、まず僕たちはそのセット作りに駆り出された。夏休みのことだった。

セットといっても、ベニヤ板に小石を盛り込んだ灰色のペンキを塗って刑務所の壁に見立てるなど、できるだけ金のかからない手作り感満載のセット作りで、はたしてこれで刑務所に見えるのか僕には疑わしかった。そして何より、てっきり映画の撮影が始まるのかと思っていたのに、こんな大工の真似事のようなことばかりやらされて、スタッフになったのは間違いだったんじゃないかと早くも心が折れかけていた。そのうちにセット作りに早々に飽きて出てこなくなったゴウが、童貞を捨てた女の子と一緒に手を繋いで僕たちの前に姿を見せたりする事件もあって、その思いは一層強くなるばかりだった。


セット作りが一息つくと、ようやくカメラテストが始まった。

カメラマンは橋本清明《はしもときよあき》というクマさんと同じ三回生で、ザイプさんと三人で班を組んでいるということだった。

橋本清明、通称ハッシーさんは仙台出身の飄々としたヘビースモーカー。極度の照れ屋なのか、すべての物事を冗談にしてしまわないと話せないような人で、スバルの赤いレガシィに乗って、いつもコカコーラとポテトチップスばっかり食べていた。

カメラは16㎜用フィルムカメラで、アリフレックス16ＳＴ。ドイツ製。アルミダイキャスト製で鉛のように重く、回すとガーッと大きな音が響く。フィルムは１００フィートしか入らないが、専用のマガジンをつけると最大４００フィートまで拡張することができる。４００フィートを時間で換算すると、だいたい10分前後になる。

レンズはフランス製のアンジェニュー12－１２０㎜。開放値はｆ２.２。このカメラの標準レンズとでもいうべきレンズで、『鬼畜大宴会』の撮影の七割方はこのレンズで撮られたと思う。もう一つ広角レンズがあり、たしかアリフレックス・シネゴン10㎜ｆ１.８だったか。

予備のカメラとしてスクーピック16ＭＮ。これはフィルムの装填部分がカメラの下部にあり、その下膨れした格好はなんだかお多福を連想させて、なかなか可愛いカメラだったが、使うことはほとんどなかったように思う。

カメラテストがどこでどう行われたのか、どういうわけかすっぽり記憶から抜けているが、唯一覚えているのは、テスト撮影が終わったあと、一食の上のUFO通りでみんなと一服していたときのことだ。

「やっぱり一応役割を決めたほうがいいよね」

クマさんとハッシーさんはたがいにうなずき合って後輩の僕たちを眺めた。

「ハヤトはじゃあ、記録でお願い。ノブは助監督で……コースケは、これやろうか」

とクマさんは僕の手のひらにあるものを置いた。小さな計測器のようなもので、白い半球の下に丸い円盤がついて、細かく数字が刻まれている。円盤の中心にある銀色のボタンを押すと、上部の細く赤い針が弧を描くように動いた。

「これなんですか？」

「露出計。使い方教えるから、コースケは照明お願い」

「あ、了解です」

僕は露出計の使い方もわからないまま照明を任されることになった。

クランクイン――十月

カメラテストが終わってまもなく、長編映画『鬼畜大宴会』はクランクインを迎えた。十月も半ばを過ぎたころだった。

場所は映像学科のある7号館の一階、副調整室と呼ばれるスタジオで、そこに夏いっぱいかかって作った刑務所のセットを組み上げた。いよいよ撮影が始まると聞いて、セット作りに来なかったゴウたちもどんなもんかと現場を覗きに来ていた。

この日の出演者は主要な役者である小木曽健太郎《おぎそけんたろう》さんと橋本裕二《はしもとゆうじ》さん。二人とも平和寮のクマさんと同学年で、デザイン学科と美術学科。演技経験はほぼない。タバコの中に爆竹を埋めたのを何本かと混ぜ、五、六人でランダムに選んで一斉に火をつけるタバコ・ロシアンルーレットで笑っているような、二人とも厳つめな先輩であった。

照明を任されたといっても、勝手のわからない僕は、ハッシーさんに言われるままにライトを立てたり、影の具合を見るためにスタンドインしたり、セットの壁を移動させたり、つまりは雑用に等しかった。ノブは記録用に渡されたカメラで現場の様子を撮影していたが、そのうち飽きて、ゴウやヌシたちとコントビデオを撮ったりしている。ずいぶん散漫な現場だった。有志で集まっている若者なんて、まあそんなもんだろう。

セットのベニヤ板は夏の熱とペンキの湿気で反り返り、連結部分も大きな隙間ができて、到底鉄壁には見えなかった。おまけに建て付けが未熟で少しでも寄りかかるとすぐにしなってしまう。牢屋の入り口のドアは、平和寮の共同トイレの大便室の木製ドアを夜中に無理矢理外してかっぱらってきたもので、黒く塗りつぶし、目の高さのところに鉄格子をはめ込み、そこだけは一応それらしく見えているが、どこからどう見てもハリボテだ。唯一、橋本裕二、通称ユージさんが演じるリーダー相澤が割腹自殺を遂げるカットだけは、腹から鮮血と腸が飛び出たりで盛り上がったが、こんな安っぽい美術と見た目で本当に大丈夫なのだろうかと疑っていた。ラッシュプリントを見るまでは。

クランクインの数日後、現像に出していたフィルムを受け取りに行くというので、僕はクマさんにお願いして一緒について行った。

当時、大阪にはイマジカとヨコシネという二つの現像所があった。共に大阪環状線桜ノ宮駅近くにあったが、感覚としてはイマジカが主流で、映像学科の大半の作品も現像からプリントまで、イマジカで行なっていたように思う。けれどクマさんが出していたのはヨコシネだった。値段が安かったからだろうか。

小さく陰気なカウンターでフィルムを受け取ると、クマさんは映写機を借り、ラッシュプリントをかけてもらった。暗い室内で真っ白く照り輝くスクリーンに、やがて映像が浮かび上がる。

その画に、僕の目は釘付けになった。ベニヤ板だったはずの刑務所の壁は夏の光線に照り返り、冷たいコンクリートの匂いがする。かっぱらってきた平和寮の便所のドアは黒く重たそうで、小木曽健太郎、通称ケンタローさんの着る衣装も七〇年代風に見えていた。何のために振りまいているんだろうと現場では思っていたスモークマシーンの煙が独房内に霞み、よどんだ暑さを作り出している。

シーンは変わって夜。今まさに割腹自殺しようとするリーダー相澤。タングステンライトに青いフィルターをつけた月光がその類にかかり、濃い陰影がうまく余計なものを映さないでいる。それは腹に突き立てたナイフの奥から飛び出る腸の描写にも一役買っていて、見るからにグロテスクだ。

映画だった。それはまぎれもなく映画。スクリーンの向こうに、これから始まるであろう不穏な狂気の予感が、そして世界ができあがっている。

あっという間に試写が終わり、帰宅してからも、僕の興奮は続いたままだった。ちゃちだと思っていたセットや衣装があんなにもリアリティあふれるものとして映るのはなぜだろう。演技したこともない人が立っているだけでその登場人物に見えてくるのはどうしてなのか。それは、今振り返ればフィルムのなせる仕業だった。粒子の荒いフィルム、それも16㎜フィルムはいい意味でごまかしが効いた。微細に映らない分、大雑把な作り物でも、らしく見えた。そして、それを補っているのがライティングだった。光と影を工夫することで嘘が映画になる。照明は、いわばその映画の中の太陽を作っているのだ。

僕はすぐに照明というものに夢中になった。映画は観るものだったのが、このとき、はっきりと、作るものに変わったのだった。

クマさんたちがかっぱらったおかげでドアがなくなった平和寮のトイレでは、しばらくの間誰も大便ができなかった。ドアの外された大便室を発見した寮母は、寮内に響き渡るほどの大きな悲鳴を上げたという。

映像学科の先輩

映像学科の研究室に機材を返しに行った帰りだったか、クマさんと二人で二食の前を歩いていたら、前方からやってきた学生が、クマ、と声をかけてきた。

「クマ、どう？　撮影」

「うん、セット終わって、これからアジトの撮影なんだよね」

だぼだぼの派手なシャツにサンダル履き。眼鏡の奥の目が切れ長につり上がって、頬に傷がある。どうやら同じ映像学科のクマさんの同期らしいが、人を寄せつけない雰囲気があった。

「ウジの方は？」

「えっちゃんと脚本直し中やわ」

ウジと呼ばれた先輩は、眉間に皺を寄せたまま僕を一瞥して歩き去った。

「あの人、誰すか？」

「同期の宇治田ってやつ。ウジも卒制で長編映画撮ろうとしてるんだよ」

デザイン学科や美術学科のキラキラした学生たちの間を、そこだけ影が走るように歩き去るその人の背中から、なぜか目が離せなかった。それが、宇治田隆史《うじたたかし》、通称ウジさんとの出会いだった。

卒業制作で映画を撮ろうとしているのはクマさんだけではなかった。クマさんと同じ九三年入学組では、覚えているところで、元木隆史《もときたかし》監督『Ｄｏｂｕｙｏｋｏ Ａｎｇｅｌ』、宇治田隆史監督『浪漫ポルノ』、本田隆一《ほんだりゅういち》監督・山本浩司《やまもとひろし》出演『弾丸《あいつ》に気をつけろ』、林健太郎《はやしけんたろう》監督『西瓜浜町マーメイド』、和氣俊之《わけとしゆき》監督『誘蛾灯』、木村好克監督『29、30』などがあり、クマさん、元木隆史さん、本田隆一さん、木村好克さんは後に映画監督として、ウジさんは脚本家として、山本浩司さんは俳優としてプロの一線に立つことになる。まさに花の九三年組と言えた。さらに興味深いのは、タイトルからわかるように、この卒業制作のときからそれぞれの作家性が表れすぎているところだ。元木隆史、通称モッキーさんはバイクとヤンキー漫画好きでバイカー映画を撮り、今は『ガチバン』シリーズを監督。ＧＳに傾倒していつもパンタロンを履いて殺し屋映画を作った本田隆一、通称ホンチさんはプロになっても趣味全開の『ＧＳワンダーランド』を撮った。各人、当時からキャラとしてもかなり個性が際立っていた。

クマさんは元来人が嫌いなのか映画だけを追い求めたいのか、それともライバル視していたのか単に人見知りだったのか、あまり皆と徒党を組むようなことがなかったが、ウジさんとは気が合うようで、よくつるんでいた。作ろうとしていた映画の性質も趣向もまったく違っていたが、映画に対する熱量が同じで、そこだけは互いに認め合っているように見えた。クマさんの部屋に遊びに行くと、ウジさんがいるようなことが度々あって、自然と僕も近づいた。

平和寮からほど近い学生アパート、コーポ内堀というところにウジさんは住んでいた。何度か遊びに行ったことがあるが、簡素な、物のない部屋だったのを記憶している。香港映画とミステリー小説が好きで、それ以外のものは置いていなかった。

第一印象は怖かったが、クマさんの後輩だということがわかると、可愛がってくれた。いつも眉間に皺を寄せているのは、度々起こる偏頭痛のせいらしかった。タバコを挟んだ手で眉間を揉むのが癖だった。ウジさんを見ていると、なんだか、ブンガクの匂いがした。

鬼畜組の鬼畜たち

刑務所のセット撮影を終えた鬼畜組の次のメイン現場は、リーダー相澤の出所を待ち続ける恋人とその部下たちの住むアジトだった。

アジトの撮影は、喜志駅の近くにある長屋のような文化住宅の一室で行われた。僕たちと同じ映像学科の一回生が住んでいた部屋で、ドアを開けると隣がすぐに台所、その奥に六畳間が二つ続いている。美術は、天王寺にある四天王寺の朝市で格安でかき集めた小道具や、大学裏、阪南ネオポリスと呼ばれるベッドタウンがあり、その一画で粗大ゴミとして出される中古家具を真夜中に拾ってきたりしたものを主に使っていた。

余談だが、深夜、阪南ネオポリスで家具を拾った帰り道、ドーナツ・ショップのゴミを漁ってみたら、なんと手がつけられていない廃棄処分のドーナツが大量にゴミに出されていた。金のない僕たちは嬉々として平和寮に持ち帰ったものだった。一時期、鬼畜組の重要な食料源となったことは間違いない。もっとも、そのうち店側も気づいたのか、ネズミ駆除用の殺虫剤をドーナツに撒き散らして捨てるようになったとかならなかったとか。今はもう忘れてしまった噂だけれど。

このアジトから、本格的な見せ場の撮影が始まる。集まった役者は、半分が芝居経験のある劇団員で、残り半分は、クマさんが顔つきとキャラクターで選んだ友人たちだった。

リーダー相澤の恋人役、雅美を演じるのは当時大学内の小さな劇団に所属していた三上純未子《みかみすみこ》、通称ミカミさん。とにかく真面目で、クマさんのタランティーノばりにエスカレートするむちゃくちゃな要求に全て答えようとする。『鬼畜大宴会』の成功の大きな要因となる紅一点の存在だ。

その雅美に一方的に思いを寄せる活動家、岡崎には、ミカミさんと同じ劇団に所属していた澤田俊輔《さわだしゅんすけ》、通称サワッチさん。バリバリの大阪人だが、彼が大阪弁を喋るとフランス語に聞こえてしまうほどの色男で、またその佇まいや持っているもの、服の着こなしなど、すべてが洗練されていた。生まれ変われるのならこういう顔になりたいなあと、僕は当時思っていた。

杉原役には「偽装機械王子」という劇団に所属していた杉原敏行《すぎはらとしゆき》さん。通称スギさんはクマさんの自主映画の常連俳優で、今回も最後まで物語に絡む重要な役どころを演じる。腰が低くて笑顔の優しい、いつも控えめな態度の人だったが、その演技力は、鬼畜組の中で一番。

素人枠としては芸術計画学科の仙田学《せんだまなぶ》、通称センダさん。この人は撮影後、芸大を中退し、関西大学、そして学習院大学大学院とフランス文学を学び歩き、今は作家として活躍している。外見だけで競えば、センダさんは鬼畜組一の七〇年代顔。映画の中の学生活動家のリアリティに大きく貢献した一人。

他には平和寮の先輩東野哲也《ひがしのてつや》、通称テツさん。寮の前でバイクを弄っている姿をよく見かけた。テツさんもかなりの七〇年代顔。

平役は沖縄出身の芸大生、平良勤《たいらつとむ》。通称タイラさんは見るからに南方系の顔立ちをしていて、なおかつ巨漢。外見だけで選ばれたに違いないが、その存在感がクマさんを魅了し、後々、シナリオにはなかった惨殺シーンが生まれる。

熊谷役は写真学科の木田茂《ぼくたしげる》、通称シゲルさん。その陽気な性格と人懐っこい笑顔で鬼畜組きってのムードメーカーとなる。僕たち後輩の面倒もよく見てくれた。平和寮の玄関先で飲みつぶれた僕は何度シゲルさんに介抱されたことか。そして驚くべきはその演技力で、素人のはずなのに入る学科を間違えたんじゃないかと言いたくなるほどの力量で、狂気に向かう手前、前半のともすれば退屈に思われる恐れのあるシークエンスを、自然な台詞回しと本人そのままの魅力で見るものを飽きさせない。

そしてしんがり、リーダー相澤に反目して組織を乗っ取ろうと企む副リーダー、山根を演じるのは、ザイプさん。もちろん演技は素人だが、クマさんの容赦ないスパルタ演出によって、物語の中で唯一無二の敵役に変貌してゆく。共同プロデューサーでもあるザイプさんは他に資金繰りや音響まで担当することになり、影の立役者となる。

以上が刑務所のユージさんとケンタローさんに次ぐ『鬼畜大宴会』の主要なキャストだったが、彼らが集まるのと反比例するように、僕たち後輩スタッフは、一人、また一人と現場から姿を消し始めた。

当然といえば当然のことだった。所詮若者が有志で集まったところで長続きはしない。自分の時間を他人の作品作りに使うなんてもったいない、誰だってそう思うだろう。ましてやギャラなんて概念もない。飯だって出ない。なのに昼夜問わず引き連れまわされる。理不尽極まりないが、でもそれが自主映画を作るということの宿命だったりもする。

ゴウは、この時期から映画と同じ熱量で取り組んでいた音楽に集中し始めた。ヌシはヌシで自分の映画を撮ろうと模索を始めていた。撮影のないときはあいかわらず一食でつるんだり遊んだりしていたが、もう彼らが鬼畜組の現場に来ることはなかった。

僕は鬼畜組に通い続けた。映画撮影というものに熱中していた。撮影、とりわけ照明というものに。

この頃になると、僕は露出計の測り方もすっかり覚え、クマさんに代わって計測するようになっていた。ライティングはまだまだクマさんの助手だったが、小さな汚いアジトが、照明を組むことで朝になり、夕方になり、夜になり、夏になり冬になるのが面白くてしかたがなかった。

もちろんクマさんだってその頃は一介の名もなき自主映画監督にすぎず、技術的に誰に何を教わったというわけではなかったはずだ。けれど、クマさんの照明の組み方一つで画は劇的に変わった。それだけ意識的に映画を見て、盗んでいたということだと思う。クマさんは実践的に映画を見ていた。上がってくるラッシュを見るのがその頃の一番の楽しみだった。

そんな徐々に閑散としてくる撮影現場に、新しいスタッフが一人増えた。捨てる神あれば拾う神あり。去ってゆくものがあれば、やってくるものもある。

その人はハッシーさんが連れてきた。同じ映像学科ということだったが、おそらく鬼畜の現場で僕は初めて会ったんじゃなかろうか。名前を近藤龍人《こんどうりゅうと》といった。

近藤龍人、通称たっちゃんは、一浪してこの大阪芸大にやってきた。ひょろっと背が高く、今にも貧血で倒れるんじゃないかと心配してしまうほど肌が青白かった。台湾生まれの俳優、金《かね》城武《しろたけし》そっくりな色男だったが、極端に寡黙で、今にも飛びかかってきそうなほど鋭い目つきを持っていた。怒っていないのに、いつも不機嫌だと勘違いされて怒っていた。

撮影助手という役割を任されたが、そこは自主映画で、やっぱり僕たちと同じように部所の垣根を超えて何でもやっていた。一番好きな映画は『バリー・リンドン』だそうで、監督のスタンリー・キューブリック（一九二八―九九年）に負けず劣らずなその完璧主義者ぶりは特にスモークマシンの扱いに表れ、絶妙な煙を演出し、クマさんを喜ばせた。

一回生で残ったのは、結果的に僕とノブ、そして博学のハヤトとたっちゃんの四人だ。絵心

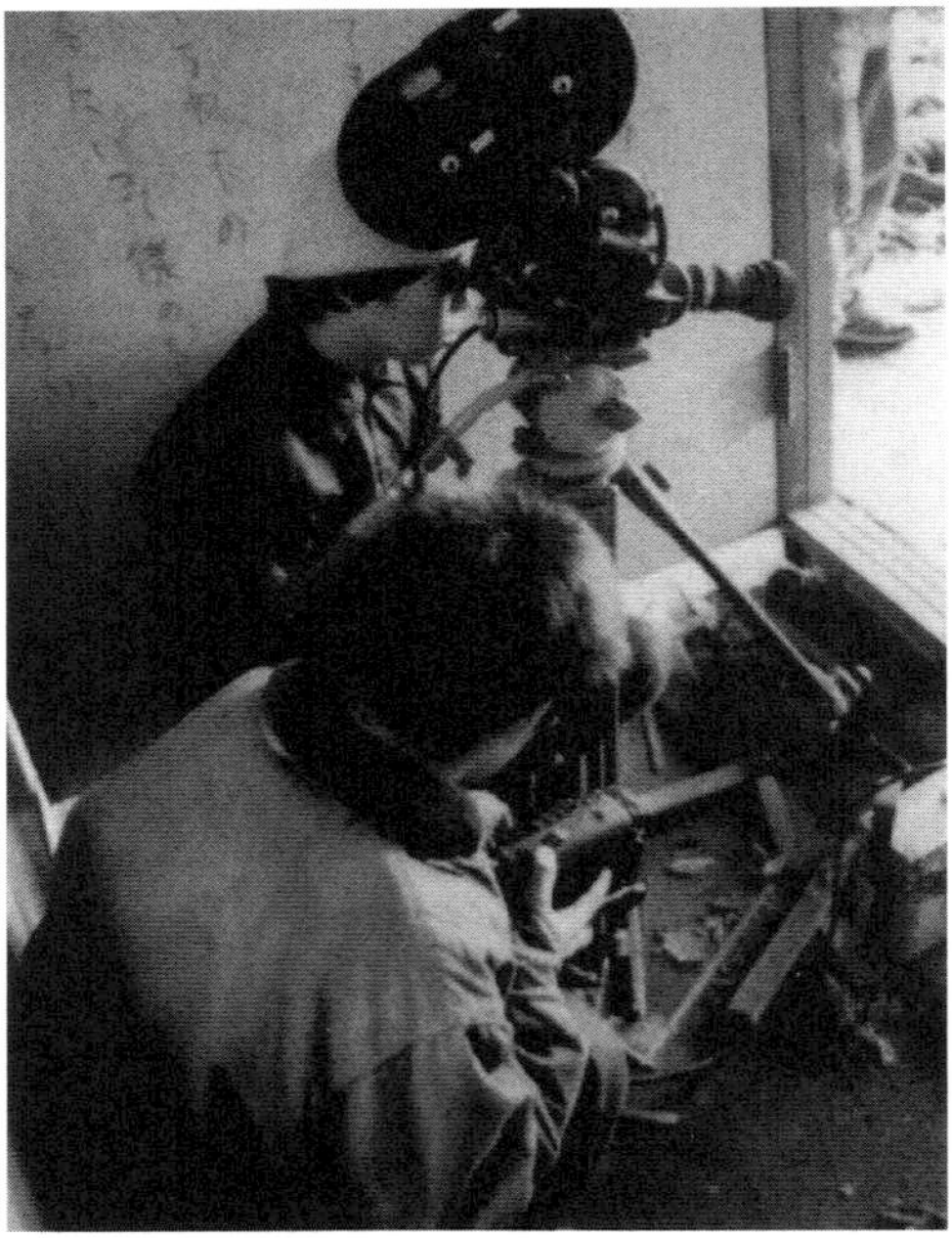
鬼畜組の撮影現場風景。ファインダーを覗くハッシーさん。

のあるハヤトは記録と美術を任されていた。

役者の人たちももちろんノーギャラ。学生の身で授業やバイト、恋愛もあるので、当然みんなが一同に集まれる日の方が少ない。クマさんは複数人の絡んだ会話のシーンでも、個々人別撮りできるように、きちんと絵コンテを描いていた。僕たち助手がそれを見ることはなく、またクマさんがみんなに配ることもなかった。たとえ見せてくれたとしても理解できなかったろう。すべてを知っているのはクマさんとハッシーさんだけで、僕たちは二人に指示されるままに動いていた。

「もっと横向いて、そう、でもっと殴って！　もっともっと！」

本番中、クマさんは役者によく指示を出す。アリフレックス16STは静音式ではないため、回すとガーッと派手な音がする。だから音はアフレコだったが、それでも本番ヨーイスタートの声がかかると静かにするものだと思っていた僕は驚いた。クマさんはNGのときは顎に親指を当てて「もう1回いこうか」と言う。OKテイクが撮れたときは、本当に嬉しそうな顔をする。その笑顔にほだされてついついみんな頑張ってしまう。

特に紅一点のミカミさんは、アジトでも重要なイベントシーン、副リーダー山根を演じるザイプさんとのベッドシーンを体を張って演じた（そんなのはまだまだ序の口にすぎなかったけど……）。クマさんとハッシーさんと役者二人だけの密室で、隣の居間で僕たち後輩は三上さんとザイプさんの喘ぎ声を聞いていた。

ベッドシーンの上がりは素晴らしく、汗と精液の匂いがスクリーンを乗り越えて僕たちの鼻先までやってくるようだった。ヨコシネ現像所の人は、

「ウチはポルノは現像しないんだ！」

と激怒していたらしい。怒られれば怒られるほど、クマさんは喜んでいた。

アジトの撮影は、鬼畜組きっての演技派スギさんが撮影もまだまだ残っているのにあろうことか髪の毛を切ってしまったり（クマさん大激怒）、急にお遍路に行ってしまったり（クマさん虚脱）、様々な事件がありながらも順調に進んでいた。照明の仕事も面白かった。けれど、僕は何かむなしかった。

表現したいものがない

徳島の田舎には映画が好きな同級生が少なくて、映像学科に入れば映画好きな友達がたくさんできるだろうと思って入学したら「観る」を通り越して「撮ろう」としている奴らばかりだった。初めから専門職を狙うやつなどいない（というかそもそも知らない）。みんながみんな、最初は当然監督志望として大学にやってきていた。そんな学生たちに囲まれていると、自分もそう思わなければいけないような気になってくる。「俺も俺も！」に乗せられて手を上げる上島竜兵《うえしまりゅうへい》といえばわかってくれようか。

しかし、

「自分も何か表現しなくては！」

とは思うものの、たかだか四国の山奥で一八年しか生きていない若造に表現すべきどんなテーマがあるというのか。表現欲は人一倍あるのに表現するものがない。これは僕だけじゃなく、そして今も昔も、芸大美大にうっかり入学してしまった若者の大半が持つ切実なジレンマである。

たとえ表現するものがあったとして、映画には飛び越えなければならないたくさんのハードルがある。音楽なら一人でギターを手にすればいい。小説なら一人でペンと紙を手に机に向かえばいい。絵画なら一人でカンバスと相対すればいい。

しかし映画ではそうはいかない。映画を作りたいからといって、一人でフィルムカメラを手にしただけでは、映画は作れない。そこには被写体がいる。カメラを回す人がいる。美術を作る人がいる。音を録る人がいる。そして何より、金がいる。それが、映画が共同芸術と呼ばれている所以だ。

映画を監督するためには、各分野のエキスパートを束ねながら、潤滑に撮影を進めてゆくある種のカリスマ性が必要なのだ。入学したばかりの一回生は、僕を含めて、ただ漠然と映画監督に憧れているだけで、そんなことにすら気づいていない若者ばかりだった。まあ仕方のないことだけど。

そんな悶々とした思いの中で、救いになってくれたのは、やっぱり映画だった。

映像学科の春のガイダンスで出会ってから、どういうわけか僕はノブと一緒にいることが多かった。鬼畜組の撮影はもちろん、そうじゃないときも、僕は平和寮のノブの部屋に溜まっていた。お互いに地方出身、二人兄弟の末っ子という境遇でウマがあったのだろうか。一時期同性愛説が流れたほど一緒にいた理由が今では思い出せないが、何かに対して「おもしろい」と思うツボがなんとなく似ていたのだろうと思う。

ノブは僕の観ていない映画をたくさん見ていた。アメリカンニューシネマという言葉を、僕はノブから初めて教えてもらった。映画と同じくらい俳優が好きで、特にロバート・デ・ニーロ、アル・パチーノ、ジョン・カザール、ハーヴェイ・カイテルとか、その辺りの切り抜きを部屋の壁に貼っていた。『スケアクロウ』『真夜中のカーボーイ』『ディア・ハンター』『バング・ザ・ドラム』『さらば冬のかもめ』『ファイブ・イージー・ピーセス』……数え上げるときりがない。そしてアメリカンニューシネマと同じくらいホラー映画も好きだった。

逆に、僕はノブの観ていない映画を知っていた。市川準《いちかわじゅん》（一九四八―二〇〇八年）の映画や、市川崑《こん》（一九一五―二〇〇八年）の「金田一シリーズ」、相米慎二の『お引越し』や『魚影の群れ』。そんなものを、お互い交換日記のように比べ観たりしていた。

芸坂を登ってすぐ右にある芸術情報センターの中にある図書館の映画コーナーはよく利用していた。ある日、「観せたい映画があるんだよ」とノブは僕をそこへ連れていった。かけた映画は森田《もりた》芳光《よしみつ》（一九五〇―二〇一一年）の『家族ゲーム』だった。

松田《まつだ》優作《ゆうさく》演じる家庭教師と伊丹《いたみ》十三《じゅうぞう》（一九三三―九七年）の緊迫したやりとりの中に生まれる可笑しさ。由紀《ゆき》さおりの天然性。宮川一朗太《みやかわいちろうた》のにやにや笑い。静かな図書館の中で声を押し殺しながら笑いを我慢して観ていた感覚。その感覚は、その後二人で作品を作るときの羅針盤になったと思う。そのくらい、この時の映画体験は大きいものだった。また、その日までこんな素晴らしい映画があったことを知らなかった自分が恥ずかしくもあった。

ここで少し、映像学科でサバイブするための当時の処世術を書いておこう。

やる気はあるが手段がない、体力はあるが理論がない、どう噴出させていいかわからない自己顕示欲と性欲で頭の中がいっぱいになっている学生たちの中でどうにか自分を奮い立たせるための自信。それは、

「どれだけ映画を観ているか」

これが唯一であり、すべてである。どれだけモテなくても、どれだけ貧乏でも、どれだけ私服がダサくても、どれだけ人として嫌われていても、とにかくおびただしい量の映画を観ていれば、それだけで威張っていられます。威張っていいんです。

映像学科にやってくる若者の大半が、地元では映画博士を気取っていたはずである。何を隠そう、僕もそうだった。徳島県三好郡（今は三好市）では、僕以上に映画を見ているやつはいない。そう自負して大学にやってきた。そして、その自負は学園生活初日で叩き折られる。井の中の蛙だということに気づいたんですね。

情報格差がひどかったあの頃、徳島の片田舎に住んでいたボンクラが映画を観ている量で都会の人間に勝てるはずはなかった。何しろこっちが『ロードショー』や『スクリーン』でワーキャーはしゃいでいたときに、向こうは『Lumière　季刊映画リュミエール』に月刊『イメージフォーラム』である。田舎で映画博士を気取っていた自分が恥ずかしくなる。

ノブに映画を教えてもらっていたのも、内心では恥を忍んでのことだった。時には無知な自分に耐えきれなくなり、観てもいない映画を手に取り、

「あー『チャイナタウン』なー。昔観たけどほとんど覚えてないねん。もっかい観たいから貸して」

と嘘をついて借りて帰ったものである。もしくはその場で観たことがあるふりをして帰りにツタヤに走るかである。当時、

「この映画、観てる?」

の問いに、「観ていない」と答えることは、プロ棋士が「負けました」と盤上に手をつく行為のように、悔しいことだった。

強くなるためには、とにかく映画を観なければならなかったのだ。

幻の映画『P』――十二月

だけど、やっぱりただ映画を観ているだけでは満たされるものは少ない。

「自分も何か表現しなくては……」

でも、一人では何もできない。

「みんなを巻き込んで何かを……」

でも、そんな牽引力もカリスマ性もない。これまでもみんな、大人数で何かやろうとしては腰砕けになっていた。

そんな時、フセくんと、そして彼を通じて知り合っていたミツヨという女の子が、あるイベントを主催するという話が聞こえてきた。それは難波のホールを貸し切って、ライブあり、映画上映あり、なんでもありのお祭りのような催しだった。イベントの名前を「鉄塔」といった。

フセくんたちに、なんか作品発表してよ、と誘われたのか、こちらから志願したのか、今となっては忘れてしまったが、そのイベントに向けて、ノブと一緒に短編映画を作ろう、という話が持ち上がった。どちらが誘ったのか、それすらもう記憶があやしい。

ともかく発表の場と期日＝締め切りができたことで、僕たちはやる気になった。

数日後、ノブの家に遊びに行くと、テレビっ子の彼が珍しく机に向かっていた。

「こんなの書いたんだよね」

と大学ノートを差し出す。覗くと、それは脚本というより、心の呟きとでもいうようなものだった。

「生きるのと死ぬの、どっちがつらいんだろう」

「全部無駄に思えてくる。恋愛も明日も自分も」

「他人が語ってるの見ちゃうとさ、イライラして。そんなの聞かせてどうなるんだろう。認められたいのかな。どうしようもないのにさ……」

なんという厭世感に満ち満ちたその言葉。富田林に広がる寒々しい畑の風景がきっと書かせたに違いない。同じ環境にいる自分もわからなくはない感情で、今度は僕も交えて話の骨格を練っていった。

できるだけ少ない人数で作る（だって人数が増えると仕切るの大変だから）と決め、登場人物もたった一人。ゴウを通じて知り合った映像学科同期生の斉藤洋平《さいとうようへい》、通称サイトーくんに声をかけた。顔がゴリラーマンに似ていて面白い、というノブの人選だった。そしてある秋の朝、僕とノブ、そしてサイトーくんは大学近くの鉄塔の下に集合した。

カメラは、僕の父が実家に保存していた8㎜カメラを使った。8㎜フィルムで映像を撮るのは初めてのことだった。フィルム代は僕とノブで半分ずつ出しあった。

ノブは機械音痴でカメラの操作やフィルムの扱い方などがわからなかったので、僕が撮影を担当した。僕が構図を決めている横で、ノブがサイトーくんに指示を出す。この役割分担が僕たちの自主映画時代の基本的なスタイルとなってゆく。

鉄塔の下での撮影を一日で終わらせ、別の日に三人で心斎橋に繰り出した。難波の地下や千日前をさまようサイトーくんを無造作にカメラに収めた。撮影を終えてすぐに僕は一食前の現像所にフィルムを出した。フィルムは一週間ほどで上がってきた。ラッシュは二人だけで見た。出来がどうより、ちゃんと写っていたことにひとまず安心したのを覚えている。

クマさんに編集機材を借りて、ノブの部屋で編集を始めた。8㎜の磁気テープに音を入れる作業がよくわからなったので、編集の終わったフィルムを大学でVHSテープに起こし、ハッシーさんの家で音入れをした。映画はイベントの数日前に無事完成した。タイトルは『P』。なぜ『P』にしたのかは、まったく思い出せない。

フセくんとミツヨ主催のイベント「鉄塔」は十二月二四日の夜、難波のブルーナイルというイベントホールで行われた。いくつかのライブの後、ついに僕たちの映画の上映が始まった。暗がりの中で、小さなプロジェクターが光を放つ。客は一〇人もいただろうか。ほとんどが芸大生だった。曲がりなりにも、こうして僕たちは一本映画を作り、上映したぞ、と誇らしい気持ちだった。

映画『P』は、一人の男（サイトーくん）が「生きていてもしょうがない。生きていても意味がない」というような愚痴と諦めの言葉を呟きながら街を徘徊し、畑をさまよい、大きな鉄塔の袂にたどり着く。そして最後に薬を飲んで自殺するという、15分程度の短編だ。

僕とノブは客席の一番後ろで映画を観た。部屋で二人きりで完成したものを見たときに比べ、客と一緒に見るのとでは感覚が全然違ってくる。二人で完成させたときはあんなに面白く見えたのに、こうして暗がりの中でみんなと見ていると、独りよがりで自分勝手な、ただのイタい男の話みたいに見えてくる。そのうち冷や汗が出てきた。一刻も早くここを去りたい。

上映が終わると、客はしばらく黙っていた。そのうち、何か戸惑うような、苦笑いするような、いわく言いがたい顔でため息をついたりする。誰も何も僕たちに言わない。思った通りだ。

「これはやってしまったかもしれない」

会場の別のフロアでは次のライブが始まっていた。重い足取りで見に行ったが、音楽は全然耳に入ってこなかった。

イベントが終わり、外に出ると雪が降っていた。帰り際、僕たちの映画を見た顔見知りの同期の一人が僕とノブを呼び止め、

「僕はおもしろかったよ」

と言った。少しだけ救われたような気がしたけど、「僕は」の「は」が気になって、その夜は眠れなかった。後日、僕とノブはこの作品を失敗作だったと素直に認め、お蔵入りさせた。学生時代から作ってきた自主映画の、そのほとんどがDVD化されている幸福で稀有な映画監督

の山下敦弘くんだけど、この『P』だけはソフト化されていない。そして、今後もされることはないだろう。

狂気の森

鬼畜班の卒業制作映画『鬼畜大宴会』の撮影は年が明けた一九九六年始めにアジトの場面をすべて終え、次の現場に移ろうとしていた。次なる戦場は、森だ。

リーダー相澤の獄中での割腹自殺の知らせに、グループは衝撃を受ける。中でも恋人だった雅美の動揺は大きく、次第に狂気に取り憑かれた。逆にこれを好機だと感じた副リーダーの山根は自分を中心とした新しい組織を作ろうとオルグを始める。山根の裏切りを知った雅美はメンバーと共に山根を拉致し、山奥でリンチすることに。雅美の狂気と猜疑心は次第にエスカレートし、その暴力は他のメンバーにまで及び始める。

現場は、大学と新興住宅地である阪南ネオポリスの間に挟まれた小高い山の中と決まった。車の入れない場所で、麓から現場まで機材を担いで獣道を15分ほど歩かなければならない。カメラ、三脚、小道具、各種機材を、僕たちはまるで行軍のように担いだ。大変だったのがゼネレーター、つまりガソリンで動く発電機だ。

ロケなので基本的に照明を焚いたりはしないが（バッテリーランプという、鉛のように重いが付けっ放しだと5分と持たないバッテリーのついた強力なランプは別)、スモークマシンやメイキングビデオ用カメラのバッテリー充電などに、どうしても電源が必要だった。大学が貸し出しているゼネレーターはたしか2500キロワットくらいのもので、重さが60キログラムくらいだったか。山道なのでカートで運ぶわけにもいかず、毎回二人で両脇から抱えながら引きずるように現場まであげた。季節はまだまだ冬まっさかりで、吐く息はすぐに白くなった。

これまで比較的淡々とした会話パートだったのが、このころから俄然アクション要素が増え始めた。リンチのシーンなのだから当然といえば当然のことか。

一番の変化はクマさんだ。目は爛々と輝き、それでいて冷静で、かと思えば殴ったり蹴ったりのシーンを、何日も洗っていない長髪を振り乱し自分で演じて見せて奇声をあげる。口癖は「もっと狂いたい! もっと狂わなきゃ!」。まるで『地獄の黙示録』のキルゴア中佐と『シャイニング』のジャック・トランスを二乗したような状態といえば想像しやすいか。

僕たち後輩は突っ走るクマさんの背中をただただ追った。総勢七人の出演者が入り乱れるリンチシーンは、アジトと同じく皆が一同に会すことはほとんどない。出演者が来られないときは、背格好が似たスタッフが衣装を着て、背中ナメ、腕ナメの画を撮った。雅美役のミカミさんの予定がどうしても空かない日に、小柄なクマさんが雅美の衣装を着て、顔が見えないように引きの画を撮ったこともある。

日中の撮影が終わると、夜は、来たる虐殺シーンに向けて特殊造形作り。クマさんはもともと造形の経験があり、石膏やラテックスを買い込んで平和寮の食堂にこもった。興味津々で僕たちも顔を出した。後々藤原の日本刀でぶった切られることになる岡崎の手首や、吹っ飛ばされる臓物、脳みそなどを見よう見まねで作ってゆく。そうするうちに、森パートのクライマックスである山根銃殺のシーンで使われる予定の、散弾銃を脳天にぶち込まれて、顔の上半分がなくなった山根の頭が先輩の手によって出来上がってきた。山根役のザイプさんの顔を石膏で型取って作成されたそれは、ゴム素材で表面はつるつる。ザイプさんはその下半分しかない自分の顔に、毎晩髭を植毛する。平和寮の片隅で、針で一本一本髭を植えてゆくザイプさんの姿は、家計を支えるために内職に励む貧しい家の母親を連想させた。

昼は撮影、夜は造形。合間に、フィルム代を稼ぐための日雇いバイトにも出る。クマさんとザイプさんはほぼ寝ていない状態が続いていた。クマさんの目はいつも寝不足で目が充血していた。

森の現場でたまに横から覗くクマさんの絵コンテは次第に劇画調になり、「!」マークが増えていった。撮影内容もどんどん過激になってくる。木に縛られた山根とシゲルさん演じる熊谷が、仲間たちになじられ、蹴られ、唾を吐かれる。

金がない中でリアリティを追求しようとすれば、体を張るしかない。ザイプさんとシゲルさんは何度も腹や胸を蹴られる。服の下に分厚い週刊誌を入れてはいたが、蹴る方は本気だ。中途半端だとクマさんのNGが出る。いい表情が撮りたいために縄に縛られた二人を本気で怒らせる。唾を吐く。この場で、リアリティは正義だった。

すべては映画のため。そう思うと、どんな理不尽なことでも正義に見えてくる。僕たち後輩は一種の洗脳状態にあったのかもしれない。

森の撮影現場風景。左からハッシーさん、クマさん、ケンタローさん。

鳩尾《みぞおち》を蹴られ、胃液を吐き出す芝居をするために、ザイプさんにジュースか何かを飲ませて、口に指を自ら突っ込んだ。えずいたところから本番でカメラを回す。うめき声と共に、ザイプさんの腹や股間にゲロが吐き出される。僕たちは喜んで笑っている。その隣ではシゲルさんがナイフで局部を切られる。さすがにそれは仕込みだったが、真冬の森の中、冷たい血糊で股間をびしゃびしゃに濡らしながら叫び声をあげる様に興奮する。

森の撮影は一月たっても終わらない。パズルのようなカット割りを、１マス、１マス埋めてゆく。それでも終わる様子を見せない。どこまで進んでいるのか、あとどのくらいカットが残っているのか、僕たちにはわからない。どころか、クマさんの頭の中で、カットはどんどん増えてゆく。勢いは止まらない。

ノー飯、ノーギャラでそんな責め苦を受けさせられる先輩出演者たちも、さすがに精神的に追い込まれてきた。二人だけではない。日本刀片手にリンチをただ見つめているだけの藤原役のケンタローさんも次第に苛立ちを募らせはじめていた。季節は真冬。クマさん、ハッシーさんも疲れが限界にきている。現場は次第に会話のない、殺伐とした空気に支配されていった。夜、黙々と植毛に勤しむザイプさんはノイローゼ一歩手前といった様子で、クマさんとザイプさんの関係は、ここへきて最悪の状態になりかけていた。

ザイプさんの毎晩の植毛によって、ついに頭の造形が出来上がった。時を同じくして、森パートのクライマックス、山根の頭爆発シーンの準備が始まった。

そして爆破——二月

窮鼠猫を噛む。執拗なリンチでぼろぼろになった山根が、最後の抵抗を見せて暴れる。その蹴り上げた足が雅美の胸をついた。尻から倒れた雅美が逆上して、手にしていた散弾銃を山根に向けて、引き金を引く。弾は山根の額めがけて一直線に飛び、その脳みそを粉微塵に打ち砕く……。

ここへきて新しいスタッフと合流する。弾着チームである坂本《さかもと》一雪《かずゆき》、通称サカモトくんだ。地元大阪出身の美術学科で、ゴウやヌシと仲が良く、その繋がりで鬼畜組にやってきた。「大阪芸大でガンエフェクト、弾着発火ならサカモトくん」という触れ込みだったが、鬼畜組は誰一人その成果を見たことがない、という頼もしいんだか不安しかないんだかよくわからない存在だった。しかも寡黙で笑わない。真偽の知れないまま、その日はやってきた。

撮影当日、僕たちはいつものように機材やゼネレーターを現場に運んだ。サカモトくんたちともすでに合流している。現場では、クマさんたちが新聞紙とガムテープで作った人型に山根の衣装を着せ、首の上に山根の造形頭を固定していた。首から下が繋がってみると、一気に人間めいて、不気味さが増した。

体の取りつけが終わると、頭の上に、夜なべして作ったフェイクの脳みそ、目玉、血糊を混ぜて作ったゼリーを慎重に積み上げてゆく。そのぐちゃぐちゃしたゼリーや肉片の中に、サカモトくんが火薬を仕込んでゆく。配線は後頭部から背中に這わせ、正面からは見えないようにした。最後にカツラを被せて準備は完成。一見、到底リアルには見えないが、爆発する瞬間から使うので問題はないはずだ。同じように雅美の持つ散弾銃にも弾着を仕込んだ。問題は二つ同時に、本当に発火するのかどうか。

準備しているうちに、ぞろぞろとキャストも集まり始めた。弾着シーンは何しろ一発勝負である。他の班からもカメラを借りて、三台体制で挑むつもりだった。引き、寄り、ロング。すべての状況を撮りこぼさないように、そしてすべての表情をフィルムに収めることができるように、この日は役者七人全員が集まることになっていた。森パートで一同が会したのは、その日が初めてではなかっただろうか。

心身ともに疲れきった役者陣は、山根の造形に最初「おっ！」と興味を示したが、すぐにまた疲弊した顔つきに戻った。

「ホンマに爆発するんけ？　不発で終わるんちゃうんけ？」

彼らの目はそう語っていた。その場に居合わせた誰も、クマさんでさえも、そんな不安に答えることはできなかった。

ハッシーさんがカメラ一台一台の構図を決め、ピントを合わせる。僕が露出を測る。山根の顔だけに寄ったズームショットは、カメラの回転数を上げ、ハイスピード撮影にしていた。つまり、スローモーションである。

キャストが配置につく。クマさんが雅美の引き金を引く動きと弾着のタイミングを考え、段取りをする。何度かリハーサルをして、体を慣らす。

段取り後、サカモトくんたち弾着班が山根の背後に隠れ、スタンバイ。たっちゃんがスモークマシンを操る。立ち込む煙の中、ノブが記録用としてビデオカメラを回す。

そしてついに、クマさんが「よーい！」と声をかけた。フィルムカメラがガラガラと回り始める。クマさんの号令。

「……3、2、1、はい！」

雅美が仰け反り、散弾銃の引き金を引く。

瞬間。

ぱーん！

と空気が裂ける音と共に、一瞬にして山根の頭半分が周囲に弾け飛んだ。本番中にもかかわらず、うげぇ！　おお！　ずお！　と役者からもスタッフからも反射的に悲鳴が上がる。散弾銃と、山根の頭からのぼる火薬の濃い煙。それが次第に晴れると、奥から脳みそがぶらぶらと垂れ落ち、肉片がうごめく頭の断面が覗いた。一番近くで散弾銃を撃つふりをしていた雅美の頬には文字通りの返り血。

「カット！」

カメラが止まるや否や、再びみんなの歓声が森中にこだました。

大成功だった。

興奮したみんなが山根の周りに集まる。辺りにはまだ火薬の匂いが立ち込めていた。

あらためて山根の死骸を見ると、その目はただれ、肉汁はしたたり、迫力は十分だった。爆風でカツラが背後に吹き飛び、ぱっくりめくれている。

「おい、誰か！　『写ルンです』持ってこいや！」

ケンタローさんの号令で、山根の死骸を前に、全員で記念写真。そのあとの撮影は、正直なところ覚えていない。気がつくと、平和寮の食堂にいて、スタッフ、キャスト全員で酒盛りが始まっていた。

正直な話、この頭部爆破シーンがこんなにもうまくいっていなかったら、映画は完成していなかったかもしれない。いや、まあクマさんだからどんなことがあっても絶対に完成させていたに違いないけど、そう言いたくなるくらい、役者さんたちの精神は限界に来ていた。それがこの爆破シーンで、見事にモチベーションを持ち直し、一致団結したのだった。また、サカモトくんが鬼畜組から全幅の信頼を得たのは言うまでもない。

こうして勢いづいた鬼畜組はこれ以降、残りの森パートも爆破のテンションの名残で乗り切り、大団円の廃墟パートまで一直線に駆け抜けてゆくことになる。

半田の生活——一回生の春休み

『P』という、お蔵入りさせたにせよ曲がりなりにも短編映画を完成させた僕とノブは、そのリベンジを図るべく次回作の構想を練り始めた。大いなる失敗に終わった前作だったが、ひとまず形にしたことで、少なからず自信をつけてはいた。

そのころの僕の愛読書の一つに、フィルムアート社から出ている『マスターズオブライト——アメリカン・シネマの撮影監督たち』という本があった。アメリカ映画の撮影監督たちのインタビュー集だ。一線で活躍する名だたる撮影監督たちの生い立ちとその姿勢は刺激的で、何度読んでも飽きなかった。中でも自然光を重視するネストール・アルメンドロス（一九三〇—九二年、スペイン出身の映画カメラマン、撮影監督）や生粋の職人ジョン・A・アロンゾ（一九三四—二〇〇一年、米国の撮影監督）、アメリカに亡命してきたハンガリーの苦労人ヴィルモス・スィグモンド（一九三〇—二〇一六年、ハンガリー出身の映画カメラマン、撮影監督）の撮影術はすこぶる実践的で、自分たちの自主映画作りにも応用できそうなものがたくさんあり、鬼畜の現場で培った技術と組み合わせて試してみたいことが山ほどあった。

ノブはノブで次の狙いがあった。

「タケちゃんで映画撮りたいんだよね」

「タケちゃんって、あの、半田の同級生？」

「そうそう」

タケちゃんというノブの中学時代の友人は、以前地元の友達と一緒に愛知からわざわざノブの寮へ遊びに来たことがあり、そのときに僕も一、二度会っていた。本名を山本剛史《やまもとたけし》といって、鼻筋の通った色の白い、いかにもモテそうな顔つきの男だった。ノブが高校時代に撮っていたコント集『我ら天下を獲る！』でもかなりの量のコントに出演していた。

「半田にタケちゃんの親戚の会社があるんだけどさ、ビリヤード台とかあって、昔よく溜まってたんだよね」

「ほう」

「頼んだら、そのビル丸々使わせてくれそうなんだよ」

「ほう！」

こうして瞬く間にオール半田ロケが決まった。

授業で少し学んでいたとはいえ、そのころはまだ脚本というものがどういうものなのか、まだまだわかっていなかった。けれど撮りたい画だけはなんとなく浮かんでくる。

「岩井俊二って脚本書かないらしいな」

「あれだろ、画コンテの横に吹き出しでセリフとか書くんだろ」

　僕とノブは、画コンテを描こうとしているクマさんと一緒に、喜志駅近くのファミレス「フレンドリー」に入った。まだ森パートを撮影している真っ最中のころで、先輩が描く劇画調の画コンテを眺めながら、自分たちも見よう見まねで鉛筆を走らせた。

「ノブとコースケ、次はどんな映画撮るの？」

　ペンの手を止めて、クマさんが面白そうに聞いてくる。

『ジェイコブス・ラダー』と『エンゼル・ハート』を足して二で割ったような映画です！」

「おお！」

「『バートン・フィンク』もちょっとだけ入ってます！」

「要するに悪夢だな！」

「そういうことです！」

　クマさんはげらげら笑っていた。

　鬼畜組の森パートが落ち着き、少し時間ができると、僕とノブは8㎜カメラ片手に電車に乗って愛知県半田市に向かった。ちょうど春休みに入った頃だった。

　僕はノブと一緒に、彼の両親が住むマンションに厄介になった。着いた翌日に近くのデニーズでタケちゃんと顔を合わせる。タケちゃんはそのころ地元の古着屋でバイトをしていた。他にも何人か同級生たちとも合流した。

僕としてはすぐにでも撮影が始まるかと思っていたのだが、どういうわけかノブが一向に動く気配を見せない。毎日友達の車に乗って半田や名古屋をドライブしては地元の友達とつるんでいた。謎は数日で解けた。

理由はこうだ。ノブには高校時代から付き合っている地元の彼女がいたが、大学進学を機にフラれていた。しかし、最近になってどうやらヨリを戻したらしい。もちろんタケちゃんで映画を撮りたいのは事実には違いないが、実はそれ以上に彼女と一緒に過ごしたかったのだ。映画作りはその口実だった。

僕にとっては無為な時間が続いた（まあ、半田や名古屋で遊ぶのは結局のところ楽しかったけど）。このままでは春休みが終わってしまう。僕はノブのケツを叩いて、いやいや腰を上げさせた。

タケちゃんの祖父が経営する建築会社は三階建ての鉄筋コンクリートだった。隣に大きな倉庫があって、工事用の照明器具などもたくさん揃っている。それらをすべて自由に使っていいとのことだった。重いものを運ぶカートなどもあって、工夫すれば移動撮影にも使えそうだった。

タケちゃん演じる、とあるサラリーマンが小さな会社を営業訪問する。暗いＯＬに迎えられ、応接室に導かれる。不穏な社員の目を盗んで、社内を散策するうち、数々の不気味な出来事に遭遇し、サラリーマンはいつのまにか抜けられない異次元の世界に閉じ込められる……クマさんの言うように、まさに悪夢の一日を描いた作品だった。

現役の建築会社のため昼間は入ることができないので、撮影は連日夜八時ごろから朝まで行われることになった。

出演者はタケちゃんの他に、地元の女友達や、自衛隊に勤めるノブの同級生、大澤喜宣《おおさわよしのり》くん、通称よっちゃんにも出てもらうことになった。オリバー・ストーン（一九四六年生）のような社会派が好きだというよっちゃんも『我ら天下を獲る！』の常連組だ。

一晩のロケハンを終えて、翌日からいよいよ撮影が始まった。

僕とノブのどちらが言い出したのかもう忘れてしまったが、半田に来る前から、この作品はモノクロで現像することを決めていた。ノブはジム・ジャームッシュの初期の作品を意識していたのかもしれない。僕は僕で林海象《はやしかいぞう》監督（一九五七年生）の『我が人生最悪の時』みたいなものに憧れていた。会社の倉庫に転がっている投光器をフル活用して、なるたけ陰影の濃い画を目指した。

撮影は順調に進んだが、どうもノブにやる気が感じられない。日中、彼女と遊ぶので、夜は睡魔が襲ってくるようだ。ある晩カメラの準備を終えてリハーサルをやろうとすると、ノブの姿が見えない。探すと、別室の床で眠りこけていた。時間にも限りがある。起きる気配も見せないので、仕方なく一人でカメラを回した。

明け方、撮影が終わると、ノブはしゃきっとして半田の街に繰り出してゆく。僕は疲れ切ってノブの部屋で眠る。夕方、ノブのお母さんと夕飯を食べながら中田秀夫《なかたひでお》監督（一九六一年生）の『女優霊』を観て怖がっていると、遊び疲れてぐったりしたノブが帰ってくる。僕は布団に直行しようとする監督をなんとか引っ張り立たせて、現場に向かう。夜の撮影が始まる。ノブは別室で眠る。そんな毎日が続いた。

ノブのお母さんの手料理は美味しかった。毎日晩酌するお父さんはノブにそっくりだった。監督が寝ても、撮影は続く。8㎜カメラ内でフィルムを巻き戻して画像を重ねるオーバーラップや、編集におけるアクションカットなど、僕には技術的に試したいことが山ほどあった。幸い画コンテを描いていたので、進行に困るというようなこともなかった。よっちゃんやタケちゃんも、自分が出ない時はスタッフのようにレフ板を持ってくれたりと、積極的に現場に参加してくれた。

撮影は一〇日ほどで終わった。まだまだ春休みは続いていた。すべてを撮りきると、もう僕が半田にいる理由はない。帰り支度を済ませて、知多半田駅で名鉄に乗った。春休みいっぱい地元で過ごすというノブが彼女と一緒に駅まで見送りにきてくれた。

大阪に戻ると、持ち帰った8㎜フィルムをすぐに現像に出した。一度だけラッシュを見たが、それから長いことほったらかしにしていた。なんとなく、編集する気にはなれなかった。

『チョコレイト』——二回生、春

春休みが明けた。僕たちは二回生になったはずだが、まったく実感は湧いてこない。ただ漫然と、長い長いモラトリアムを過ごし、そして確実に一つだけ歳を重ねていた。

画角を決める際、河原で立ち位置を確認する智美さん。

クマさんは『鬼畜大宴会』のクライマックスとなる廃墟の撮影を前に、フィルム代を稼ぐため、ザイプさんと共にバイトに明け暮れていた。ザイプさんは短期間で多く稼ぐことができる入院制の医学ボランティアに、クマさんはもっぱら解体工事や大型デパートの改装などの力仕事についていた。

廃墟の撮影はゴールデンウィークに予定されていたが、それまでの期間を利用して、今度はハッシーさん監督の卒業制作映画が作られようとしていた。僕とたっちゃんは技術スタッフとしてもちろん参加することになった。

映画のタイトルは『チョコレイト』。小学生の男の子と女の子の淡い感情が描かれる小品で、主演の小学6年生、工藤智《くどうとも》美《み》さん（2章の125ページ参照）は透明感い

バス停のシーンを撮影中のひとコマ。

っぱいでなんとも可愛らしく、半分彼女の顔見たさに現場に行っていたような気もする。後年ハッシーさんに聞いたところ、『鬼畜大宴会』の撮影でいやになるほどエログロを撮ったので、自分の作品では優しいものをカメラに収めたかったのだそうだ。ちなみに本書の担当編集者の金井さん、通称カンちゃんが、この作品でハッシーさんとの共同脚本と記録を担当している。

小春日和の中、木漏れ日を受ける田舎の神社や眩しい日本家屋で子ども達を撮っていると、その画に自分の少年時代が重なって、心が洗われるようだった。ハッシーさんの思惑通り、血も暴力も臓物も何も出てこない牧歌的な撮影現場で、それがまたハッシーさんの性格を表していた。上がってきたラッシュも、鬼畜組

花火シーンの待ち時間。

と同じカメラで撮ったとは思えない、明るく清々しい映像ばかりだった。何より少年少女の笑顔に癒された。

『チョコレイト』の撮影が終わる頃、ザイプさんが医学ボランティアのバイトから帰ってきた。河南町の桜は散り、そこかしこに新緑が芽生え始めている。

最後の宴が、近づいていた。

終宴の時

クマさんの卒業制作映画『鬼畜大宴会』もついにクライマックスの撮影を迎えようとしていた。

造反した組織の副リーダー、山根を猟銃で殺してしまった雅美は、部下たちと共に逃亡を企てる。一同は山奥の廃墟にたどり着き、そこで目的のない共同隠遁生活が始まる。やがて、錯乱した雅美や局部を切りとられ狂気に満ちた熊谷に、組織の終焉を見た藤原が、持参の日本刀で自分なりの総括を始める……。

四月の終わり、鬼畜組は一路和歌山を目指した。機材車数台で下道を走ること3時間、一行は小さな港町にたどり着く。町外れに出ると、海に面した巨大な廃ビルが見えてきた。そこが最後の現場。ゴールデンウィークを利用しての、三泊四日の撮影合宿が始まった。

メンバーは、生き残ったキャストの五人に、いつものスタッフたち。炊事班としてクマさんやハッシーさんの同期であるみっちゃんという女性の先輩。そして助っ人としてウジさんが自分の車と一緒に参加していた。

ここに、当時の撮影予定表が残っている。題して「地獄の廃墟スケジュール」。

これによると、撮影は四月二七日から二九日までの三日間が第一陣。そしてキャストを入れ替えての第二陣が五月二日から五日までの四日間だ。撮影を2回に分けていたなんて、このスケジュール表を見るまで僕はすっかり忘れていた。

例えば四月二七日のスケジュールはこう書かれている。

PM11時　橋本（ハッシーさん）宅集合出発
※キャスト　熊谷　杉原

日を跨いで28日

AM1時　到着、就寝

AM5時　起床、朝食

AM6時　撮影開始（シーン46、48、50、53、55、58、60、66、68）
PM0時　昼休み
PM1時　撮影再開（同上）
PM5時　撮影終了
　　　　以降はFREE（夕食、花火、ナンパ、睡眠、オナニー）

廃墟パートは夜のシーンがないため、日中を乗り切れば僕ら後輩スタッフは休んでいられた。しかし、クマさんたちに休みはない。役者の送り迎えがあるためだ。スケジュールは続く。

PM9時　ケンタローを迎えに出発
PM11時　ケンタローを乗せ、再び和歌山へ
日を跨いで29日。
PM1時　ケンタロー到着、就寝
AM5時　起床、朝食
AM6時　撮影開始（シーン64、70）
PM0時　昼休み
PM1時　撮影再開（同上＋カット群の死体）
PM5時　撮影終了

以降はFREE（夜釣り、寒中水泳、枕投げ、キャンプファイヤー）

PM9時　帰ります

それにしてもこの廃墟の廃墟っぷりはどこをとっても美しく、そして広大だった。もちろん許可など取らないゲリラ撮影だったが、廃墟の中をさまよえばさまようほど、クマさんとハッシーさんの頭の中には様々な画が浮かんでくるらしく、半ば即興的に、常軌を逸した雅美の踊りなどを作り出し、撮り続けてゆく。

ケンタローさん演じる藤原が、杉原や熊谷たちを日本刀で一人ずつ殺してゆく。岡崎は手首と首を切り落とされる。森での壮絶なリンチとは違い、どこか静謐な空気が漂う殺害シーンを、一つひとつ、片付けてゆく。近くにはコンビニもない。食料は毎度ザイプさんの作るクソまずい雑炊だった。僕は菓子パンが恋しかった。

第一陣を終え、二日ほどインターバルを終えて、第二陣の撮影が始まる。五月二日の夜11時。ハッシーさんの家に集合したスタッフは第一陣と同じように出発。

第二陣には、弾着班のサカモトくんが加わった。山根爆破で大金星を飾った彼には、雅美の射殺シーンという最後の大きな仕事が待ち受けていた。

撮影日程は、基本的には第一陣と同じ流れだった。朝5時起床、6時に撮影を開始して、途中1時間の昼休憩を挟み、日が落ちるまで撮影。夜は役者の送り迎えで長距離の運転。睡眠時間もないくらい忙しいはずなのに、クマさんは明け方に海で釣り糸を垂らしたりしていた。何という体力だろう。クマさんはそのころから魚釣りが好きだった。

海は凪いでいた。雨が降る気配はまったくなかった。のどかな晴天が続く中、粛々と殺戮《さつりく》シーンは進んだ。撮り終わったロケ現場はどこも血糊で真っ赤になっていた。そしていよいよ弾着の山場、雅美の殺害シーンがやってくる。

酒を飲み、取り憑かれたように雅美を犯す岡崎は、彼女に陰茎を噛みちぎられ、逆上。腹をめった刺しにしたあと、散弾銃を陰部に突っ込み、発砲する。雅美の腹は吹き飛び、内臓があたりに飛び散って、ついに雅美絶命……。

撮影隊を横目に黙々と弾着を作っていたサカモトくんたち弾着班の準備が整う。ひとまず、廃墟の床の上に板切れを置いて、その上で弾着のリハーサルを行った。火薬を仕込んだ臓物の塊から赤い導線がサカモトくんの手元のスイッチまで伸びている。

「いきまーす。3、2、1……」

サカモトくんがスイッチを押すと、臓物は破裂し、一瞬のうちに跡形もなくなった。見ていたスタッフからおおう！と驚きの声が上がる。後方の壁にべったりと血がこびりついていた。

これを、雅美を演じるミカミさんのお腹の上で爆発させようというのである。今なら「や、これちょっと他の案考えましょう」と待ったをかけるに違いないだろう。

しかし、このころの鬼畜組は何しろ、

「いい映画を作るためなら、殺人以外何をやっても大丈夫！」

という催眠術に全員かかっていたので、危ないからやめましょうなんて、何をか言わんや、なのである。お腹と弾着の間にゴム板を仕込めば全然大丈夫だろう、という防護策で準備は進められた。リハーサルの爆破を見て青ざめていた当のミカミさんも、観念したように現場に横たわる。

雅美の着物の下に火薬入りの内臓が仕込まれる。サワッチさん演じる岡崎が散弾銃を雅美の股間に当てがう。カメラは二台設置されている。クマさんがスタッフに準備完了を確認し、位置につく。

「じゃ、本番いきます！」

カメラが回る。

「本番よーい！　スタート！」

弾着班のカウントダウンが始まる。

3、2、1……。

打ち合わせ通り、ミカミさんが立てていた膝を地面に広げ、大の字になる。

ゼロ、と同時に雅美の腹で火薬が爆発する。驚いたのはその火力で、リハーサルの三倍は大きく見えた。サワッチさんが思わず尻餅をつく。立ち昇る硝煙。ミカミさんの足がもがくように天を掻く。

沈黙。

カメラの回る音だけが辺りに響く。

「オッケー！」

クマさんが叫んだ途端、うっ、うっ、とミカミさんのうめき声が響いた。慌てて弾着班がミカミさんに駆け寄る。凄まじい火力に自分たちでも動揺しているようだった。起き上がれないミカミさんの周りに、次々とスタッフが集まってくる。

ミカミさんは、爆破の圧力が鳩尾に食い込み、苦しそうだったが、怪我はないようだ。横ざまに倒れ、言葉も発せないミカミさんを、僕たちはじっと見守るほかなかった。

この時の様子はメイキングに記録され、DVDの特典映像に収められている。起き上がれないミカミさんの周りに次々とスタッフが集まってくる様子は、まるでジャッキー映画のNGシーンみたいだったが、何しろ向こうはアクション俳優で、こっちはいたいけな女子大生である。やがて息を吹き返し、笑顔が戻ったミカミさんに賞賛の拍手を送ったが、このような撮影はもう二度とできないだろう。

鬼畜組紅一点の大一番が、ここに終わりを告げた。上がってきたラッシュは、もちろん素晴らしい仕上がりだった。

クマさんの卒業制作映画『鬼畜大宴会』の撮影は廃墟で一応の山場を越えた。富田林市の奥、滝谷不動の山道や、喫茶店の外観など細かなシーンを撮り、最後は山根が隠れ住む杉原の部屋に雅美たちがやってくる芝居場をもって一応のクランクアップとなった。

『腐る女』

鬼畜組を終えたことで、僕は周りから「コースケといえば照明」というようなイメージを持たれるようになった。ハッシーさんのもとでフィルム装填などのカメラ技術を学んだたっちゃんは「カメラのたっちゃん」となり、ノブは自主映画『P』を撮ったことで一応「監督」になった。僕とノブがコンビと思われるようになったのもこの頃からだ。そしてハヤトは相変わらず博学で、ずっとノートに絵を描いていた。

僕たちが鬼畜組に参加している間に、周りの状況も少しずつ変わっていたようだった。ゴウは軽音楽部で知り合った仲間と「トーチカ・ウォーマーズ・ダイエット」、通称「トーチカ」というバンドを作って活動を始めていた。ヌシはヌシで8㎜映画を作っていた。これには僕とノブもスタッフとして参加した。鬼畜組で培った技術は仲間内で重宝された。どんな形であれ、自分を必要としてくれるのは嬉しいことだった。

けれど、16㎜フィルムの魅力を知った今となっては、8㎜フィルムの撮影はどこか物足りなかった。後輩としてではなく、今度は自分たちで16㎜フィルムで映画を撮りたい。その思いを叶えてくれる講義が大学に一つだけあった。

それは「制作1」と呼ばれる授業だった。一組一〇人程度の班を作って、16㎜カメラを使って10分程度の短編を作るというもので、完成作品は、翌年の五月に行われる上映会「スクリーンサーカス」でお披露目される。

班作りは、一回生のとき（五十音順）と違って、有志で作ることになっていた。結果、いつもつるんでいる一食の面子が集まる。僕、ノブ、たっちゃん、ハヤトの鬼畜組の他、フセくん、ヌシ、ジュンちゃん、ゴウ、サイトーくん。そして一食でゴウを通じて知り合った池永正二《いけながしょう》、通称ショージ、橋本有生《はしもとゆうせい》、通称ユーセイ、高杉賢《たかすぎまさる》、通称マサルくんなどもいた。ショージ、ユーセイ、マサルくんの三人はバンド「トーチカ」のメンバーで、その頃は映画より音楽に傾倒していたので、ただ単位欲しさに加わったような形だっただろう。また、大学から班員一人につき１００フィートのフィルムが支給されることになっていたので、人数は多い方がいいと、他にも友人を何人か誘った。

誰がどう発案したのかほとんど思い出せないが、何となくの話し合いでゾンビ映画をやることが決まった。このメンツでゾンビなんてモチーフを出すのはノブくらいのものなので、おそらく彼の発案か。百人くらいのゾンビを俯瞰で撮りたい、なんていう大きな野望もあったが、結果的に「ゾンビに腕を引っ掻かれた女がトイレに逃げ込み、そのまま腐ってゆく」という現実的な話に落ち着いた。みんなのアイデアをまとめて、僕が脚本の形にまとめた。脚本といっても、物語の大半は女が腐ってゆく描写で、台詞も「ハァ、ハァ……」とか「イヤァァァァァァァァ！」とか叫んでるだけ。脚本と呼べるほどのものでもなかった。タイトルは、女が腐ってゆく映画なので、『腐る女』。

脚本が出来上がると、僕たちは女優募集のチラシを作って一食や二食の壁に貼って回った。数日後、一人の女性が連絡をくれた。斉藤美樹《さいとうみき》さんという在学中の年上のお姉さんで、そのころまだ童貞だったノブや、初めてできた彼女を速攻でバンドマンに寝取られた僕は彼女の目をまともに見られなかった。

撮影は、九割が映像学科のある7号館一階のトイレで行われた。撮影はたっちゃん、照明は僕だ。

緑色のワンピースを着た主人公の女が、恋人をゾンビに襲われ、自身も腕を引っ掻かれ、トイレに逃げ込む。以後、外に出る勇気もなく、ただただ泣くばかり……しかし、自主映画に出てくる女優の衣装はどうしてこうワンピースばかりなんだろうか。機会があったらどこかで一度論じてみたいと思うほどだ。

女が死に、腐りながらもゾンビとなって動き出し、もがれ落ちた自分の腕を喰らう、なんていう描写は鬼畜組で得た経験をフルに生かした。というか『鬼畜大宴会』みたいなことがやりたかったからゾンビ映画にしたというのが本当のところか。実際、森パートで使った山根の類から上がない頭部を借りてそのままゾンビとして使ったり、女の恋人役でザイプさん、ゾンビ役でクマさんに出演してもらったりもした。事実上、『鬼畜大宴会』の息子的作品であることは確かだ。

男子便所の床の上を這わせたり、体の上に本物のゴキブリを置いたり、便器に顔を突っ込んで吐かせたり（ゲロはもちろん仕込み）、斉藤美樹さんには本当に申し訳ないことをさせてしまったが、彼女は不平も言わず芝居をこなしてくれた。今振り返っても感謝しかありません……。

「俺はこれでいく」

「制作1」の映画作りや他の授業も少しあったものの、鬼畜組の撮影が終わったことで再び時間を持て余すようになった僕は、また映画三昧の日々に戻った。世の中には僕のまだ観ていない映画が無限にある。それは未知なる土地を踏むときのような冒険的な幸福に包まれると同時に、無知な自分に対する焦りも産んだ。

観る映画にしても、先輩や同期たちの間にはそれぞれ得意分野というものがあった。例えばノブだったらアメリカンニューシネマであり、たっちゃんはキューブリックだった。ゴウはデヴィッド・リンチ（一九四六年生）であり、ヌシはブラックムービーであり、ウジさんは香港映画だった。そしてクマさんは何でもこい（棋界でいうところの羽生善治永世七冠みたいな感じ?）。まあ、有り体に言えばそれぞれの好きな映画監督たちということだったが、何となくそんな好みの棲み分けみたいなものがあり、各々の分野に関しては「立ち入るべからず」の意識が働いていた。この「棲み分け理論」は僕の勝手な偏見に過ぎないのかもしれないが、ほら、意識として、やっぱりいくら好きでも友達の彼女には手を出しちゃいけないって思うでしょう?

僕にはその得意分野がなかった。みんなが得意としているものを、借りて、観て、吸収するのみ。漠然と日本映画は好きだったが、彼女と呼べるほどの間柄にもなっていない。僕だって、「この子、俺の彼女」ってみんなに紹介したかった。

何かないものか。それもみんなが手をつけていない分野。僕は当時、近鉄線の阿倍野橋駅の隣にあったバカでかいツタヤに連日通っては、ビデオとビデオの谷間をふらふらとさまよっていた。

そんなある日のこと。いつものようにツタヤで映画を物色していると、日本映画コーナーの外れ、角の一番下の段に、それぞれ同じ柄のパッケージが並んでいるのが目に止まった。それらは桃色と白の淡く入り混じったラベルで『にっかつ名作映画館ロマンシリーズ』とある。僕は入学まもない頃、フセくんに誘われて観に行ったオールナイト映画のことを思い出した。そうだ、これは確か「ロマンポルノ」と呼ばれているやつだ。

何本か抜き取って裏ジャケを眺める。クレジットに知らない名前が並んでいる。オールナイトで観た『赫い髪の女』もあった。少し迷ったが、同じ神代辰巳が監督している別の作品（たしか『赤線玉の井　ぬけられます』か『四畳半襖の裏張り』だったと思う）と、阿倍野、天王寺、新世界界隈が舞台になっているらしい『㊙色情めす市場』（田中登監督）というのを借りてみた。

創美荘に戻って、早速デッキにテープを差し込んだ。まずは神代辰巳の方から見た。一年前、オールナイトで見た感覚が蘇ってくる。あのねちっこい手持ちの長回しで絡みのシーンが延々と続く。

ロマンポルノは一本一本が80分前後と尺が短い。見終わると、立て続けに借りてきたもう一本のビデオを再生した。

映画はモノクロ。通天閣のてっぺんが映る。カメラが引いてゆくと、あばら家の並ぶ一角、石壁に二人の女が並んでもたれかかっている。

歩き出す若い女。追う中年の女はかき氷を食べながら。

カットが変わって、二人は円形の階段に腰を下ろしている。

中年女「なんで他所で股広げんならんのや？　ここでかてナンボでも稼げるやないか。ちゃんとええ具合払ろてるがな」

若い女「（無視）」

中年女「……そうか。そんなフリーが好きなんやったらな、フリーんなったらええがな。どこでなと好きなとこで股広げたらええがな。（かき氷を乱暴に地面に捨てて）聞いとんのか！」

若い女「聞いとるがな。別のこと考えてたんや……なんでやろ、手配写真の顔、みんな同じような顔しとる。みんな眠そうでシラけとる。どいつもこいつも同じ顔や。生きとんのか死んどんのかわからへん。なんやしらん、昔知り合うた人に会うとるようや」

中年女「後悔するで。はぐらかして済むことちゃうで。わかってんな！」

言い捨てて、中年女が去る。一人になった若い女を、カメラが正面から捉える。

女は呟く。

若い女「……ウチな、なんや、逆らいたいんや」

そのとき、ゴーン、ゴーン、と寺の鐘の音が響き、僕の中で電気が走った。

「これや！」

画面の右下に赤い字で『㊙色情めす市場』とタイトルが出る。

「うわーっ！　これやっ！」

映画は若い女、トメが死んだように新世界を徘徊し、死んだように男に身を売り、母の男を寝取り、精神的に不安定な弟を助け、そして傷つき、泥をすりながら過ごすあまりにも暗い青春を淡々と映し出してゆく。カットが変わるごとに、トメが動いてゆくごとに、頭の中に「これやっ！」が鳴り響く。

あっという間の82分が終わった。すぐにテープを巻き戻して、また頭から観た。「これやっ！」の嵐がおさまらなかった。

興奮でよく寝つけないまま朝を迎え、午後イチで阿倍野に出かけた。古くて細い商店街を抜け、さまようこと十数分。長屋の軒に四角い看板の並んだ廓通りが見えてくる。飛田新地だ。外周を歩いていると、映画のオープニングのロケ場所、丸い形をした階段が見えてくる。興奮して駆け寄った。階段は、そっくりそのまま、残っていた。

僕はトメが座っていた場所に腰を下ろした。わけのわからない感動が押し寄せる。やっと見つけた。僕はやっと見つけたのだ。

頭の中で、ゴーン、ゴーン、と鐘の音が響いていた。

「俺はこれでいく」

僕は自分自身と世界にはっきりと宣言した。「これ」とは一体何なのか、まったく判然としないが、とにかく自分の中に動かない何かを『㊙色情めす市場』の中に見つけたことはたしかだった。

たかが映画一本でこんなにも心が奮い立ち、自信を生み出すことができたなんて、若いということはやっぱりそれだけですごい現象なんだなと今振り返ってあらためて思うのである。

「篠田正浩や！」

「篠田正浩《しのだまさひろ》（一九三一年生）が今新作撮ってて、神戸駅で撮影があるんだって。エキストラ募集してるらしいんだけど、行かない？」

それはハッシーさんからの誘いだった。卒業制作『チョコレイト』に出演してもらった主演の女子小学生、工藤智美さんが所属する事務所から声がかかったらしい。一度でいいからプロの現場を見てみたかった僕は迷うことなく参加。面子は他にノブ、たっちゃん、ハヤト、ヌシ、ザイプさん、クマさんだったたか。

初夏のある午後、エキストラメンバーはハッシーさんのアパートの前に集まると、車二台体制で出発。下道で走ること三時間、夕方には神戸駅周辺に到着した。撮影は二晩行われる予定だった。

駅に向かうと、辺りにはすでにロケバスやら機材車やらが並び、僕たちと同じようなエキストラ参加者がたくさん集まり始めていた。受付を済ませると、さっそく順番に衣装部屋に誘導される。

映画は『瀬戸内少年野球団』の精神的続編のような作品らしく、戦後、引き揚げてきたのか、疎開先からの帰りか、とにかく主人公の少年がその父母らと共に雑踏でごった返す神戸駅を通り抜けてゆく、というのがその日の撮影の設定らしかった。

衣装部屋には、汚しをかけた軍服が何百着も並んでいた。さすがは大作映画。業界としても、当時の方がはるかに裕福だったから、お金のかけ方も今とは段違いだっただろう。

ぞろぞろと僕たちが入ってゆくと、衣装部のスタッフたちが、一人ひとりの顔つきに合わせた適当な衣装をあてがってくれる。僕やヌシ、ノブなどは引き揚げてきた兵隊の役で、所々破れた軍服を着せられた。唯一違ったのはザイプさんで、スタッフの一人は顔を見るなり、

「あらー、君いい顔じゃない！」

と傷痍軍人の格好をさせられることになった。これも鬼畜組で山根を演じた功績だろう。そして、それは驚くほど似合っていた。

衣装を着終わると隣のメイク室に流され、今度はメイクさんに顔に汚しをかけてもらう。まだ監督の姿すら見かけていないのに、なんだか篠田組の一員になったような気がして、だんだんと興奮してきた。そして、化粧が終わると、いよいよ現場に通されるのである。すでに日は落ちていた。

演出部らしき男に誘導されるまま、僕たちエキストラはぞろぞろと神戸駅構内に入った。現

場にはすでにカメラが設置され、その周りにスタッフが集まっている。

「篠田正浩や！」

カメラのそばで、写真で見たことのある初老の男がカメラマンらしき男と打ち合わせしている。

「すげー。サンゴー（35㎜）のカメラってあんなデカいんやな」

「あれ、クレーンかな？」

「きっとそやろ」

辺りには、一体何キロワットなんだというような大きなライトがそこかしこに煌々と焚かれている。初めて見るプロの撮影現場だ。

リハーサルが始まった。助監督の指示に従って、引揚者らしく、幾分疲れた様子でのろのろと雑踏を歩く。ただ歩くだけなのに、何度も、何度もやらされては、それと同じくらい待たされる。正直、楽しいとは思えない。

2時間もそんな風にしていただろうか、やがて撮影の段取りが決定したらしく、

「それでは一度テストいきまーす」

と助監督が声を張り上げた。僕たちは再び位置につく。すると誰かが叫んだ。

「おい、長塚《ながつか》京三《きょうぞう》やで！」

見ると、雑踏の向こうに、中折れ帽をかぶったダンディな男が立っている。隣で顔が隠れるほど大きなサングラスをかけているのは、

「岩下志麻《いわしたしま》もおるぞ！」

初めて見る長塚京三は苦みばしっていた。岩下志麻は映画で見るより小柄に感じた。多少飽きがきていた僕たちも、主要役者の登場で再びテンションが上がる。

「はーい、じゃテストー。いきます。よーい、はい！」

テストが始まると、僕たちは助監督に教えてもらった動線を無視して、長塚京三や岩下志麻たちの前をわざと歩いた。そうすればきっと画面に映るからだ。

ところがたちまちカットがかかり、篠田正浩がずかずかと僕たちの前にやってきて、

「お前ら！　邪魔だよ！」

あっという間に端の方に移動させられてしまった。欲をかくと、やっぱりろくなことにはならない。

何が何をどう撮られているのかもわからないまま、撮影は明け方終了した。その夜には二度目の撮影がある。ホテルに泊まる金もない僕たちは、近くの海岸に車を止めて、砂浜で遊んで時間を潰した。眠った記憶はない。今から振り返っても、羨ましいくらい体力は有り余っていた。

夜はまた同じように撮影に参加した。二日目ともなると多少冷静にもなり、僕はライティングの仕方なんかをずっと眺めていた。けれど、いかんせん規模が大きすぎて、自分たちの映画作りに活かせそうなものは何もなかった。

撮影はまた明け方まで続き、終わるとすでに太陽が顔を出していた。

「今日、『トキワ荘の青春』の初日じゃない？」

僕たちはハッシーさんの車に乗って、そのままテアトル梅田に向かった。

市川準の映画はどこまでも優しく、映画だけが行動原理だった色気のない僕たちの青春を肯定してくれるようだった。ノブは彼女がいたにもかかわらず、いまだに童貞だった。恋人を他の男に寝取られた僕は女性というものが信用できなくなっていた。彼女はヒステリックグラマーが好きな赤い髪をした女の子で、男は「THE MAD CAPSULE MARKETS」（前身バンドを経て、一九九〇年結成、九一年デビューのロックバンド）のコピーバンドをやっていた。僕はまだまだ幼稚だった。

『浪漫ポルノ』

鬼畜組で照明を担当した僕は、もっと勉強したいという思いが強くなり、先輩の他の班にもちょくちょく顔を出させてもらうようになった。監督やカメラマンなどの部署は志望者が多く、人が溢れていたが、照明を目指す学生は少なかったので、僕はそこそこ重宝された。今でいう隙間産業みたいなことか。

中でも一番よく通ったのは、ウジさんの班だった。

ウジさんの卒業制作映画のタイトルは『浪漫ポルノ』といった。ストリップ劇場のもぎりをしている女子高生としがない三文文士の交流を軸に、ストリッパーやそこに巣食う人々の人生を描いた作品だった。

日中の撮影がほとんどだった『鬼畜大宴会』と比べて、『浪漫ポルノ』は圧倒的に夜のシーンが多かった。ウジさんは香港映画が大好きだったが、実際に撮ろうとしているものは、どことなく薄暗い、諦観した人々の心だったように思う。それこそ、当時僕がすっかりハマっていた日活ロマンポルノと通じる匂いがあって、そういったことでも僕はウジさんの作る映画に共感していた。ウジさんはウジさんで僕のことを気に入ってくれて、その頃からよく一緒に遊んでくれた。夏休みには、琵琶湖の別荘地を利用しての、『浪漫ポルノ』の合宿撮影が行われ、僕も参加させてもらった。

この作品にはクマさんも俳優として出演していた。たしかストリップ劇場で働く頭の悪い従業員の役で、嬉々として演じていた。男の役者だらけだった『鬼畜大宴会』とは正反対に、大学で演技を学ぶ綺麗なお姉さんがたくさん出ていた。もちろんストリッパーの踊りのシーンもあり、色々な意味で刺激のある現場だった。

脚本とは何か、いいストーリーとはどういうものか。当時、そういった作劇に関する話ができる唯一の人がウジさんだった。作劇に興味を持っている人がウジさんだけだった、という言い方のほうが正しいかもしれない。

ウジさんはルーズリーフを横にして、縦書きで一気呵成《いっきかせい》にセリフを書いた。プロットやハコ書きを考えずにいきなり初稿を書き始めるのがウジさんのスタイルで、その速度はびっくりするくらい早かった。初稿が自分にとってのハコ書きみたいなものだよ、と言っていた。映画について語るウジさんは、映画監督というより、作家のそれに近かった。

ガンヌ映画祭──二回生、十一月

映画祭をやろうと誰が最初に言い出したのか、僕には思い出せない。クマさんだったか、ザイプさんだったか、ノブだったか、それともみんなで飲んでいてなんとなくノリでそんな風なアイデアが出たのか、ともかく学園祭で自分たち独自の上映会をやろう、と話がまとまった。その名も「ガンヌ映画祭」(なぜこんな名前がついたのか、誰がつけたのか、それも不明である)。大阪の片隅で人知れず撮ったはいいものの、発表する機会のないままお蔵入りになっている作品を発掘しようという試みだ。

一食や二食の壁に作品募集のチラシを貼ると共に、口コミで友人たちに声をかけた。そして、自分たちの作品も準備しなければならない。何しろそれが一番の目的なのだ。

僕とノブの手元にある弾は、前の春休みにノブの地元で撮った8㎜作品しかなかった。けれど、撮影が終わって以来、1回だけラッシュを見たっきり、一度も手をつけていない。

「ともかく半田で撮ったやつ、編集してみようか」

僕たちはノブの部屋にこもってさっそく編集を始めた。8㎜用のビュワーは光量が足りず、部屋を真っ暗にしても、かろうじて人物の輪郭が見える程度だった。画面を凝視し、検討をつけてスプライサーでフィルムを切り張りしてゆく。脚本の代わりに描いた絵コンテが残っていたので、そんなに混乱はしなかった。フィルムは五日ほどで一本に繋がった。尺にしておよそ15分ほどだった。

早速映写機にかけ、二人で見る。暗闇の中、モノクロのタケちゃんの横顔が浮かび上がる。室内はカタカタと映写機の回る音だけが聞こえていた。会社の中をさまようタケちゃん、次々と遭遇する不思議な出来事、奇怪な人々、そして異形のもの……。

おもしろくない。

まったくおもしろくない。

どこをとってもおもしろくない。

技術的にはうまくいっていた。アクションカットも狙い通りだった。オーバーラップも綺麗に繋がっている。でも、だからこそ、内容の陳腐さが目立ってどうしようもない。

フィルムが終わった。映写機を止め、部屋の電気をつけた。お互いに、顔を見ることができない。

この作品では不条理な恐怖を目指したつもりだった。なのに、恐ろしいほど怖くない。

僕は辞書を引いた。

「不条理とは、筋道が通らないこと。道理に合わないこと。また、そのさま」

確かに作品の筋道は通っていなかった。劇中で起きる出来事も、道理に合わないことだらけだった。なのにつまらない。不条理を描くことは、自由を描くことと同じくらい難しいのだ。また始末の悪いことに、この作品、絵コンテ優先でお話を進めていったものだから、セリフが一言もない。なんの説明もなしで伝わるはずがない。

大失敗。

そりゃそうだよ。現場でノブ寝てんだもん。俺一人頑張ったって無理だよ。撮影はうまくいってもノブが放棄してんだもん。面白いもの作れるわけないよ。ノブが彼女にしか興味がないんだもん……僕の失意の矛先は八つ当たりの形をとってノブに向かった。

その時点でもう学園祭まで一週間を切っていた。今から新作を撮る時間はない。

しかし、ノブは意外と平然としていた。

「ともかく音入れしよう」

僕たちは大学で編集済みのフィルムをＶＨＳテープに起こし、中西《なかにし》のえる、通称ノエルの元を訪ねた。

平和寮にはノブやクマさんの住んでいる建物の隣に、新館と呼ばれる寮がもう一棟並んでいた。ノエルはその新館に住んでいる映像学科の同期生だった。京都出身のテクノ好きで自分でも音楽を作り、砂壁の六畳間に似つかわしくない高価な音響機材に囲まれて暮らしていた。当時の愛読書は埴谷雄高《はにやゆたか》。難しそうな顔をしていつも『死霊《しれい》』なんかを読んでいた。寡黙で律儀な男で、みんなで定食屋に晩御飯を食べに行こうというのに、「今日は家で炒飯を作る日やから！　絶対に作らなあかんから！」と一人で帰って行ってしまうようなところがあった。

ノエルは入学当初からゴウたちともよくつるんでいて、映画の音付けなんかもやっていた。その縁で、音に関しては僕とノブも自然とノエルを頼るようになっていた。夏に「制作1」で撮った『腐る女』でも、ノエルは同じ班として音響を担当していた。

そのノエルにどうにかしてもらおうと、駆け込み寺のように僕とノブは新館の彼の部屋を訪ねた。もはやアフレコで環境音をつける時間もなかった。となるとあとは音楽でごまかすしかないのか。

二人で頭を抱えていると、機材を弄っていたノエルがぽつりと呟いた。

「ノブの独り言はどやの？　あれおもろいやん」

その頃、ノブは竹中直人《たけなかなおと》が好きで、当時放送中だった『竹中直人の恋のバカンス』やオリジナルビデオ『普通の人々』なんかを観ては、よくモノマネをしていた。モノマネのクオリティは結構高く、ヌシなんかは涎《よだれ》を垂らして笑うほど気に入っていた。

ノブが画面に合わせて、竹中直人風にちょっと呟いてみた。ノエルが笑う。僕としては本意も不本意もない。とにかく時間がないのだ。大まかな流れを確認して、録音を始めた。本編15分一発録り。そして作品は無事、映画祭の前日に完成した。

タイトルは『夏に似た夜』。経緯は忘れたが、ノブはこんな気取ったタイトルは元来好きじゃない方だから、おそらく僕がつけたんだろう。

ガンヌ映画祭は、学園祭の日程に合わせて、9号館地下の講義室を借りて開催された。映像学科の同期生や、クマさんたち先輩の作品など、結構な数が集まり、そこそこ賑わった。

『夏に似た夜』は、意外にも好評だった。上映が始まると、毎回あっちこっちで笑い声が起きた。どうやら、画面のシリアスさと、ノブのぼやきとの落差が可笑しみを、それこそ不条理な笑いを生んでいるようだった。

「いやあ、これおもしろいよ！」

クマさんはげらげら笑ってくれたけれど、僕としては複雑な気持ちだった。自ら封印した『P』のときの脂汗が出るような体験に比べて、笑ってくれる方がはるかに嬉しいには違いなかったが、これは映画そのものがウケたというよりノブのぼやきがウケただけなので、なんというか、素直に受け取れない思いが強く、僕は釈然としなかった。

闇編

商業映画のエキストラや、ウジさんの卒業制作の参加、そしてガンヌ映画祭など、いろいろやることのあった二回生だったけれども、その隙間隙間でやっていたことは、バイトと『鬼畜大宴会』の編集の手伝いだった。

バイトは日雇いの肉体労働で、主に地方の大型モールの内装替えの仕事だった。大学内に派遣会社の下請けのようなバイト長がいて、仕事があると招集をかけたり、招集がないときでも、こちらが望めば現場を紹介してくれた。

この肉体労働バイトも、クマさんや大学の先輩達に教えてもらった仕事で、それはまあみんなでいろんな現場に行ったものだった。

稼いだ金は酒や映画代に消える部分もあったけれど、半分は地道に貯めることにしていた。目的は卒業制作だった。

『鬼畜大宴会』を制作するために、クマさんとザイプさんは暇があればバイトに入っていた。その背中を見ていた僕たちは、来たる卒業制作に向けて、二回生の時から金を貯めることにしていた。そのころ、すでに僕とノブはクマさん達と同じように卒業制作で16㎜映画を作ることを決めていたのだ。

早朝起きて、指定されたデパートに向かい、現場監督の手足となって、古い棚を廃棄したり、新しいラックを取り付けたり、雑用を何でもこなした。時にはペンキ屋さんやクロス屋さんのような専門職の人たちの助手のようなこともやったりする。工事が始まってまもない頃だと仕事内容も緩くてまったりしているが、新装開店が近づくと、現場に朝イチから入って、終わるのが次の日の朝だったりする。相当キツくて、大便をしに行くふりをしてトイレで寝たりしていたが、残業代が結構つくので助かっていた。普通に夜までで一日一万円とちょっと。残業が入ると、二万円近く貰えた。

バイトが一段落すると、クマさんは7号館にある編集室に連日こもった。スタインベックと呼ばれる大きな編集機の前でフィルムを切り貼りする。一体どんな風な映画が出来上がるのか、待ちきれない僕は無理を言って編集助手にしてもらい、クマさんの編集作業を見ていた。

現場では、今、いったいどこの何を撮っているのか、まったく意味不明だった数多のカット群が、一つひとつ組み合わされ、ピースがはまってゆくジグソーパズルのように、少しずつ輪郭ができ上がる。あのカットはここに入れるために撮ってたやつか！なんて、現場の答え合わせをしているような感覚がしたものだ。

そしてまた画が繋がってゆくにつれ、雅美や山根など、それぞれのキャラクターの立ち位置もはっきりとしてくる。ドラマが見えてくるわけだ。夢中にならないわけがない。

16㎜フィルムの編集は、原理としては8㎜フィルムと同じ、フィルムを切ってテープで貼ってゆくというアナログなやり方だった。一度切ったカットをもう少し短くしたい、あるいは長くしたい、というようなときは、切った部分を元どおりに貼り直し、また別の部分を切らなくてはならない。クマさんは試行錯誤して切っては貼り直し、切っては貼り直しを繰り返すので、ポジフィルムはどの部分もテープでボコボコになっていた。

編集と並行して、ザイプさんが中心となり、アフレコや、効果音の収録も行われていた。これはハヤトがかなり貢献していたように思う。録音が終わった音源をシネテープに落とし、画と同期させる。セリフがついた画はまた一歩劇映画に近づいてゆく。

編集室にはまず入り口に一つのドアがある。そこを開けて中に入ると廊下があり、奥にいくつか部屋が分かれていて、それぞれがスタインベック（編集機）の備わった編集室になっている。やがて、『浪漫ポルノ』の撮影を終えたウジさんや、他の班の先輩たちも編集作業に入った。編集室はにわかに賑やかになり、若かりしころのフランシス・フォード・コッポラ（一九三九年生）やスコセッシ、ブライアン・デ・パルマ（一九四〇年生）たちもこんな風に編集しながら意見のやり取りをしてたのかもな、なんて考えたり。誰にも望まれていない映画を作ることほど孤独なことはない。そんな風に巨匠に自分を重ね合わせることで、自分自身を慰めていたのかもしれない。

それにしてもみんな、圧倒的に時間が足りなかった。画の編集、音収録、画と音の同期作業、音楽制作、やることは次から次へと無限に出てくる。なのに編集室は原則として朝10時から18時までしか使えない。

だからクマさんたちは合鍵を作った。

毎日、18時までの正規の編集作業を終えると、一旦家に戻り、飯を食ったりして夜まで時間を潰す。そうして21時を回った頃、平和寮から人気のない大学の裏に周り、柵をよじ登り、編集室に向かう。正門には警備員がいるし、編集室のある7号館へは裏から回った方が近いからだ。

警備員が見回りに来る時間も大体把握していた。たしか、23時と2時の2回だったと思う。光線漏れを気にして編集室の電気を消し、編集機のビュワーの明かりだけを頼りに進めてゆく深夜の編集作業は、「闇編《やみへん》」と呼ばれた。

闇編によって昼も夜も一日中編集作業ができることになり能率は上がったけれど、それは睡眠時間が削られることを意味していた。深夜、編集したものを見ているうちに二人とも眠ってしまい、気がつくと編集機だけが回り続けていた、なんていうこともたまにあったが、クマさんは真っ赤な目で編集を続けていた。

そんな寝不足の編集作業も終盤を迎えようとした秋の終わり、『鬼畜大宴会』の制作存続に関わる一つの事件が起きた。編集ラッシュを観た教授の一人が、完成に待ったをかけたのである。問題はその描写にあった。学生活動家たちが内ゲバによって自ら崩壊の道を辿り始める、その暴力描写が激しすぎて、倫理的にどうかという話だった。

クマさんがどんな風に抵抗したのか、その場に居合わせていなかった僕にはわからないが、とにかく暴力描写を切らなければ完成させないという教授の意見があったそうだ。

映画『鬼畜大宴会』という映画にとって、「暴力」は一つのテーマだった。その部分を削除しろというのは、作品そのものを否定しているに等しい。まあ、クマさんはどんなことがあっても(例えば単位がもらえなかったとしても)自分の表現したいように作品を完成させたに違いないが、そうしたアナクロな意見が教授の中から出てきたというのは純粋に腹立たしいことだった。

そして、そこに現れたのが、教授の中島貞夫である。あの、サングラスをかけたヤクザの組長のような先生である。件の問題が勃発するに及んで、ヤクザ先生も編集ラッシュを観た。

そして、見るなり絶賛したそうである。

「熊切、このまま いけ。責任は全部俺が持つから」

と言ったそうである。

「中島って先生、どうやら、ただもんじゃないかもしれんな」

「うん。ただの東映のVシネ監督やと思ってたが……」

僕たち後輩は、得体の知れないヤクザのおじいちゃんの存在を、あらためて考え直した。

……というういきさつを、僕は当時誰かから聞いて記憶していたが、この度クマさんに確認してみたところ、どうやらそれはまったくの空言で、大学からの検閲のようなことは全然なかったそうだ。誰が流したのかわからない噂が一人歩きしたのだろうが、僕らは長いことそれを信じ、後日談として仲間内で話のネタにしてきてしまった。こんなに長い年月信じてきた逸話を、ただの嘘として消してしまうのも悲しいので、ちょっとした伝説として、ここに記しておく次第である。

編集、音入れ、ダビング作業、そして最終的なネガ編集を終えて、映画『鬼畜大宴会』はとうとう完成した。お披露目は、卒業制作展での上映会。確か9号館の地下の講義堂だったか。ホールの手前、8号館と7号館を結ぶ渡り廊下に『鬼畜大宴会』と書かれた大きな看板を掲げた。完成した『鬼畜大宴会』の本編をちゃんと観るのは、そのときが初めてだった。異様な映画だった。狂気は静謐の中から生まれ、血となり臓物となってスクリーンを犯した。どんな風に撮影され、編集され、構成されていったか、からくりはすべてこの目で見てきたというのに、本編を前に、僕は2時間打ちのめされっぱなしだった。

なのに、場内はとても静かだった。客もほとんどいなかったように思う。怪物のような映画がここに生まれ落ちたというのに、目撃者は誰もおらず、伝えるものもいない。クマさんのもとに寄ってきたのは、近所から卒業制作展に足を運び、うっかりこの映画を見てしまった一般の親子連れだけで、しかもその保護者に、

「これからみんなが手を取り合って生きていかなきゃいけない時代に、どうしてこんな映画を作るんですか⁉」

と責められる始末……。

それは、嵐の前の静けさだった。

2章

異能者たちの大阪芸大——出身者が語る

そもそも大阪芸大とは？

この章では、かつて大阪芸術大学に在籍し、今も各方面の第一線で活躍している卒業生の人々に取材し、そこで得た彼らの証言から、時代を遡って、この大学の磁場を探ってみようと思う。

証言を整理してゆく前に、まずは大阪芸術大学の歴史とその成り立ちをあらためて見ておこう。

昭和二〇年、初代理事長・学長であった塚本英世《つかもとひでよ》により平野英学塾が創設された。塾は翌年、財団法人浪速外国語学校へと発展し、一一年後、その派生として大阪美術学校が生まれる。やがて美術学校は浪速芸術大学と名を変え、芸術学部美術学科とデザイン学科を設置。そして昭和四一年、大阪府は南河内郡河南町に専門教育実習学舎（あの、畑の真ん中にぽつねんと建つ、遠目には要塞としか映らないコンクリートむき出しの学舎）が建設されたのを機に、名称「浪速」を「大阪」と

改称し、ここに大阪芸術大学が始まったのである。つまり大阪芸術大学は昔、外国語学校だった、と言えなくもない（そんな片鱗は微塵もないが）。

「本学は〝芸術における総合のための分化と境界領域の開拓を目指す〟大学である。近代における学問及び芸術は専門化の一途を辿り、その専攻分野は極端なセクショナリズムにおちいるという弊害がしばしば見受けられるが、本学では伝統の形式にとらわれることなく、伝統の持つ精神を高揚し、新しい芸術を展開しようとしている。たとえば実用的合理性の尊重である。極端な芸術至上主義を排し、産業社会や、日常生活に密着した社会芸術としての性格を強調し、自由に材料の持つ法則とか可能性、あるいは材料と人間との相互の関係を探求して、ゆたかな創造力を伸ばしてゆくことを本学の方針としている」

僕が入学した一九九五年の学生便覧の見開き、「本学の理念」にはそう記されている。全体を通してぼやっとした印象で何を言いたいのかよくわからないが、ともかく「自由であれ」ということだけはなんとなく理解できる。しかし、開学当初は「自由であれ」を通り越して「混沌」としていたようだ。

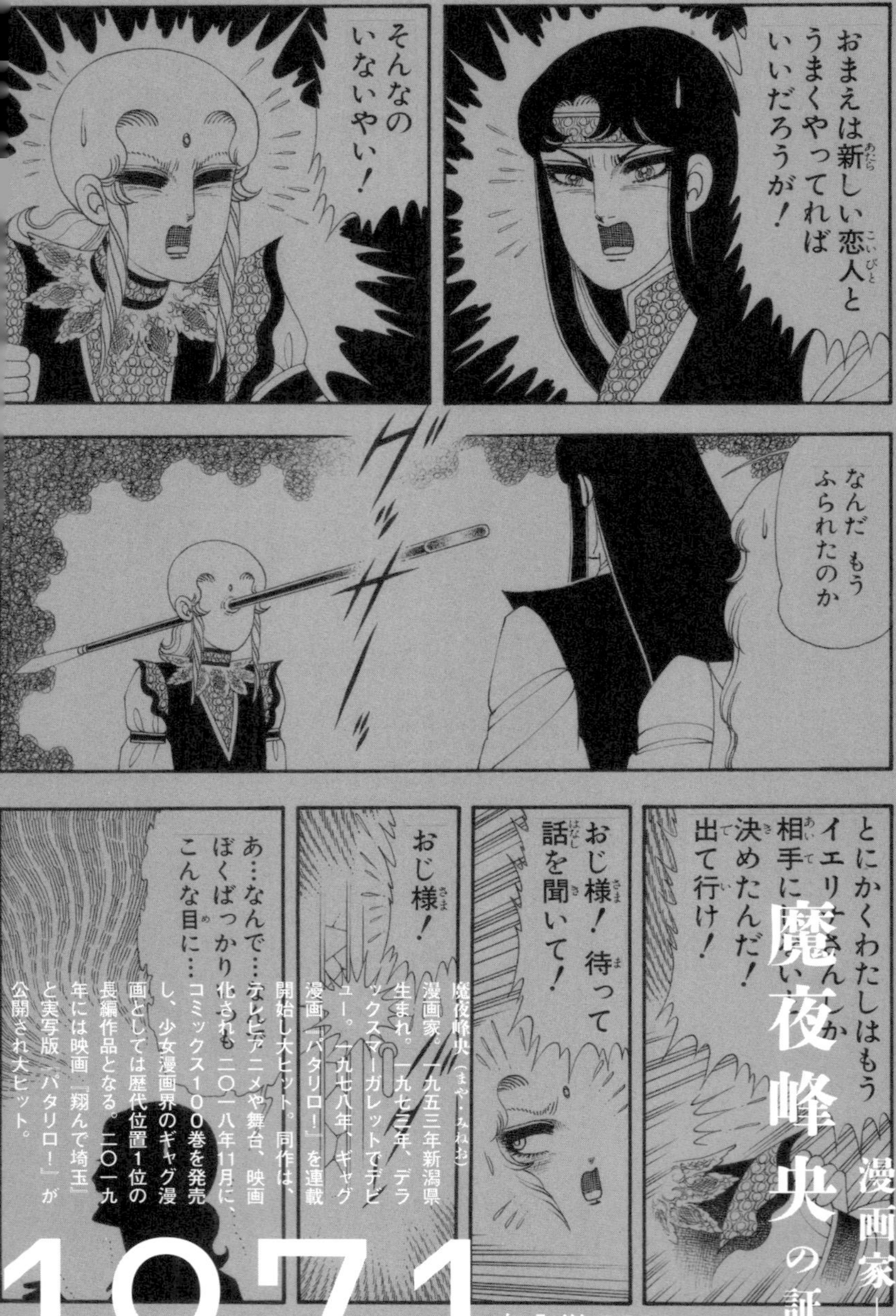

漫画家――魔夜峰央の証言

1971年入学 D71

魔夜峰央（まや・みねお）漫画家。一九五三年新潟県生まれ。一九七三年、デラックスマーガレットでデビュー。一九七八年、ギャグ漫画『パタリロ！』を連載開始し大ヒット。同作は、テレビアニメや舞台、映画化されも二〇一八年11月に、コミックス100巻を発売し、少女漫画界のギャグ漫画としては歴代位置1位の長編作品となる。二〇一九年には映画『翔んで埼玉』と実写版『パタリロ！』が公開され大ヒット。

「なんだか学内のどこもかしこも工事中で本当に大学なのかどうかよくわからなかった」

と入学当時の印象を語るのは、『パタリロ！』や『翔んで埼玉』などで知られる漫画家、魔夜峰央《まやみねお》さんだ。

魔夜峰央、本名山田峰央は一九五三年三月に新潟市に生まれた。生来から友達付き合いに楽しみを見出せず、一人で漫画を読んでいればそれで満足な幼少期を過ごした。貸本屋に借りた漫画を返しに行ってはその足でまた新しいのを借りてくる毎日。中学に入ると活字（主に小説）にも手を出し始め、母親にもらった昼食代を手に古本屋に駆け込んだという。授業中は読書時間。海外の推理小説、ＳＦ、ホラー、古典、なんでも読み漁った。そして高校時代のある日、突如漫画家になると決意し、我流で漫画を描き始める。

その頃、高校生でデビューしていた漫画家は少なくなかった。というよりむしろ主流だったので、峰央少年は焦る思いで机に向かった。

ほぼ毎日漫画を描き続ける中、だんだんと卒業が近づいてくる。大学は行かなきゃいけない、とは漠然と思っていた。しかし、普通の勉強をするつもりはさらさらない。となると美大関係かなと思い、調べてみると、大阪芸術大学の名前を見つけた。入学試験はデッサンなどの実技が中心で、英語などの一般的な学科試験がない。実技だけなら何とかなるだろうとデザイン学科を受験。何とかなって、見事合格。実技試験のデッサンでは腕時計を描かされた。他に、鳥のイメージでカラーイラストを描く、なんていうのもあった。漫画執筆で培った技術を身につけた高校生にとっては屁でもなかった。一九七一年の春、魔夜さんは新潟から一路大阪を目指した。辿り着いた先は一面畑だらけで……。

「もうとんでもないド田舎でね……。大学のパンフレットなんかに、正門の立派な建物が写っていたんですけど、立派なのはそこだけで、あと学内全部プレハブ。学舎のある山の中腹にプレハブ小屋がずらーっと並んでるわけですよ。夜なんてホタルがみえましたもんね」

当時の学内は、まだまだ設備が乏しく発展途上といった有様で、建設中の建物が並び、そこかしこで工事をしていたそうだ。

大学の裏門を出て、歩いて五歩のところが下宿だった。吉田さんという家主が経営する下宿屋で、賄い付き。風呂、トイレは共同。料理の味は全然覚えていないから、まずくはなかったのだろう。おたまちゃんという、その家のお嬢さんが作っていたように思う。当時はずいぶん年上に感じていたが、今から振り返ると二〇代半ばくらいだったのかもしれない。

大学の授業はびっくりするぐらいつまらなかった。

「とにかく課題を出されて、提出したらまた次の課題を出されての繰り返し。町のお絵かき教室とどこが違うんだっていうか」

早々に見限って授業には出なくなった。

「インテリアに関する授業で一つだけ覚えているのは、インテリアデザインとはデコレーションではないと。空間デザインであって、空間デコレーションではないんだぞって言われたのは覚えていますね。大学二年間通って、覚えたのはそれだけです」

サークルのようなものも当時からあったが、参加する気はさらさらなかった。

「独立独歩といえば聞こえはいいですけど、要するに人と関わるのが面倒くさいから一人でいた。それに、芸大入ってアメフト部に入った連中を見てて、何で芸大来たんだろう、と思うんですよね」

それでも唯一、体育の授業だけは出ていたらしいが、それも運動不足になってはいけないと思ってのことだった。そもそも大学に来たのは漫画を描くためだった。

峰央青年はほとんど毎日、下宿の部屋にこもって漫画を描き続けた。

「ちょっとしたSFを書いていたときに、一コマ描き始めて、気がついたら17時間経っていたことがありました。本当、気がついたらって感じで……考えたら、その間、食事もしてないんですよね。とにかく時間だけはあるから、いくらでも手間をかけることができたんです」

漫画を書いていないときはひたすら読書。修行僧のようなストイックな期間を経て、才能の熱はじわじわと沸点に近づく。少年時代から溜め込んだ知識量もその才能に手を貸しただろう、やがて、集英社の『デラックス マーガレット』に投稿した作品が見事掲載。他に短編二本も発表し、晴れて漫画家デビューを果たした。

そこから魔夜峰央の快進撃が始まるかといえば……そう上手くはいかないのが人生。

「デビューしたら、仕事は向こうからどんどん来るもんだと思ってたんですけど、まさかそんなこともないわけで。要するにこっちからアプローチして、ネームをたくさん作って送って、指導してもらって描き直して、やっと本に載るっていうそのシステムを、完全に一人だったもんですから何にも知らなくて。で、待っているうちに仕事も来ないし、どんどん描けなくなってって……」

悶々としつつ、外へ出ても見渡す限りの畑と森。ますます大学にいる意味を考えてしまう。

そんな大学二回生の終わり、久しぶりに故郷新潟に戻って街を歩いていたら、高校時代の同級生にばったり遭遇した。

「で、立ち話してたら、同級生の誰々覚えてるか？　あいつ大学辞めたんだってよ、みたいな話になって。あ、そうか、辞めるという選択肢があるのかと思って」

その足で親を説得しにゆく。大学を辞める代わ

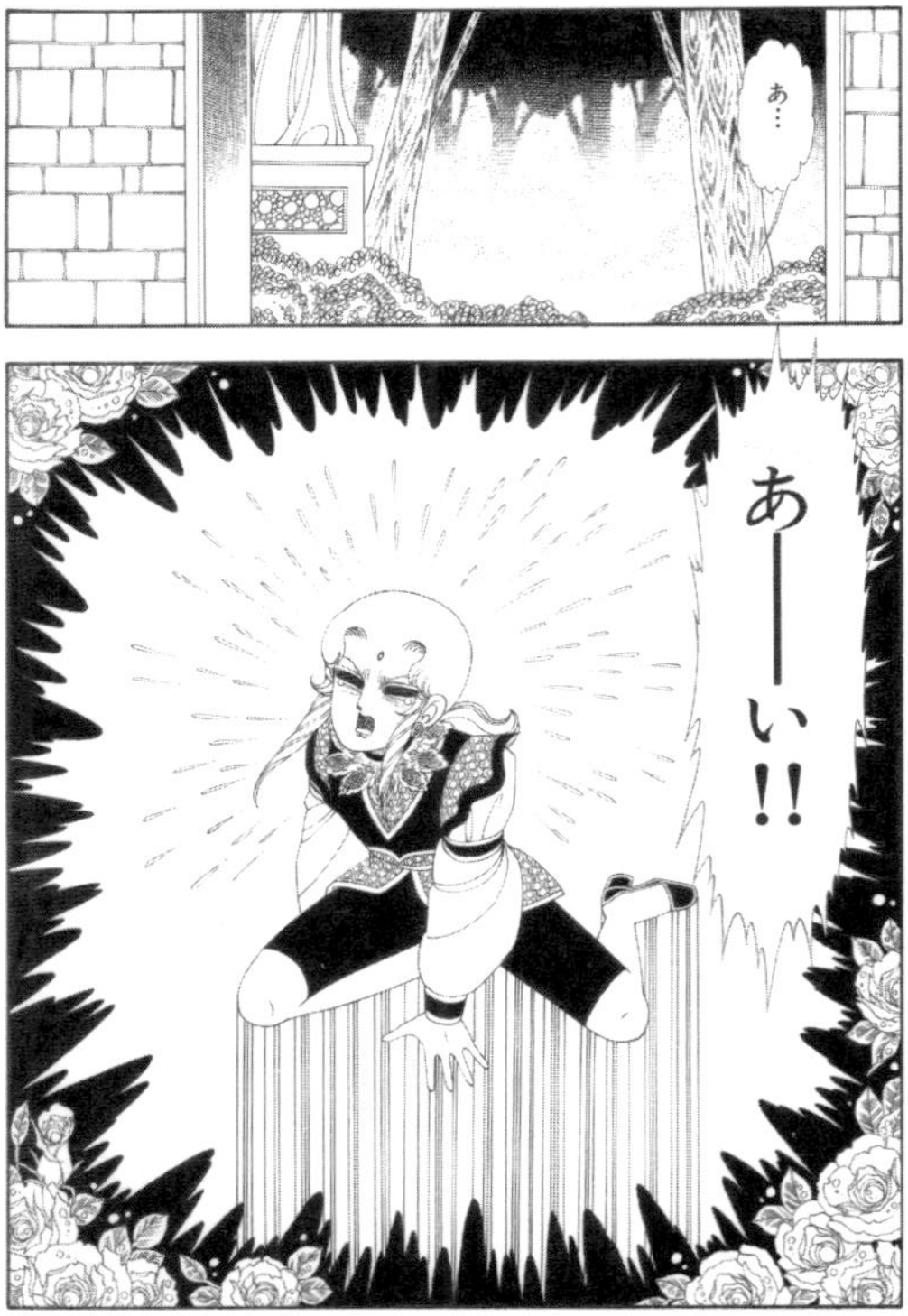

『ラシャーヌ！』
（花とゆめコミックス）
114ページ、118ページは
本編原稿

『パタリロ！』
（花とゆめコミックス）

りに、残りの二年の間、とにかく漫画を描かせてくれと懇願。親は渋々頷き、峰央青年は大阪を退く。大阪芸大、二年で中退。

「その頃ね、『眼高手低《がんこうしゅてい》』という言葉を知りまして。眼が高く手が低い。要するに、自分の鑑賞眼ばかり高くなって、自分のやる事が下手に見えてしょうがないという……」

覚悟を決めた峰央青年は敢えて理想像を捨てた。ともかく目立たなければ。そのためには
「人の描かないものを描く」

峰央青年はジャンルレスで描きまくった。描いては出版社に送り、描いてはまた送る。そうしてついに自分の立ち位置を見つけた。それはギャグ漫画だった。一九七八年『ラシャーヌ！』が白泉社の月刊『ＬａＬａ』に掲載。ようやく自分の描きたいものが見つかり、後の大ヒット作『パタリロ！』へと繋がる。『パタリロ！』は今も連載中である。

「まあ、大学時代も含めて、一〇代の頃読んだ本がすごく勉強になっているんだろうなと思います。結局、どんな本を読んでどんな内容だったか、全然覚えてませんけど。多分、面白い話ってこういうもんなんだっていう事が、何となくわかったんじゃないかと思うんですね」

大学時代は、まさに「大いなる眠り」だった。大阪のはずれで燻《くすぶ》った日々は、後の大きな炎を生み出すのに必要な火種だったに違いない。

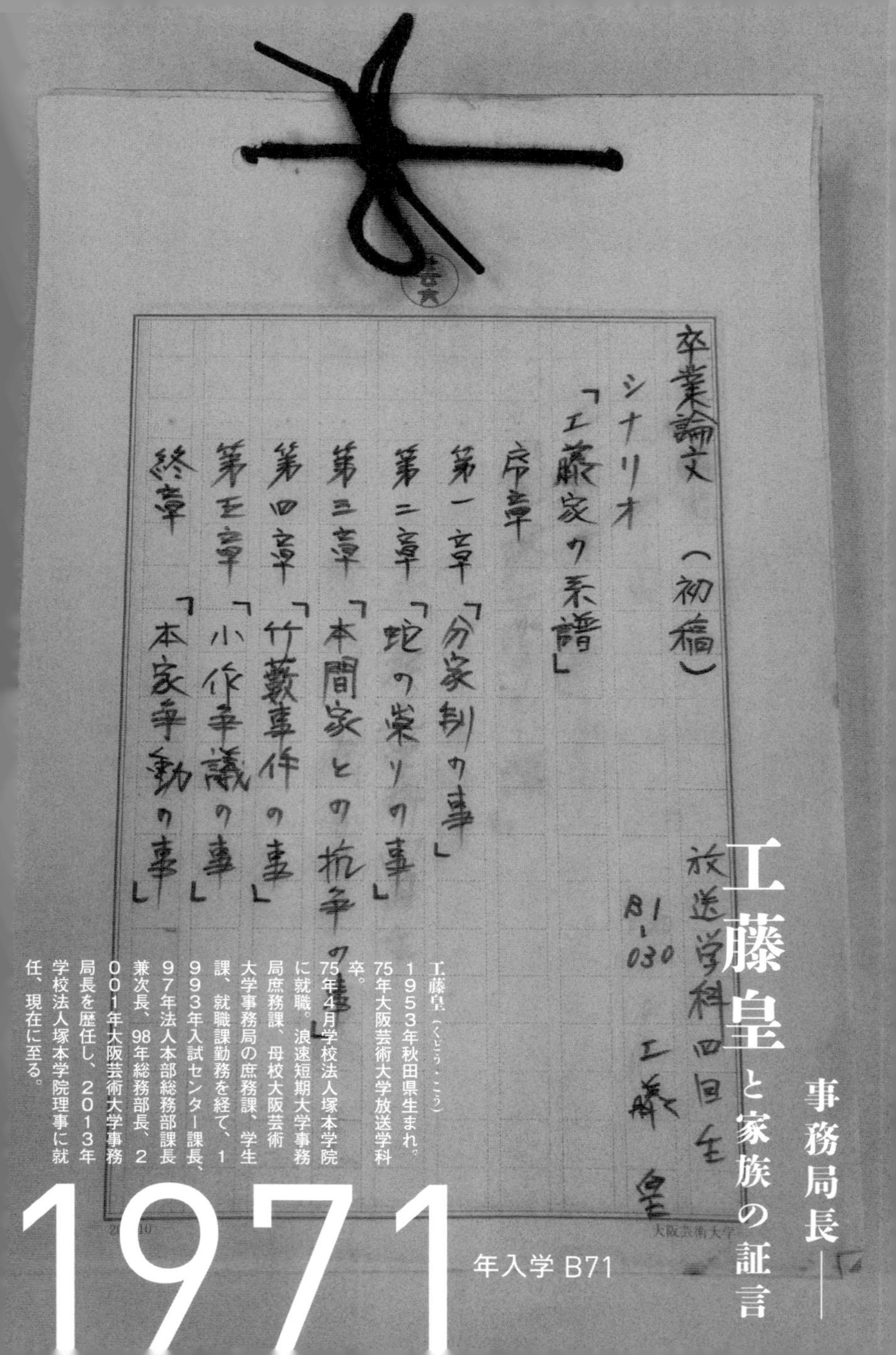

事務局長――工藤皇と家族の証言

1971年入学 B71

工藤皇（くどう・こう）
１９５３年秋田県生まれ。75年大阪芸術大学放送学科卒。75年４月学校法人塚本学院に就職。浪速短期大学事務局庶務課、母校大阪芸術大学事務局の庶務課、学生課、就職課勤務を経て、１９９３年入試センター課長、９７年法人本部総務部課長兼次長、98年総務部長、２００１年大阪芸術大学事務局長を歴任し、２０１３年学校法人塚本学院理事に就任、現在に至る。

そんな修行期間のような河南町での日々を送った魔夜峰央さんとは真逆に、同時期、学生生活を大いに満喫した学生もいる。工藤皇《くどうこう》さんだ。

工藤さんは一九七一年に大阪芸術大学に入学した。高校時代から物作りに対する憧れが強く、芸術系大学の放送学科進学を志す。芸術系大学が全国に数多ある現在と違って、当時は日本大学の芸術学部と大阪芸大しか選択肢はないと思った。ちょうどその頃、日本万国博覧会が開催されたばかりで、大阪がとても華やかに見え、大阪芸大放送学科を選択。故郷秋田から大阪の地を踏んだ。あまりの田舎に驚いたというのは、魔夜さんと同じだ（この「田舎すぎて驚く」現象はのちに続く卒業生のほとんどの述懐となる）。住んだのは大学から徒歩5分ほどのところにある第二金剛寮。後々二〇〇〇年代まで続いた地元では有名な寮である。

入学した放送学科とは関係なく、工藤さんはシナリオライターという職業に興味を抱く。その頃、映像学科には脚本家の依田義賢《よだよしかた》が教授として在籍していた。巨匠溝口健二《みぞぐちけんじ》監督の作品を多く手がけ、ジョージ・ルーカスとも親交があり『スター・ウォーズ』のジェダイ・マスター「ヨーダ」のモデルになったとも噂される、あのヨダヨシカタである。

工藤青年はしばしば依田先生の授業に潜り込んでいたという。学部の隔てなく勝手に講義が受けられる大らかな時代だったようだ。

サークル活動としては剣道部に所属。体を動かすことは好きだった。毎日汗を流し、腹が減ったら食堂に駆け込む。食券制の食堂は、現在は自動販売機だが、当時は店員が売っていた。売り子はおばちゃんばかりだったが、その中に一人だけ若い女の子がいる。

「あの子、誰？」

とおばちゃんに聞くと、手伝いに来てくれている学生ということだった。彼女は工藤青年の一つ年下で、演奏学科に所属していた。

ここで少し演奏学科の位置づけについて少し記しておきたいと思う。

大阪芸術大学芸術学部は、美術分野を筆頭に、デザイン、写真、環境計画、放送、映像など、芸術と呼べる範囲内での様々な方面の学科がひしめいている。聴覚における芸術の最右翼といってもいい音楽もその中に入っているが、この演奏学科は他の学科と少し様子が違っていた。

そもそも音楽（主にクラシック音楽）を志す人間は、幼少期から楽器や声楽を嗜んでいる人が多い。生まれた頃からピアノやバイオリン、フルートなどに触れられる環境にいなければならない。それは何を意味するかというと、簡単に言えば、お金持ちの家ということになる。

つまり演奏学科の学生は、必然的にお坊ちゃんとお嬢さんが比較的多いのだった。実際、僕が学生生活を送った九〇年代後半のころも、構内南側に位置するドレミの広場を中心とした2～5号館（音楽系学科の敷地）あたりは、他と比べて空気がやや澄んでいたような記憶がある。小さな頃から音楽に関する英才教育を受けてきた俊才は、「一般教養試験がない」というだけで受けたような半分不良の有象無象からすると、それはもう上品で徳の高い人に見えたものだ。もっとも、ピアノ専攻で入学してきたものの、卒業する頃にはハードコアバンドでギターを弾きながら絶叫していた、なんていう女の子もいることにはいたが、それも突然変異の希少種で、基本的には、新世界の古着屋で買ったドカジャンを着ているような我々と、高価な楽器を抱えてデパートで買ったと思われるふりふりレースが付いた仕立ての良いスカートを履いたような彼女らとは、どうしたって相容れないのである。

工藤青年の話に戻ろう。食堂で演奏学科の女の子を見かけて以来、彼は足繁く食堂に通うようになった。いわゆる一目惚れだ。こっちは放送学科で向こうは演奏学科。高嶺の花ではあったが、工藤青年は諦めなかった。食堂のおばちゃんづてに、近々開催予定の剣道大会に来てくれるよう、誘いをかける。大会に女の子は現れなかった。けれど、次に彼女の方から演奏会のチケットが送られてくる。工藤青年は喜び勇んで演奏会に駆けつける。それから交際、とまではいかないが、小さな友達づきあいが始まる。彼女の名前は井元陽子と言った。「芸大のアメフト部に入った連中を見て、何で芸大来たんだろう」と魔夜峰央さんが思っていたような学生たちは、こんな風に青春を謳歌していたのである。

充実した毎日を送りながら、やがて卒業が近づいてくる。工藤青年はマスコミ関係の仕事につきたいと漠然と思っていたが、当時、オイルショックの影響で、各会社が採用を見合わせるという事態が起きていた。時機を計るにしても、何か職にはつかなければならない、と工藤青年は

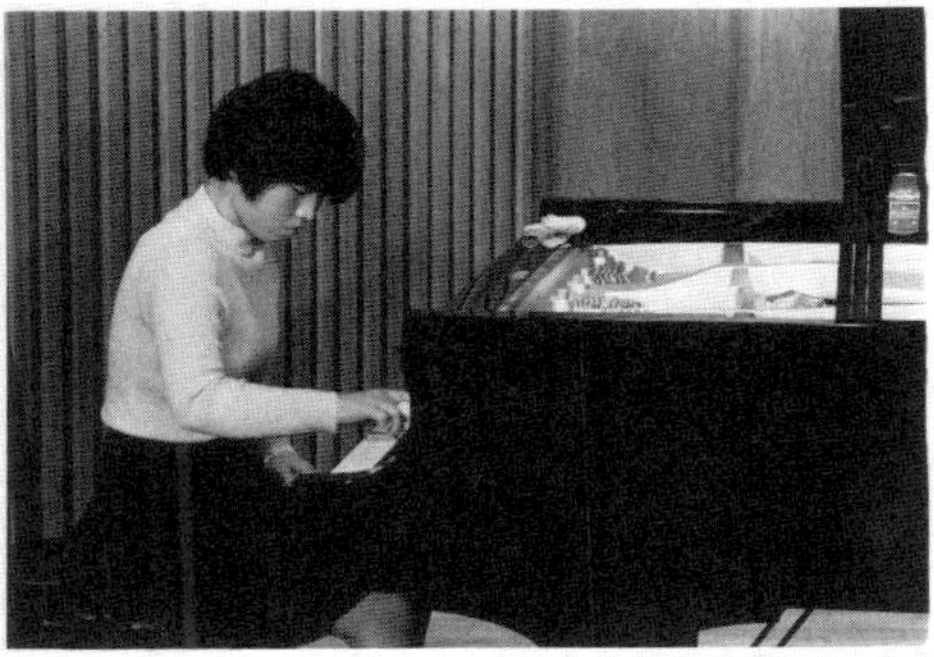

創設されたばかりの剣道部で練習する工藤さんと、ピアノを弾く陽子さん。

思った。と、大阪芸大の事務局で、職員を一人だけ募集しているという知らせを聞いて、ひとまず所属することを決意する。演奏学科の陽子さんとはまだ恋人として付き合っている訳ではなかったが、ずっと想いは持ち続けていた。一つ年下の彼女は、工藤青年が卒業したら次は四回生。彼女と距離が離れるのもいやだった。事務局にいれば、彼女の顔を毎日見られるだろうとも思ったのだ。

そんな動機だから、事務局の仕事は一年か二年の足掛けだと思っていた。ところが、工藤青年の一生を左右する大きな出来事が訪れる。

事務局に入って数ヶ月が経った頃のこと。学内の壁に一つの落書きがされていた。そこに、同和地域を不当に差別するような言葉が書かれていた。決して許されない悪意のあるいたずらであり、大学にとっても大きな問題だった。そして、工藤青年は、この問題を解決するための事務局担当者として抜擢される。

「重責を担うことになってしまったなあ、と思いました」

工藤青年は、これまで同和問題について勉強したことがなかった。そんな自分に何ができるというのか……。

この事件によって部落解放同盟と事務当局との話し合いが始まった。工藤青年は、毎日、同和問題に関する書物を読み漁った。厳しい指摘を受けては、勉強し、対応してゆく。落書きの犯人探しにとどまらない、より大きな人権問題にまで、議論は発展していった。工藤青年は次第にこの問題にのめり込んでいった。

「芸術と人権は絶対に無関係ではない」

その信念は実を結び、大阪芸大の教職課程の必修科目に、人権問題を扱った授業が組み込まれることになる。私生活の方では、二七歳のときに陽子さんと結婚。その頃、陽子さんも演奏学科でピアノを教えるインストラクターとして大学に残っていた。

「彼女にお見合いの話が出て、焦ってプロポーズしたんです」

と工藤さんは笑う。

落書き事件を経て、工藤さんは、事務局に居続ける決意をする。何かで芸術を生み出すものと、芸術が生まれるための場所をつくること。工藤さんは後者で芸術と関わっていこうと決意したのだ。

智美さんが2005年に心斎橋のカフェで開催した写真のグループ展の様子。

大学の事務局には大阪芸大の卒業生が多く在籍している。また、卒業生の子どもが入学先として大阪芸大を選ぶことも少なくないという。
工藤さん一家も然り。陽子さんとの間に生まれた愛娘の智美さんも、二〇〇三年に大阪芸大の芸術計画科に進学し、さまざまなイベントを企画、展示した。今は福祉の仕事に就いている。
この智美さん、僕や編集の金井さんとは少なからず縁がある。実は彼女、過去に児童劇団に所属していたことがあり、僕たちが関わった先輩の卒業制作映画に主演の一人として出演しているのだ。まだ小学生だった彼女が透明な笑顔をカメラに向けていたのを、僕は昨日のことのように覚えている。（77〜80ページ参照）
設立当初から手探りで作り上げていった工藤さんの軌跡は、多様な形で残されているのだ。

1979年入学 S79

藤吉久美子の証言
女優――

藤吉久美子（ふじよし・くみこ）

一九六一年福岡県生まれ。舞台芸術学科舞踊専攻科出身。

一九八二年NHK『よーいドン』でデビュー、テレビ大賞、新人賞受賞。

主な主演ドラマは、『深川東署特命人情捜査班朝田新平2』CX、『浅見光彦シリーズ 天城峠殺人事件』TBS（いずれも二〇一九年）など。

主な映画出演に、『グッバイエレジー』『大芸大に進路を取れ』（いずれも二〇一六年）、『サムライ・ロック』『コンビニ夢物語』（いずれも二〇一五年）、『津軽百年食堂』（二〇一一年）。

舞台も『めんたいぴりり』博多座（二〇一九年）、「夕」サンシャイン劇場 他（二〇一四年）など多数出演。

学生と事務局の手によって、少しずつ大阪芸術大学というものの色合いが見え始めてきたころ、大阪芸術大学から彗星の如く、一人の朝ドラヒロインが生まれる。

その人、藤吉久美子《ふじよしくみこ》は、誰しもが一度は夢見るように、漠然と歌や踊りの世界に憧れる普通の女の子だった。久留米市で生まれた彼女は、何より体を動かすのが好きで、学校の文化祭でも率先して創作舞踊を踊ったりしていた。

しかし、厳格な父親は軟派なことを許さない。歌手になりたいといってもけんもほろろで、「芸能事務所は絶対に駄目だ!」とものすごい剣幕。結局、身体で何かを表現したいという欲を持て余したまま、福岡女学院中等部を経て同学院高等学校に進学する。

中学校では陸上部に所属。昔から走るのが大好きだった。走りに走り、入部当初は50メートル8秒台だったのが、7秒1にまで自己記録を更新したところ、問題が起きる。

「大会とかに出ていたら、男子校の生徒にナンパされて手紙が家に来ちゃったんです。お父さんがそれ見て怒って『学校やめろ!』って……。さすがに学校をやめるのはやりすぎでしょう、勘弁してくれって言って、部活をやめて、その代わりにダンスを習わせてもらったんです」

一般的な男性目線で考えると、ダンスをやっていた方がもっとナンパされやすいような気もするが、まあ、周りに男が寄り付かない分、お父さんも安心したのだろう。

前述した通り、子どものころから踊ることは大好きだったので、レッスンは楽しかった。先生は、あの宝塚音楽学校を首席で卒業したという才媛で、宝塚の受験生も何人かレッスンに来ていたという。

「父に『宝塚だったら花嫁道具になるし、宝塚の世界に男はいないから、それなら許す』と言われ、私も宝塚音楽学校に進学しようと思い始めたんです。で、ダンスの先生に相談に行ったら、『普通、中学一年生のころからみんな何回も受けて落ちてやっと受かるのに、高校二年生からやりたいって言っても、もう遅い』って言われて」

結局、宝塚音楽学校は諦めるしかなかった。

しかし、一度火のついたダンスへの思いは、なかなか消えない。そのうちに進学を決める時期がやってきた。ここでもお父さんの金言が光る。

「父に、『大学というところは、自分の好きなものを専門に勉強するところだ』って言われて」

自分にとって好きなものと言われて思い浮かぶのは、ダンスしかなかった。藤吉さんはダンスを専門に勉強ができる大学を調べる。見つけたのはふたつ。日本体育大学と、大阪芸術大学。

「大阪芸大は十二月に推薦入試があったんです。それを受けて、駄目だったら日体大を受けようと」

ところが九州男児のお父さんは猛反対。

「父は私が家を出ることを反対していたんです。開業医だったので、私を管理栄養士にして、家を手伝ってほしかったみたい」

厳格なお父さんに翻弄される藤吉さん。助け舟を出したのはお母さんだ。

「母が高校の国語の先生で、言葉で説得できないんだったら、文章で気持ちを伝えたらって言ってくれて。手紙を原稿用紙に一〇枚ぐらい書いて渡したら、やっと口を利いてくれて」

お父さんも渋々首を縦に振った。もしかしたら、受からないだろうと高を括っていたのかもしれない。

そんなお父さんの楽観を裏切り、藤吉さんは推薦入試であっけなく合格。首を縦に振った以上、お父さんも認めざるを得ない。しかし、娘にひとり暮らしをさせるのは不安だ。ちょうど知人が羽曳野にいたので、間借りさせてもらおうと連絡を取り、娘が大阪芸術大学に入学することになった旨を伝えたら、知人のおばさんはこう言ったとい

藤吉さん、17歳のころ。

う。

「お嬢さんが行くような学校じゃありません！」

しかし、もう石はすでに転がり始めていた。

こうして、一九七九年春、藤吉さんは晴れて大阪芸大に入学する。学部は舞台芸術学科舞踊コース。やはり皆と同様、立地の田舎加減に驚いたという。

「小さな誰もいない駅に降りて、近くに大きな車があって、え、スクールバスがこれなの？って」

しかも、当時はスクールバスが正門の前までしか行ってくれなかった。正門を抜けると急な坂道。そこを登りきって、初めて学舎が見えてくる。人呼んで芸坂。

「坂道上っていくときは登山みたいな感じ。もうここ、山よね、みたいな」

藤吉さんの専攻した舞踊コースの学生は全部で一〇人。そのうち男子が一人だけ。ちなみに、同じ学科の同期では、演技演出コースに「ピンクの電話」の竹内都子《たけうちみやこ》さんもいた。

舞踊生の実力はまちまちで、バレリーナを十何年やってます、というような人もいれば、ほとんど踊ったこともなくて、柔軟のやり方も知らない素人同然の学生もいた。レッスンは、下に合わせて初歩的な基本から始まった。

「大学のやるカリキュラムとして、ダンスを全然できない人がトウシューズを履いて卒業するっていう。だから、バレリーナしか入れませんっていうようなことではなくてね」

当時のレベルはそこまで高くなかったようだ。中学高校で創作舞踊などをやっていた藤吉さんは、中の下といったところか。

講義やレッスンは真面目に出た。いつも舞踊生の女子九人と行動していた。中学高校と女子校だった藤吉さんにとって、大学の中に男性がいるのがとても新鮮だった。男子学生たちが食堂でカレーにソースをドバドバぶっかけて食べるのを横目に、舞踊コースで体重管理を課せられた彼女たちはリンゴを齧っていた。バレエの授業では、ジュリアード音楽院でも学んだことのある舞踊家、厚木凡人《あつぎぼんじん》が講師として東京から教えに来ていた。真剣に取り組み、毎日はあっという間に過ぎた。

そうして一回生が終わろうとしたある日、舞踊コースの女性の先輩からこんな相談を受ける。とある劇団で振り付けを指導しているのだけれど、もうすぐ卒業するから自分はもうできなくなる。誰か振り付けのできる人はいないか。

高校で創作舞踊とジャズダンスを学んでいた藤吉さんは「わたし、できますよ」と手を上げた。そうして連れて行かれた先が大学構内の奥の奥、半分森の中にある倉庫。そこが「劇団☆新感線」の稽古場だった。

舞台芸術学科に在籍していたいのうえひでのり氏を中心として一九八〇年に結成された「劇団☆新感線」は、当時、つかこうへいの戯曲しかやらないという硬派な劇団だった。

「大濠の高校の演劇部の子たちがそのまんま大阪芸大に入ってきて作ったのが新感線だったんですよ。だから、行くと博多弁が飛び交っていて。『ここよかと？　こげな言葉で喋っててよかと？』って感じで、久留米出身のわたしとしては居心地がよかったですね」

藤吉さんは『初級革命講座　飛龍伝』のオープニングの踊りの振り付けを担当する。博多弁の怒号が飛び交い、終わるのは夜遅く。学内には街灯がなく、再奥の稽古場から正門までの道のりが真っ暗で怖くて、天の川通りを走るように帰った。

そうして『飛龍伝』の公演が無事終わったあと、藤吉さんはいのうえさんから「今度、君を主役で舞台をやりたいんだけど出てくれませんか」と頼まれる。

「わたしは『嫌です』って言って。振り付けはできるけど、わたしはお芝居はできませんからって断ったら、『じゃあ、もうこの作品はやらない』って言われて」

なかなかの口説き文句である。

「わたしが出ないならやらないなんて……。すごい責任感じて、じゃあ、出ます、みたいな感じで出て。セリフもなくって立ってるだけでいいからって。それが『広島に原爆を落とす日』の夏枝っていう」

この舞台は、今は亡き関西小劇場の聖地、オレンジルーム（現在はHEP HALLという名の多目的ホールになっている）が主催するオレンジルーム演劇祭で上演された。

そのとき、藤吉さんの運命が少しずつ動き始める。

「NHKの朝ドラのスタッフさんが、二日間ある演劇祭のうち、新感線の舞台があった日だけ見に来ていたんです」

スタッフがたまたま観劇しに来た日に、たまたま藤吉さんが出演していた。

演劇祭が終わってすぐ、藤吉さんはオレンジルームの関係者を介して、NHKのディレクターを紹介される。彼の口から出た言葉は意外なものだった。「朝ドラのオーディションを受けませんか」と言うのだ。

「わたしは即座に『嫌です！』って……」

自分は踊りがやりたくて大学に入った。ダンスはやるけど芝居はできない、というのが藤吉さんの言い分だった。

しかし、隣で同席していたいのうえさんの、「僕が後悔するから受けるだけ受けてくれ」という懇願に負けて、いのうえさんのためにオーディションを受けることに。ちょうど二回生に成り立てのころだった。

女優は無理だと思っていたにもかかわらず、二次審査まですんなりと通る。カメラの前で手紙を泣きながら読む、なんていう芝居もするするやれた。今回の朝ドラのヒロインの役どころはマラソンランナーで、走るのが肝。最終審査は大阪城公園を走らされた。前述したように、中学時代、男子にラブレターをもらったことによりお父さんに辞めさせられるまで陸上部だった藤吉さん。走ることは大好きだし、得意だった。

「だから、陸上をやっていたっていうのもたまたまこの役だったからそれが使えたと」

こうして、「たまたま」の連続で藤吉さんはNHK朝ドラ『よーいドン』主演の座を掴み取った。

ヒロインに決まると、マスコミ対策のために隔離され、どこにも行けなくなってしまった。当然、大学からも遠のき、結果的には、除籍という形で、大学との関係を終えることになる。二回生になったばかりだった。

「朝ドラの撮影が終わったあと、NHKの人に『これからも女優を続けるの？　NHKのヒロインだけやって、ここですっぱりやめるっていう道もあるよ』って言われたんです。だけど、みんなの朝ドラやったっていう、日本中の人たちが知ってしまっている記憶は消せないだろうし、一般人に戻っても朝ドラの人って一生言われ続けるんだったら、この世界で生きていくしかないっていう思いで……。だから、やったーって喜んで女優になったわけじゃないんですね」

やや後ろ向きな決意ではあるが、その後の活躍は周知の通りである。

それにしても、ここまでトントン拍子に事が運び、女優という職業を得てしまうというのは、どういうことなのか。

「大阪芸大に行ってなかったら、「劇団☆新感線」の振り付けを手伝っていなかったら、いのうえくんに『僕のために受けて』って言われなかったら、

高校時代の藤吉さん（左）。

オーディション受けるチャンスもなかったし、お医者さんと結婚して幸せな日々を送っていたかもしれないですよね。違う意味のね。そういう意味では進学は人生を変えたと思います」

大学に行かなければ出会いもなかった。これは僕自身、脚本家として生きている中で日々痛感していることの一つだ。

しかし、そうした「たられば」と「運命」だけでは片付けられない、小さな確信が、大学時代にあったという。

「すっごい覚えているのが、ある日、大学内の教室を移動しているときに、急にビジュアルが浮かんできたの。それが、篩《ふるい》なの。目の粗い篩を、こう、わーっと振るって、最後に一粒残るっていうイメージ。まだオーディション受ける前でしたけど、わたしは篩にかけられても、最後の一粒に残ってやる。そんな風に、ふと思ったことがある」

もしかしたら、その負けん気は大阪にやってきて芽生えたものなのかもしれない。

「(大学生活では)独創的なすごい経験をさせてもらったなっていう思いはあります。わたし、それまでキリスト教系の女子校だったから、朝、礼拝があって、讃美歌を歌って、帰りも礼拝があってチャペルがあって……そういう、きちっとしたところから見ると、なんて自由な雰囲気だろうと。とはいいながら、これでみんなはいいんだろうかっていう不安も抱えながら。それに当時、不良っぽい学生も多くて、河内だから言葉もこてこての大阪弁だし、みんな荒っぽかった。刺激的な二年間でした」

とはいえ、女優として立ったのには、藤吉さん自身のもつ魅力によるところが一番だっただろう。

大学では、舞台芸術学科の学生と、新感線の劇団員(それも皆舞台芸術学科の人々だったが)以外にほとんど交流はなかったが、唯一、映像学科の学生の課題作品に出たことがあったという。

「あなたのそのまんまを撮りたいので、モデルになってくれませんかっていう風に誘われて」

その男子学生の胸のうちには様々な思いがあったのではなかろうかと、映像学科のイチ後輩として、つい想像してしまう。

「父と兄以外の男は全員オオカミと思えって父から教えられていたので、付き合ってくださいって言われたら絶対そんなことはしなかったと思うんだけれども、『宿題で提出しないと間に合わないから』って言われて、仕方なく」

課題は8㎜作品で、喜志駅で電車に乗り込んだり、街を歩いたりと、藤吉さんの自然な姿を切り取るような撮影だった。

実は数年前に、課題を撮った人から、作品を送ってもらったという。

「DVDに変換して送られてきたんですけれども、今見返すと、別人みたいな感じで。二本撮っていて、二本目のときはダンスを踊ってましたね」

僕も見てみたいです、と感想を洩らすと、他のDVDに紛れて今はどこに置いてあるのかわからなくなってしまったそうだ。

映像学科生の思いというのは、いつの時代も、なかなか届きにくいものである……。

映画監督——山賀博之の証言

山賀博之（やまが・ひろゆき）一九六一年新潟県生まれ。大阪芸術大学映像学科中退。一九八四年十二月、株式会社ガイナックス設立と同時に入社。一九八八年三月、劇場長編アニメーション「王立宇宙軍〜オネアミスの翼」東宝洋画系公開　監督を務める。株式会社ガイナックス代表取締役。大阪芸術大学在学中に、同級生であった赤井孝美氏、庵野秀明氏らと出会い、ともに一九八一年に公開された第20回日本SF大会のオープニングアニメ制作に参加し、その後テレビアニメ『超時空要塞マクロス』（一九八二）のスタッフとしてプロの世界に身を投じる。一九八四年より劇場アニメ『王立宇宙軍　オネアミスの翼』の企画を開始し、同年、制作会社としてガイナックスを設立する。主な脚本・演出・監督作品に、ビデオアニメ『トップをねらえ！』（一九八八）、『機動戦士ガンダム００８０　ポケットの中の戦争』（一九八九）などの脚本、二〇〇四年に公開された『ワンダフルデイズ』（キム・ムンセン監督）の日本語版演出・脚本、テレビアニメ『ピアノの森』第２期の監督（二〇一九）など多数。

1980 年入学 V80

さて、藤吉さんが入学したのと同じ時期、その映像学科にやってきた学生がいる。名を山賀《やまが》博之《ひろゆき》という。

あの傑作映画『王立宇宙軍　オネアミスの翼』を監督した男、そして庵野《あんの》秀明《ひであき》、赤井《あかい》孝美《たかみ》、岡田《おかだ》斗司夫《としお》らと伝説のインディーズアニメを作った男である。ここでは当時からプロデューサー気質で俯瞰の視点を持っていた山賀さんにフォーカスをあてて、学生時代の様子を探りたいと思う。

山賀さんは一九六二年三月、新潟市に生まれた。小学校高学年のころ、なんとなくイラストレーターになりたいと思い、通信教育でイラストの講座を受けたりした他は、一般と変わらない少年時代を過ごす。やがて進学校である県立新潟南高等学校に進学。二年生のある日、突然、自分には映画を作る才能があると確信し、映画監督になろうと思った。ちなみに、この新潟南高校は前述した漫画家、魔夜峰央さんの母校でもある。そしてかつての峰央青年も、高校時代のある日に突如として漫画家になると決意した。新潟南高校には定期的に神の啓示が降りるパワースポットでもあるのだろうか。

これは大阪芸術大学にまつわる本なので、新潟南高校のミステリーには触れないでおくことにして、ともあれ高校生の山賀さんは進路を映画監督に絞り、もはや学校の授業は無駄だろうと、ひたすら映画館に通いつめながら次の一手を考えた。思いつく進路は、映画の大学に行く、それしかなかった。

他の受験生と同じように、映画を専攻する大学を探しても、当時はたった二つしかない。日大芸術学部（日芸）の映画学科か大阪芸大の映像学科。

大阪芸大には学科試験がなかった。日芸は学科試験もあり、ある程度偏差値も高い。なんとなくエリートが行く大学だなと思った。比べたら、当然大阪芸大の方が入りやすいだろう。

山賀さんは大阪芸大に焦点を絞り、映像学科と放送学科、そして舞台芸術学科を受験した。映像学科と舞台芸術学科に合格し、前者を選んだ。

「一番最初、受験で大学行ったときは呆れました。最初、大阪芸大だから大阪にあるんだとずっと思ってて。当時としては、大阪といえば日本第二の都市でしょう。梅田から天王寺行って、南大阪線で古市駅辺りになると、もう山と畑しか出てこない。鉄筋の建物がどこにもないじゃないかって。本当に田舎」

春からここに来るのかと、受験する前から不安を禁じ得なかったという。

無事合格を果たすと、合格通知とともに、大学推薦のアパートや学生寮の載った不動産情報が送られてくる。しかし、どれにしたらいいかわからない。

「大学から富田林の方を見たらダイエーの看板が見えたので、とにかくその看板目指して歩いてって、最初にぶち当たったところにしようって決めて」

畑を超え、石川をそのまま超えるわけにもいかず、橋を渡り、崖の上にある工場のような建物にたどりつく。

「アパートじゃないですね、あれは。工場の飯場です」

ともかくそこに決めて、大家さんに挨拶に行くと、「ちょうどよかった、あなたと同じ新入生がいるから」と、同じ映像学科の学生を紹介された。それが庵野秀明だった。

「あんなのは突発ですからね。出会いなんていうのは」

大学生活のスタートが、後々まで苦楽を共にする庵野さんとの出会いというのも運命的である。

「でも、仲良くしようがないんですよね。だって、向こうはアニメファンで、僕、アニメ知らないし。かといって仲悪いわけではないから、なんとなく一緒にいたっていう」

漫画『アオイホノオ』でもネタにされていた、当時からライターの炎を眺めながらコマ割りを研究しているような庵野さんだったという。

「当時、オタクって言葉はまだなかったですけど、そういう人種の出始めだから、余計にわけわかんないですよね、名前付いてないから」

とんでもない出会いから山賀さんの学生生活は始まった。

最初のころは真面目に講義を受けていた。自ら受験して入ったはいいが、やはり得体の知れない大学には違いなく、どんな大学かと警戒しながら授業に挑む。学生たちの間でも何となくけん制し合っていた。

「周りの学生はとにかく不良ばっかりでしたね。全国から暴走族が集まってましたから。不良か、極端にオタクか、そのどっちかしかいない」

もはや伝説となった校則も覚えている。「大学の周りにある農作物を取ったやつは退学処分」というものだ。

「僕らもちょっと笑い話だなと思ったんだけど、ちゃんと聞いてみたら、それこそ暴力団みたいなやつらがトラックで乗り付けて、畑中の野菜を無断で洗いざらい盗んで売りさばいてたっていう……。貧乏でお腹減ったからトマト一個取っちゃいましたとか、そんな長閑な話じゃないんです。そりゃそうですよ。学科試験がなくて、しかも授業料高いでしょ。何の仕事を目指すわけでもなく、四年間遊んでるだけみたいな環境。そりゃ金持ちのボンボンで暴走族とかやってるやつが集まりますよ」

五月のゴールデンウィークを迎えるまで、学食は椅子の空きがないほど混んだ。それが、夏を過ぎた頃になると、急に閑散とし始める。これは僕がいた一九九五年頃も同様だった。要するに、皆、大学の様相がわかって、だんだんと見限る人間が出てくるわけだ。

当時の日本映画界は、お世辞にも元気がいいとは言えない時代だった。多額の予算を投入してブロックバスター映画を次々と世に放ったハリウッドに圧され、スタジオシステムは完全に崩れ去り、映画館の数も減ってゆく一方。目立つところで孤軍奮闘していたのは伊丹十三くらいだったか。

「日本映画界が最弱の時期ですから、映画を作ろうなんていう人も、多分、若者ではほとんどいなかったと思うな。映画マニアはちょぼちょぼいましたけど、よし、俺が映画を作ってやるぞ、みたいな台風がいなかったですね。少なくとも僕は見なかったな」

8㎜映画は、課題も含めて撮っている学生はそこそこいたが、それがプロの世界に結びつくとは到底思えなかった。研究室で貸し出している機材も当時は貧相で、ほとんど壊れかけの三脚が十数台並んでいるだけだった。

「だって、就職先、大手の映画会社やテレビ局は早稲田とか慶應出た人で埋まるわけでしょ。地方局も似たようなもんだし。映像系で残された仕事って結婚式のビデオ屋さんとかしかないじゃない。堀内カラー現像所に勤めるやつが僕らの中でエリートだった」

だからといって、すんなり大学を見限ろうとも思わなかった。映像学科には、『羅生門』『無法松の一生』などで知られ、市川崑監督作『おとうと』では「銀残し」という独特の現像方法を生み出した世界的撮影監督、宮川一夫《みやがわかずお》や、脚本界の巨匠、依田義賢が教授として在籍している、なかなかに得難い環境ではあった。

「あの当時、大学の周りには本当に建物がなくて、小山の上の大学から喜志駅の方を見ると、石川の河岸段丘って盆地状になってるから、地平線みたいに見えるんですよ。その地平線の向こうにPL教団の大平和祈念塔がぽつんとそこだけ建ってて、もう完全閉鎖空間なんです」

街全体が半分隔離されたような状況の中、情報も入って来ず、青年は気力を持て余していた。

そんなある日、庵野さんが「友達ができたんだ」というので、彼の家に連れて行ってもらった。その人、同じ映像学科の赤井孝美の部屋の六畳間は、ほとんど特撮のジオラマセットで埋め尽くされていた。すごい奴にまたすごい奴がついてきたな、と山賀さんは思った。

特撮セットに占領されているとはいえ、赤井さんの部屋は新築のアパートで、飯場同然の自分たちの部屋よりもはるかに居心地がよかった。三人は、自然と赤井さんのアパートで一緒に過ごすようになる。

庵野さんと赤井さんは「アニメ、特撮が好き」という感情でつながっていた。山賀さんはそれまで、そのどちらも意識して観たことがなかった。

「赤井も庵野もかなりマニアなところにいたんで、二人について上映会に行ったり、いろんなファンの人たちと会うと、例えば単純にガンダムだけじゃないわけですよね。芸術系のアニメの人ともつながりがあったりとか、それが宮崎駿でつながっていたりとか、そういうアニメの地図、分布図が見えてくると、なるほど面白いなと」

日本映画界は死滅状態。黒澤明ですら、ジョージ・ルーカスとスティーブン・スピルバーグに頼らなければ映画が撮れない時代だった。けれど、アニメなら……。

「一九八〇年代頃、どうして全国の大学に映画の学科が二つしかなかったか。なぜなら需要がなかったからですよ。大学で漫画を勉強するっていうのがニュースになったぐらいですから」

本来、「芸術を教える」という行為自体が矛盾しているのではないか。芸術は表すもので、方法に答えはない。教授たちも、心の中では途方に暮れていたかもしれない。

「だから自分で動くしかないんです。先生はあてにならないし、先輩も頼れないし、しかも大学は四年間しかないんです。寝てらんないような状態ですよね。とにかく、どうやってこの閉鎖空間から抜け出すか」

どうやってこの閉鎖空間から抜け出すか。つまり「脱出」。それが山賀さんの在学中のテーマになった。そして、そのための絶好の機会はいきなり訪れる。

千載一遇のチャンスを連れてきたのは、庵野さんの宇部高校時代の同級生だった。

「今、DAICON3で上映するための自主アニメを作ろうとしている。そこでアニメーターを探しているんだけど、庵野、やってくれないか?」

DAICON3とは、大阪で開催される3回目の日本SF大会のことだった。しかし、永山さんという友人の誘いを庵野さんは断ろうとする。

「紙アニメならまだ分かるけど、SF大会の、しかもセルアニメなんかできるわけないじゃないか、みたいな話で、永山くんの話を全然真面目に聞く気はない感じで」

しかし、逆に山賀さんはこれに飛びついた。

「SF大会って結構有名な人が来るって聞いたんですよ。それはもしかしたら就活的な意味があるんじゃないのかって」

山賀さんは庵野さんと赤井さんの尻を叩く。庵野、赤井の両者は極端に内向的で、ひたすら絵を描いているタイプ。逆に絵は描けないけれど社交性に長けていた山賀さんは二人のマネージャー兼プロデューサー的な立場を買って出た。そうして中心人物である岡田斗司夫と出会い、アマチュアのセルアニメ製作という前代未聞の偉業に没頭してゆく。

不眠不休で作り上げた作品はDAICON3のオープニングで上映され、大喝采を浴びた。その辺りのことはもう幾度も語り継がれ伝説と化しているので、ここでは割愛しよう。

ＤＡＩＣＯＮ３で山賀さんは脱出のきっかけを手にする。

「計画通りです。ＤＡＩＣＯＮ３の会場に、スタジオぬえの関係者たちとアニメーション監督の石《いし》黒昇《ぐろのぼる》さんがゲストでいて、手塚治虫もいた。酒が入っているような席はいいですよね。『すぐ東京来なよ』とか、口約束でも言ってくれるから。『じゃあ、すぐ行きます』って言って」

しかし、庵野さんや赤井さんは冷めていた。東京なんか行ったって大した仕事はないだろうし、下積みでこき使われるだけだろう。

山賀さんは、一人ででも行くと決意した。ただし、大学を辞めて行くのではなく、一年間休学して。つまり、戻ってくることを前提としてだ。あくまで、庵野さんたちと今後も作品を作っていくつもりだった。

「僕は庵野や赤井と違って絵が描けない。だから違う部分で武器を持たないといけなかった。それが東京でプロの現場を見ることだったんです。そうしたら、戻ってきたときにアドバンテージになるじゃないですか。あの時代、そんなやつ大阪に誰もいないですから。アニメがだんだんブームになるって言ったって、東京のアニメ会社の景色を知ってるやつなんか一人もいない。東京で働いて現場を見てきた。それだけでもうヒーローですからね」

この、ませた行動力が、山賀さんの真髄と言ってもいいのかもしれない。

山賀さんは宣言通り、一年間大学を休学し、単身、東京のスタジオぬえのドアをノックする。向こうも向こうで驚いただろう。口約束で本当に来たのが、絵も描けない、車も運転できないやつだったのだ。

山賀さんは、その桁外れの行動力を武器に、石黒昇総監督の元、当時スタジオぬえが制作中だった『超時空要塞マクロス』の現場に潜り込む。何しろ人手が足りない。動画もやり、原画もやり、色も塗り、発注を取りに行き、小間使いもやる。その過程の中で、アニメ作りのノウハウと、自分なりのやり方を着実に吸収してゆく。

　たまに時間ができると、庵野さんたちに会うために大阪に戻った。

「たまり場の十三《じゅうそう》のマンションに様子見に帰ったら、平日なのにずっと庵野も赤井もそこにいて作業してるから『大学どうしたの』って聞いたら、『最近行ってないな』っつって。うわ、こいつら不良だ、とか思って」

　そんな風に大阪との繋がりも維持しつつ、また東京のマクロスの現場に戻る。やがて一年近くが経ち、ふたたびＳＦ大会の季節がやってきた。今度の開催地は東京。ＳＦ大会、通称ＴＯＣＯＮでは、山賀さんが携わっていた「マクロス」の一話を非公式で上映することになっていた。会場には大阪組の姿も見え、自主映画制作集団となったＤＡＩＣＯＮフィルムで作った作品を持ってきていた。山賀さんはマクロス側の人間として彼らと再会を果たす。

　合宿所で、ＤＡＩＣＯＮフィルムの連中と情報交換するうちに、大阪での次のＳＦ大会ＤＡＩＣＯＮ４でＤＡＩＣＯＮフィルムが新作を作ろうとしていることを知る。ちょうど休学期限の一年も近づいていた。山賀さんは新作への参加をきっかけに、大阪芸大に復学を果たす。胸には大きな野望があった。

　初めてＤＡＩＣＯＮ３に参加したとき、作品が喝采を浴び、人間関係が出来上がった僥倖とは別に、山賀さんは小さな焦りも感じていた。

「ＤＡＩＣＯＮ３のスタッフたちは、僕たちと同じ学生なのに、すごい大金を扱って大きな全国的イベントを運営していた。そのことにすごく驚いたんです。学生でプロデューサーみたいなことをやってる人たちが、アマチュアイベントなのにスタッフ会議やってて、ちょっとできないスタッフがいると『あいつは駄目だね』って言ってクビにしちゃうわけですよ。すごいなと思って。初めて社会というものと接したような気がした」

また、『マクロス』の制作現場で培い、感じた自分なりのアニメの作り方も見え始めていた。

大阪芸大に戻った暁には、自分が新たなシステムを作る。システムこそがオリジナリティだ。それが山賀さんのDAICON4のアニメ制作におけるテーマとなった。

DAICON3で喝采を浴びたインディーズアニメをビデオ販売したことで、一応の資金はあった。「マクロス」の現場で得た有力な人材も呼び寄せた。結果、前作をはるかに凌駕するレベルのオープニングアニメが完成する。好評を博し、ビデオ販売でまた収益を得る。最終的に、ある程度のまとまった資金となった。このとき、彼らはまだ大学生であったことを忘れないでほしい。

この資金で、また次の新しい作品を作る。当然そういう成り行きになった。

「そしたら赤井が『八岐之大蛇の逆襲』っていう企画を持ってきて、これを作るってんで、じゃあやってくださいと。で、僕と岡田（斗司夫）さんは別の企画を立てて、東京にスポンサー探しに行くわって言って、そのために作った会社が『ガイナックス』です」

立ち上げた企画が『王立宇宙軍　オネアミスの翼』。芸坂を登っている途中、見上げたコンクリートむき出しの学舎に〝電気仕掛けのコンクリートでできた王国〟というモチーフを得て編み出されたプロットだった。そうして、山賀さんは企画を株式会社バンダイに売り込み、現場の総制作費四億四千万をかけて映画を完成させる。

企画発案当初、山賀さんには忸怩《じくじ》たる思いがあった。庵野さん、赤井さんらアニメの天才がいるにもかかわらず、自分たちは学生の身でありながら、中退したり就職浪人したり、ものすごい犠牲を払いながら自主制作映画を作り続けてきた。この犠牲がどこかで報われないのか。その思いは、結果的に『王立宇宙軍』で報われ、ガイナックスはプロの制作会社として歩み始める。

だが、それから三〇年余り経った現在、山賀さんはこうも思っている。

「さっき言ったようにDAICONフィルムには、まとまった資金があったわけですよ。『王立宇宙軍』をやるにしても、規模を縮小して、その資金の中で作って、そこから広げていくやり方をとったとしたら、あの時代としては相当新しかったと思うんですよね。そうして連続して自分たちの資金で作り続けていくようなシステムが、もしかしたらできていたのかもしれない。今のYouTubeの時代に先駆けて、映像ビジネスっていうものをアマチュアのままやっていけるっていう景色も夢見られなくはなかったかもしれない。だから、『すごいですね、二二歳やそこらでみんないきなりプロになったんですね』っていうふうに言ってくれる人もいるんだけど、いや、そこでプロにならない道の方が絶対面白かっただろうね、と思ったりもする」

ともあれ、こうして山賀さんは大阪芸大での一番のテーマ「脱出」に成功した。

ところで、アニメ制作の活動ばかりを追ってきたが、肝心の大学生活の方はどうだったのだろうか。実は、山賀さんは大阪芸大を卒業していない。

アニメ制作のかたわら、最低限の授業には顔を出して、四回生でもギリギリの単位は取れていた。そしてあと一つ、重要なテストだけ受ければ卒業できるはずだった。しかし、ガイナックスを発足させ、資金繰りのために、バンダイを相手に東京で初めての会議に出なければならない日とテストの日が被ってしまったのだ。

「こっちはドがつく新人監督で、東京に、ほとんど討ち入りに行くような日に『あれ、今日、監督は？』って聞かれて、大学の卒業試験で来られません、なんて言うわけには絶対にいかない。どっち取るかっていったらお金になる方だろうと思って、東京に行ったんです」

その後、山賀さんは留年して大学に残ることもなく、映画監督としての道を歩み始めるのだった。最後に、実際に学生として身を置いてみての、大阪芸大に対する実感を聞いた。

「何よりも田舎なのが大きかったですね。やっぱ考えなきゃいけないじゃないですか。就職も簡単にできないし、要するに中心から外れているという部分で……。たとえば、東京の美大に入っちゃいました、じゃあ将来はデザイナーになるの？　みたいな世界にいる人と、入ったけど大阪芸大なんだよねって笑いながら言っちゃうような人では、とにかく入学してから考え続ける集中力に差は出ると思うんです。『脱出』は比喩でもなんでもなくて、あの田舎にいる以上、ぼやっとしてらんないわけですよ。その危機感が大阪芸大という人種を作り上げているんだと思う」

劇団☆新感線「宇宙防衛軍ヒデマロ」（1984年上演）

俳優――古田新太の証言

1984年入学 S84

古田新太（ふるた あらた）劇団☆新感線の看板役者。大阪芸術大学在学中の一九八四年から劇団☆新感線に参加。エネルギッシュで迫力ある演技には定評がある。劇団公演以外の舞台にも積極的に参加している他、自身で企画・出演を務める演劇ユニット「ねずみの三銃士」などもある。活躍の場は広く、バラエティ番組やCM出演、コラムニストとして雑誌連載も持つ。劇団公演以外の主な出演作に、舞台『マニアック』⑲『贋作桜の森の満開の下』⑱、『ロッキー・ホラー・ショー』⑰、映画『ドラゴンクエスト ユア・ストーリー』（声の出演）『プロメア』（声の出演）』⑲、ドラマ『Iターン』（19・TX）、『俺のスカート、どこ行った？』（19・NTV）『小吉の女房』（19・NHK BS時代劇）、『深夜！天才バカボン』（18・TX）、『闇の伴走者～編集長の条件』（18・WOWOW）、などがある。現在、『関ジャム～完全燃SHOW～』（EX）にレギュラー出演中。

山賀さんがガイナックスを立ち上げ、東京に出てゆくのと入れ替わるようにして、大阪芸術大学に一人の演劇青年がやってくる。今や知らない人はいないであろう随一の怪優、古田新太《ふるたあらた》だ。

古田新太さんは一九六五年、神戸市西区に生まれた。小学校の授業でミュージカルを観て役者になろうと早々に決意。それまでは漠然とプロレスラーや漫画家に憧れていたが、役者になれば、プロレスラーでも漫画家でも何にでもなれると思ったのだ。

大学は行かないつもりだった。高校を卒業したら、その足で東京に出てどこかの劇団に入ろう。けれど両親から、大学だけは行ってくれと懇願され、大阪芸大を受験し、合格。他に早稲田や日芸（日本大学芸術学部）など、演劇にゆかりのある大学に願書を出していたが、真っ先に受かったこともあって、すんなりと他は打ち遣った。

同じ関西圏といっても、通うには遠すぎる。新太青年は大学近くの寮に入った。第二金剛寮。寮旗もあるような古い歴史を持つ寮である。三畳一間、風呂トイレ共同、夜の賄いがついて一ヶ月の家賃が八千円。寮での生活はなかなかにとんでもなかったらしいが、それは後述する。

一九八四年、晴れて大阪芸大、舞台芸術学科の学生となった新太青年。しかし、周りの学生たちの、あまりのレベルの低さに、入学当初は落ち込んだらしい。

「失望しました。おいらは完全に、舞台、ミュージカルというものを目指して入学してきたんです。高校時代、最近見た演劇の話とか、この映画が面白かったよ、みたいな話ができる仲間がいなかったから、大阪芸大に入ったらそんな話もできるし、当然みんな歌も踊りもやっているだろうと思ったら……」

演劇なんか見たことのない学生がほとんど。当時の演劇界は大きな変革期で、アングラ演劇、小劇場のムーブメントが華やかなりしころ。なのに誰も、唐十郎《からじゅうろう》の名前も、つかこうへいの名前も知らない。愕然とする新太青年。やっぱり辞めて、すぐにでも東京に出た方がいいのではないかと早くも思い始める。

その気持ちを押し留めてくれたのは、金剛寮の先輩だった。

寮内には、舞台芸術科の音響専攻が二人、照明専攻が一人と、演技演出専攻では三人の先輩がいた。彼らは大阪の小劇場で、すでに即戦力として活躍していた。新太青年はこの三人にくっついて、先輩の劇団を覗きに行く。そこにはやる気のある演劇人がたくさんいて、ようやくちゃんと話ができる人々との交流が始まった。同時に、彼らに倣って、音響や照明、大道具などのアルバイトも始める。

金剛寮の生活は楽しかった。毎日のように、廊下に茣蓙《ござ》を引いてみんなで酒盛り。自分の部屋にある酒やつまみを持ち寄った。舞台芸術学科の学生たちは、舞台で酒の差し入れをよくもらうようで、酒には事欠かなかった。

寮には様々な学科の学生が集まり、彼らにはそれぞれの特技があった。

「金剛寮には『風呂浸け』っていう行事があったんですよ。先輩たちの間で『風呂浸けの日』っていうのが決まっていて、そのときに寮にいた奴らは着の身着のまま、水の張った風呂に浸けられるっていう。で、一年生たちはなんとかして逃げなければならないルールなんです。天井に張り付いたりとか、始まったっていう声が聞こえてきたら、みんな一斉に窓開けてバンバン飛び降りるんですけど、外ではもう、映像学科と舞台芸術学科の照明の奴らがサーチライト回してるんですよ。それをみんなでかいくぐって、バイクで逃げたりとか」

楽しい行事だったらしいが、のちに、逃げた後輩の一人が警察に駆け込んだことがきっかけで、廃止となった。

大学の授業は、実技だけ出ることにし、西洋演劇史、日本演劇史、演技論などの理論系は捨てた。授業に出るよりは、教授と最近上演された舞台の話をする方がよっぽど楽しいし、糧になった。

実技は、声楽と舞踊。二回生からは、劇作家の秋浜悟史《あきはまさとし》教授に師事した。

秋浜教授は、東の蜷川《ながわ》、西の秋浜と呼ばれたほど豪放な人物で、他の先生とは一味違っていた。

「実技の授業の中で、身体表現みたいなのがあって、でたらめなんですけど、『お前ら、真夏の炎天下のアスファルトに置かれたソフトクリームを表現しろ』っていうのがあったんです。みんな、ぐうーって体うねらせたりして。『自分の中で、醒めたと思った奴は外れていけ。最後まで表現できる奴は頑張れ』っていうような授業だったんです。で、おいら、『よーい、スタート』って始めた直後に手を上げて『醒めました』って言ってすぐに下がったんですけど、それをゲラゲラ笑ってくれて」

新太青年にはそういった表現がそもそも身体に合わなかった（身体表現が好きで歌と踊りを始めた藤吉久美子さんとは対照的で面白い）。そんなことで芝居が上手くなってたまるか。どうしたらこの身体表現なんてバカみたいなことから逃れることができるのか。そんな思いから、新太青年は演出助手の側に回った。教授の横で小間使いをしたり、ノートをとったり、これなら妙な表現をしなくてすむ。おまけに、教授について一緒に飲んだり、泥酔して自分では立てなくなった教授の小便の世話をしたりするうちに、経験に基づいた実践的な演劇というものに触れることができた。これは、後々まで大きく役立ったという。

実技の授業に顔を出しながら、学外の小劇団でのアルバイトに通ううちに、先輩の紹介で、大阪太陽族という劇団に入る。台本の本読みを手伝っていたら、如月小春《きさらぎこはる》さんの戯曲『工場物語』で、い

1986年、楽屋にて橋本じゅんさん（左）、
竹田団吾さん（中）と。

きなり役をもらった。ダンスをやっていたこともあって、振り付けも任されるようになる。

　メインキャストにも選ばれるようになり、何本か出た。それを、当時劇団☆新感線に所属していた渡辺《わたなべ》いっけいが見ていた。

　当時、大阪の小演劇界の双璧といえば劇団☆新感線と南河内万歳一座。当然新太青年も知らないはずはなく、その二劇団にも手伝いとして顔を出したりしていた。

　その劇団☆新感線で、看板俳優の二人、渡辺いっけい氏と筧利夫《かけいとしお》氏が退団することになった。誰か代わりの俳優を入れなければならない。万歳一座の先輩の推薦もあって、新太青年に白羽の矢が当たる。大阪太陽族に居心地の良さを感じていた新太青年は、これも勉強だと、一本だけのつもりで参加することを決めた。

　劇団☆新感線は、当時、一度の公演で三千人近くの観客を集めていた。が、新太青年が参加した途端、動員は八〇〇人に減ってしまう。

　看板俳優の脱退が動員減少の大きな要因になったことは間違いないが、原因は他にもあった。

「劇団☆新感線って、もともとつかこうへいのコピー劇団だったんですけど、おいらが入ったと同時に、本格的にオリジナルをやり始めたんです。それがめちゃくちゃくだらなくて。それまではやっぱり、男と女の人情の話とかあったし、それを得意としていた劇団だったのが、急に漫画みたいな内容になってしまって。タイトルも『宇宙防衛軍ヒデマロ』っていうね。どうでもいい名前」

　このままでやめるわけにはいかない。しばらくは大阪太陽族と劇団☆新感線の二足の草鞋を履く生活が続く。

　とにかく場数を踏む。そう決めた新太青年は劇団☆新感線と大阪太陽族以外にも、いろいろなイベント、公演に参加した。当時の公演は、公演日数が短く、一公演が二日や三日というのがほとんど。土日で4回、なんていう日もあり、様々な劇団やユニットを掛け持ちし、年間で一〇本近くの公演に出る。金剛寮を出て、近鉄長野線沿線の土師ノ里《はじのさと》で一人暮らしを始めたのもこの頃だ。

　舞台の裏方以外にも、アルバイトはいろいろとやった。その頃の毎日と言えばこんな具合。朝、土師ノ里の自宅を出て大学の実技授業。終わると稽古場がある梅田は扇町に出て、舞台の稽古。深夜、その足で心斎橋まで行き、金龍ラーメンでアルバイト。朝8時まで働いて、終わるとそのまま大学に出る。授業に出て、時間ができると、大学で仮眠。芸坂上がってすぐの図書館の入った芸術情報センター、パイプオルガンのある一階がひんやり涼しくて、夏場はよくそこで眠った。起きるとまた劇団の稽古……。

「だからもう、毎日、芝居とダンスと遊んでしかいなかったです。いやあ、忙しかったですね」

　深夜、金龍ラーメンに行く前に、北新地でバーテンもやっていた。ただで酒が飲めるのはもちろん、酔っ払いの客が芝居のチケットを買ってくれることもあって、いいアルバイトだった。もっとも、チケットは買ってくれても、実際に観劇に来る客は皆無だったそうだが……。まあ、酔っ払いとはそんなもんだろう。

稼いだバイト代は、交通費だったり、劇団の運営費などに消えた。極貧ではなかったとはいえ、金がないことには代わりなかった。腹が減ると、白米だけ買って、盛り付けた飯茶碗と箸を手に、11号館の食堂、一食をうろうろする。女子学生は大体おかずを残すから、そのおこぼれにあずかろうというのだ。実際、余り物で結構な丼になった。

演劇祭や、それに準じた手伝いなどで、他の大学を覗くことがあった。同志社や立命館、京大など京都の大学が多かったが、キャンパスを歩くたびに、その清潔さに驚いたという。それに比べて大阪芸大といったら……その雑多さをわかりやすく具現化していたのが正門を抜けて坂道を登ったすぐのところにある一食だった。

「音楽学科の奴はブラウス着たりしてるけど、工芸学科の連中とかつなぎ着てるし、美術学科の奴はきったねぇボロボロのやつ着てて。で、うちの学科もみんなTシャツにタオルとジャージで工事現場みたいな感じ。舞踊専攻とミュージカル専攻の子達はレオタード。そんなやつらが一食に集まって一斉に飯を食ってる。学科だけじゃない。忍者研究会とかユニフォーム研究会のやつらもいて、忍者の格好して模造刀逆手に持って走ってたり、匍匐《ほふく》前進の練習してたり。コンクリートむき出しの封鎖的な建物の中に、良い意味でも悪い意味でも、力の余った人間たちがぎゅっと押し込まれてた時のカオス状態っていうのがあったと思います」

小劇団をあっちへこっちへと掛け持ちする中、新太青年は、次第にハードロックを使ったダンスアクション劇に様変わりしてゆく新感線の舞台に、とりわけのめり込んでゆく。そのころ、彼が目指していたのは『ロッキー・ホラー・ショー』のようなB級色満載のミュージカルだった。新感線なら自分のやりたかったことができるかもしれない。やがて、新太青年は正式に劇団☆新感線の中心メンバーとなってゆく。

三千人から八百人に激減した劇団☆新感線の動員は、減り続けていた。動員が下がると、当然金はなくなる。赤字を補填するには、毎月新作を発表すればいいんじゃないか。ということで、質より量で興行を打ち続けるうちに、やっぱり質も落ちてきて、客足は益々遠のき、最後は動員四百人にまで落ちた。進退窮まった劇団は大きな決断をする。次の公演で八百人入らなかったら解散。新太青年、三回生のときである。場所はオープンして間もない近鉄小劇場。結果、動員は八百二人。そこから、劇団☆新感線は、じわじわと調子を上げてゆく。新太青年も、鴻上尚史《こうかみしょうじ》主催の第三舞台、野田地図『虎 野田秀樹《のだひでき》の国性爺合戦』などに客演で呼ばれるようになる。

大学の内と外、授業と芝居に明け暮れた新太青年だが、なんと、卒業できていない。

一般教養、理論系の授業には一切出ていなかったとはいえ、ぎりぎり進級できる単位はかろうじて取っていた。しかし、肝心の授業料を、二年次から払っていなかったのだ。事態を甘く見て、延滞届を何度か出してごまかしていたら、四回生のカリキュラムを立てる段になって、学科長から「お前、学生課から、学生じゃないことになっているぞ」と告げられる。

調べてみると、三年次の時点ですでに除籍となっていることがわかった。驚き嘆いても仕方がない。授業のカリキュラムは済んでいる。せめて卒業制作の公演だけはやりたい。新太青年は秋浜教授に泣きついた。教授は、新太青年の名前をパンフレットや学生名簿から無くすことで対応。こうして、卒業制作『オズの魔法使い』は卒業制作展で無事上演された。

古田版『オズの魔法使い』は、オズの魔法使いを上演しようと奮闘する高校の演劇部の物語、いわば演劇内演劇。オリジナルの『オズ〜』に違和感を抱いた高校生たちが勝手に脚色を始めるというコメディで、

「まあ、最後はブリキマンのおいらがモテて終わる話です」

新太青年は、作・演出・出演（ブリキマン）の三役をこなしたが、彼の名前はどこにも出ることはなかった。

大阪芸大に入ってよかったことの一つは、秋浜悟史教授との出会いだ。

「それが一番でかいですね。万歳一座の内藤さんも、うちのいのうえさんも、秋浜門下生なんですよ。で、その先輩たちの話を聞けたりとか、秋浜先生がお芝居見に来てくれて、アドバイスもらったりとかっていうことも出来ましたし。結果的に、秋浜門下生になっていなかったら、新感線でもやれてなかったでしょうから」

そして、四年間をこう振り返る。

「大学のときに場数踏んどけと思って、めちゃくちゃな芝居のやり方を知ったのが、かなり役に立ちましたね。訓練されたなと思います。劇団活動でもそうだし。より早くプロフェッショナルにならなきゃって思わせてくれた。動員して金を儲けなきゃ、とか。お芝居が生業になってから、蜷川幸雄さんとか野田秀樹さんのとこに行っても全然怖くなかったですね。もっと怖い目に遭ってるんで、箱馬投げられるくらい、そんなもん全然大したことないんだって」

こうして、除籍という形で青年は古田新太という俳優となり、大阪芸大を飛び出していった。

1993 年入学

V93,E92,D93

大所帯バンド・赤犬——ロビン、リシュウ、グッチの証言

赤犬（あかいぬ）
作曲家・クスミヒデオが自身の理想とする音楽表現を模索し、100名の弟子から心・技・体を兼ね備えた13名を選出し、一九九三年に自然発生。その活動は音楽だけに留まらず交通量調査、財テク指南、シロアリ駆除など多岐にわたる。二〇一四年には映画『味園ユニバース』に出演。人情に厚いデコトラ軍団役の演技が高く評価された。古今東西の娯楽を凝縮したライブは「エンターテインメントの卸問屋」の異名の通り、お手頃価格で老若男女を魅了し、会場限定販売のシングルも大阪みやげとして人気を集めている。

やがて一九八〇年代が終わり、バブルの狂騒が弾け飛んだあと、嵐の後の静けさのような九〇年代がやってきた。後年、「失われた二〇年」とも呼ばれる暗闇の時代。しかし、そんな空洞を意にも介さず、後のオウム事件、阪神大震災をも飄々と乗り越える無節操なバンドが大阪芸術大学に生まれる。

その名は、赤犬《あかいぬ》。二〇一八年で結成二五周年を迎えた現役バンドは、一九九三年、大阪芸大で自然発生的に生まれた。スカ、パンク、ハードコア、メタル、ノイズ、ファンク、盆踊りなどすべてをごった煮にしたサウンドの上に、昭和歌謡から下ネタまでを散りばめた歌詞を載せたジャンル分け不能の大所帯バンド。二〇〇四年にはフジロックフェスティバルに出演するまでになったその軌跡を踏まえ、結成当時の状況を紐解くことが、九〇年代前半の大阪芸大の空気を捉えるために最適だと思い、今回、結成当初から今日までメンバーであり続けているロビン（ボーカル）、グッチ（パーカッション兼前説）、リシュウ（ベース）の三氏に話を聞いた。筆者である僕も学生当時から交流を持っていた。まずは三氏の入学するまでを見てゆこう。

水口祐介《みずぐちゆうすけ》、通称グッチさんは一九七三年に大阪市は谷町に生まれる。CMディレクターの父を持った環境で、幼い頃から映画や映像に触れる機会が多かった。自然と映画が好きになり、高校生の頃には、もう美術系の大学に行くつもりでいた。父親は武蔵野美術大学の出身で父と同じところを受けようと思っていたが、当時付き合っていた彼女と離れるのがいやで、関西圏の美大を目指す。受験したのは京都精華大学のマンガ学科と大阪芸大の映像学科。その後、一浪を経て再度受験。これでだめなら花火師になろうと思っていたが、大阪芸術大学に合格し、一九九三年、晴れて入学。グッチさんはスピルバーグになりたかった。

前田博通《まえだひろみち》、通称ロビンさんは、一九七一年、兵庫県神戸市に生まれる。子ども時代は怪獣とロボットの絵ばかり描く、プロレス好きの少年だった。絵が好きだった影響で、大学受験時、美大をいくつか受けるが不合格。考えが甘かったと、浪人してアトリエに通う。アトリエではガンダムのプラモデルを作って、そのデッサンばかり描いていた。そうして再度挑戦するも、また不合格。もう普通の大学に行こうかと思いながら二度目の浪人生活を過ごしていたとき、バンドをやっていた友達の誘いで神戸市外国語大学の学園祭を覗いた。学園祭ライブには、大阪芸大の学生バンドも出ていた。参加した打ち上げで、芸大バンドの人々と意気投合。「お前、おもろいから芸大来いや」と誘われ、二浪目にして大阪芸大を目指す。植木職人の父を説得しやすいと、環境計画学科を受験。見事合格し、二年遅れで大阪芸大に入学。一九九二年のことだった。

赤犬でベースを担当する岡澤《おかざわ》理秀《りしゅう》、通称リシュウさんは千葉県出身。父親が店舗の内装の仕事をしているのを見て、自分も建築の仕事を目指したいと思うようになり、美大を目指す。高校生だったリシュウさんの目に、関東の美術系の予備校が憧れとして映った。「予備校に通う浪人生ってかっこいい。俺も美術系の浪人生になる。一浪して多摩美。これでいこう」そう思って東京藝術大学、武蔵野美術大学、多摩美術大学の三つを受け、見事不合格。一方で、本屋で見つけた情報も気にかかっていた。それは大阪芸大の入学案内。大学の近くには祖母が住んでいた。それに、大阪に行くと、確実に一人暮らしができる。そう思ったリシュウさんは、一応受けてみるかと受験し、予想外に合格してしまう。それでもリシュウ青年は浪人生になる気満々だったが、「社会に出るのが早いに越したことはないだろう」という両親の考えに従い、大阪の地を踏むことに。一九九三年の春、専攻はデザイン学科だった。

三人の中で、入学年で言えば一番年嵩だったロビンさん。大学に入ると、神戸外大で知り合ったバンドの先輩のところに挨拶に行った。先輩もロビンさんのことを覚えてくれていた。

ロビン「で、『軽音学部入れ』とかって言われたんですけど、『楽器できないんです』って答えたら、『ボーカル言うといたらええねん』って言われて」

それからボーカル、という肩書きになった。軽音楽部では何をするということもなく、ただひたすら酒を飲んでいた。後に赤犬のメンバーになる何人かも軽音部に所属していて、よく遊んでいた。

一年後、リシュウさん、グッチさんたち九三年組が入学。もともとバンドをやろうと思っていたリシュウさんは軽音楽部に入る。ところが、入部してすぐはあまり馴染めなかったという。

リシュウさんが居心地の悪い思いをしていたころ、同じ年に入部した映像学科の松本章《まつもとあきら》、通称アキラさん、舞台芸術学科だった松下泰史《まつしたやすし》、通称チョッピーさんらが、五月に行われる軽音楽部のライブイベント「五月祭」で「赤犬」としてライブに出る。当初はグランジのバンドをコピーしたような音楽を演奏していた。

やがて、リシュウさんもアキラさんたちとよくつるむようになり、これまた七月に行われる軽音楽部主催の音楽イベント「セブンス」にて、リシュウさんも赤犬のメンバーとして出演。以後、数人が入れ替わり立ち替わりを繰り返しながら、一年が経つ。客演で何人か即席メンバーなどが参加し、それが割合盛り上がりを見せたので、どうせなら人数を増やした方が面白いんじゃないかと、ノリの合う先輩だったロビンさんやクスミヒデオ、通称ヒデオさんなどが加わり、トランペットやトロンボーンなどの入り混じった大所帯バンドになってゆく。

ロビンさんが参加した頃のライブはどんなもの

だったのかと聞くと、

リシュウ「一応、基本になるオリジナル曲が二、三曲はあったと思う」

ロビン「あとはカバーしたり、ひたすらノイズを流したりとか。よくわからないメンバーもいましたからね。舞台上で新聞読んでるだけのメンバーとか。何なんだ、この人は、みたいな。ギターのチョッピーなんか、ギターを弾くことさえやめて、メガドライブをギターアンプにつないで、音だけでスプラッターハウス3の一面をクリアするっていう、そんな離れ業をやってのけたり」

リシュウ「学生の悪ふざけ」

音楽というよりは、パフォーマンスに近いノリだったのかもしれない。

当時、大学内の音楽系サークルで大きなものは二つあった。軽音楽部とニューフォーク部だ。僕が在学中だった九五年ごろの印象では、軽音楽部は男臭くて、ニューフォークは何となくおしゃれな感じがしていたが、実際はどうだったのか。

ロビン「軽音楽部はメタル、ハードロックの人が多くて、排他的というか、あんまり他と交流を持ちたがらないっていう空気。演奏のレベルが高い人はいっぱいいました」

リシュウ「ちょっと体育会系ノリ。上下関係が割ときちっとしていて。表向きは男女交際禁止。女子は、先輩の前でタバコ吸うの禁止」

翻ってニューフォークは、

ロビン「軽い感じで。横で見ていて、男女のアレも派手でしたからね。かわいい女の子も多かった。そこだけはしくじったなと思う。軽音楽部は、髪の長い男と水分のない女ばっかり。僕はそんなカジュアル感も好きで入ったんですけど、ずっと童貞でした。『ときメモ』でいいやって思って。女の子と喋るよりも、女の子の前で裸になる方が楽だった。硬派が過

1998年11月3日、学祭の日に学内で和む当時のメンバー。左手前に座っているのがリシュウさん、後方中央で体育座りしているのがロビンさん、撮影はグッチさん。

ぎましたね」

音楽面では、やがて当時フロントマンだったアキラさんとギターのチョッピーさんらを中心に、オリジナル曲ができ始める。そしてまもなく、ライブハウス・江坂ブーミンホールで、初めての学外ライブを決行することに。

アキラさんと映像学科で繋がっていたグッチさんは、ライブの様子を撮影してくれと頼まれ、初めて赤犬と合流した。当日のライブ直前、カメラを回していると、音響の機材トラブルで、開始が遅れることに。そこでグッチさんがどうにか間を繋げようと、舞台に上がった。

グッチさんは、当時、芸人としても活動しており、関西ローカルのお笑い番組『爆笑BOOING』などにも出ていたから、そういったアドリブの前説は得意だった。それが面白いということになり、赤犬のライブはグッチさんの前説から始まるのが恒例となった。これは現在も変わらない。

人の入れ替わりも激しく、一番多い時で総勢三〇人もいたらしい（どうやって舞台に上がっていたんだろう）メンバーも、曲ができあがるにつれ、だんだんと淘汰され、ボーカル三人、ギター、ベース、バイオリン、トランペット、トロンボーン、テナーサックス、ドラム、キーボードなど、パートがはっきりし始め、次第に音楽としてのバンドの形になってゆく。

次第に認知度が上がり、場数が増えてくるに従って、バンドとしての欲（たとえば人気やお金）が出てくるのかといえば、そうではなかった。

ロビン「音楽のために集まったんじゃなくて、飲み友達同士が『やろか』とか言ってやってやってるような感じ」

音楽は遊びの中の一つ。バンド活動ではないところでも、赤犬のメンバーはいつも一緒にいた。入学当初、大学のある喜志駅から四駅離れた藤井寺に住んでいたリシュウさんは、メンバーが夜通し大学周辺の誰かの家で飲んでいるのを見て、寂しさのあまり、大学の近くに引っ越した。大阪市内、実家の近隣にある祖母の家から通っていたグッチさんも、夜な夜なメンバーの家で寝泊まりするようになった。

喜志駅周辺の街のガラの悪さは、今でもよく覚えている。芸大生という理由で、地元の暴走族に襲われることも少なくなかった。いわゆる「芸大狩り」。

リシュウ「僕がバイトしてた国道沿いのデイリーストアってコンビニは、コンビニなのに深夜0時から朝の5時まで店閉めるんですよ。ローリング族みたいなんが溜まるから」

ロビン「ほんで、芸大にもガチの暴走族上がりも進学してきてたんで、さらにもめるという」

その点、赤犬は超平和。飲んではビデオゲーム。ファミコン、スーファミ、PCエンジン、メガドライブ。あらゆるハードが部屋にはあった。

ロビン「あのとき現存するハード、全部積み上げたらすごい高さになって『愚者の塔』と我々は呼んどった」

グッチ「ジェンガみたいにカセット積み上げてね」

ゲームに飽きたら夜中の学内で光線銃の打ち合い。ハマったときで、週4回はやっていた。

ロビン「我々は光線銃やから遊びモードやけど、芸大って、ユニフォーム研究会っていうガチのサバイバルゲームチームとかもあったんです。深夜、我々が光線銃持って学校上がって行きよったら、芸坂の茂みからガサガサって音がして、何やと思ったら迷彩服きた人がトランシーバーみたいなので『ただいま民間人通過中』って言ってて」

グッチ「あの人すごかったね。ヘリコプターのラジコン飛ばして、BB弾、空から撒き散らすっていう面白い人だった」

話だけ聞いていると中学生かと思ってしまう。

音楽面ではアキラさんやチョッピーさん、バイオリンの吉川忠信《よしかわただのぶ》、通称まるさんなどが引っ張り、踊りや、曲間の寸劇などはロビンさんやヒデオさんがまとめ上げてゆく。やがて、大阪インディーズバンドのコンピレーションアルバムに曲が選ばれた。と同時に、映像学科繋がりだった熊切和嘉、通称クマさんの卒業制作『鬼畜大宴会』の劇伴（映画やドラマなどで流れる伴奏音楽）も手がけ、アキラさんを中心に、音楽面でも大きな変貌を遂げ始めた。のちに僕や山下敦弘くんの卒業制作『どんてん生活』でもサウンドトラックを担当するなど、ライブ以外での音楽活動も目立つようになる。学園祭でのライブも毎年のように行い、その都度技術面でも娯楽性でも進化を遂げ、ただのコミックバンドに収まらない唯一無二の芸風を築き上げてゆく。

そのノリを、大阪的という人もいるが、本人たちはそう思われることを嫌がる。

ロビン「大阪出身メンバーなんか、三、四人しかおれへんしね。僕は神戸で、新喜劇いうのも好きで、ずっと子どものころから観てたりとか、吉本とかもちろん観て育ってる。関西で生まれ育ってるから、もう関西弁抜けへんのはしゃあないけど、『これは大阪ですねん、面白いでっしゃろ』みたいなんは、逆に嫌悪感を抱く」

グッチ「同じことをしたらあかん、みたいなの、あるじゃないですか。それと一緒ですよね。だから、吉本みたいなんとはまた違うもんって思ってる。大阪売りではないですね、全然」

大阪のみならず東京にも進出し、全国を飛び回り、やがてフジロックフェスティバルにも呼ばれるほどに成長しながらも、いくつかの転機はありながら、そのスタイルを崩さず今年で結成二五周年を迎えた赤犬。こうも長く続く秘訣はなんだろう。

リシュウ「メンバー同士がビジネスパートナーみたいな感じに見えるバンドもあるけど、僕らはその真逆。例えばメジャーデビューみたいな、売れることが目的だったりしたら、それを諦めた瞬間にバンドも終わるじゃないですか。そういうのじゃないから、別にやめる理由がないんですよ」

やはり大阪芸大で出会った者たちで結成したことが大きいのだろうか。最後は、グッチさんの印象的な一言で締めくくろう。

グッチ「僕らの場合、八年大学行ってるメンバーとかもおるから、卒業したらどうしようとか、そういう感覚が希薄だったと思います。社会人しながら隣にバンドがあったし。今も週一は必ず会うっていう習慣はずっと変わっていない。そういう意味でいうと、まだ誰も大芸を卒業してないのかもしれません」

ゲームクリエイター——上田文人の証言

1989年入学 F89

上田文人（うえだ・ふみと）
ゲームデザイナー、クリエイティブ・ディレクター。
一九九三年、大阪芸術大学芸術学部美術学科卒業。
代表作品は、二〇〇一年『ICO』、〇六年『ワンダと巨像』、一六年『人喰いの大鷲トリコ』（以上、ソニー・コンピュータエンタテインメント）など。一四年、株式会社ジェン・デザインを設立。

軽音楽部の仲間たちが集まり、赤犬が生まれ出てくるのと同じ頃、のちに日本の、いや、世界のゲーム業界に独創的なビデオゲームを送り出すゲームクリエイターとなった一人の男も、この大阪芸大と河南町で生きていた。『ＩＣＯ』『ワンダと巨像』『人喰いの大鷲トリコ』などで知られる上田《うえだ》文人《ふみと》さんだ。

上田さんは一九七〇年、兵庫県たつの市で生まれた。幼少のころから絵を描くのが得意で、コンクールに出せば何かしらの賞を取った。兵庫県立龍野実業高校デザイン科に進み、進学先を模索していたところ、美術の教師に大阪芸術大学を勧められた。美大系のヒエラルキーがどうなっているのか、また、他の大学の特色なども知らず、教師に言われるがまま受験し、美術学科に合格。一九八九年の春、大阪芸大に入学する。

今回の取材でも、インタビューした誰もが河南町の田舎加減に驚いているが、上田さんはそうでもなかったようだ。自分の生まれ育った街の方がよっぽど田舎だと思った。それよりも驚いたのは、大阪という都市。当時は九〇年代が始まってすぐのころ。アメカジや古着がブームだった。

「たとえば、ぼろぼろの古着とか、ビンテージと呼ばれるようなものに、ものすごい高い金額がついているみたいな感覚っていうのは田舎にはなくて。その、きれいだとか、新しいだけじゃないものが評価される価値観が大阪にはあって、最初はカルチャーショックを受けましたね」

授業は、進級できるだけの単位がもらえればいいと考え、最低限のものしか出席しなかった。そういう意味では真面目な学生ではなかったという。絵が好きで美術学科に入ったとはいえ、本格的な絵画というものにはあまり馴染めず、ファインアートよりは、どちらかというと漫画家の描く絵が好きだった。当時は望月峯太郎《もちづきみねたろう》や大友克洋《おおともかつひろ》の絵を切り抜いたりしていた。

3、4回生（1991〜1992年）のころの作品（以下同）。

入学して半年ほどは実家から通っていたが、やはり通学には遠く、また友人ができ、彼らと遊びたかったこともあって、道明寺で一人暮らしを始めた。授業にはあまり出ていなかったが、20号館の美術学科のアトリエを溜まり場にして、いつも友達とだらだらと過ごしていた。

上田青年にとって、学生生活といえば、アルバイトだった。大学からほど近いレンタルビデオ店で、二回生の頃から卒業まで、ずっと働いた。レンタルビデオ店のアルバイトは、そのほとんどが芸大生で、中でも映像学科の学生が多かった。

それまで、田舎者だった上田青年が観てきた映画といえば『バック・トゥ・ザ・フューチャー』のようなメジャーなものしかなかった。今より情報格差が激しかったころだ。レンタルビデオ店で映像学科生たちとつるむことで、より作家性の強い映画やカルトムービーに触れることができた。レンタルビデオはサブカルチャーの宝庫だった。音楽もしかり。それらの作品は、美術学科の授業よりもよっぽど強く上田青年に刺激を与えた。いわば、バイト仲間から教育されたとも言える。

「後年、ソニー・コンピュータエンタテインメント（現在はソニー・インタラクティブエンタテインメント）という会社で、初めて『ＩＣＯ』っていうゲームを作ることになったとき、このバイト先で知り合った人にもスタッフとして参加してもらったりしたんです」

バイト先での出会いは上田青年の人生にかなり大きな影響を与えたと言っていいだろう。

バイト以外ですることといえば、バイクでツーリングと、大学内でサバイバルゲーム。赤犬の人たちといい、一時期の大阪芸大では本当にサバゲーが流行っていたようだ。学内のあちこちにBB弾が転がっていたという。やっぱり、山深いところにいると血が騒ぐのだろうか。

やがて、上田青年は富田林の一軒家を借りて友人と三人で共同生活を始める。代々芸大生が住み続けているという古い一軒家で、そこには絵を描くアトリエのような場所もあったが、積極的に絵を描いていたわけでもなく、ミニ四駆のコースを部屋中に張り巡らせてレースをやったりしていた。ちなみに大学生活ではビデオゲームにはほとんど触れていなかった。せいぜい友達と『ストリートファイターII』や『ぷよぷよ』のような対戦ゲームをやるぐらいだった。

三回生になると、抽象絵画の「絵画第1」、具象絵画の「絵画2」に専攻が分かれた。上田青年は「絵画第1」のコースを専攻することにした。

上田青年は昔から「とにかく絵がうまい」というタイプで、どちらかというと具象絵画の方が好きだったが、具象は描き上げるのに時間がかかる。けれど抽象絵画だと、締め切り前にちょちょちょいという感じで直感的に描いて提出できる。そんな不純な動機で選択したコースで学んでいた上田青年だったが授業の内容に少し違和感も抱いていた。

「今もそうなのかはわからないけど、あの時代のことで話すと、大阪芸大の目指す美術っていうのは、テクニックとか、デッサンとか、構図のとり方とか、そういう技術的なことよりも、面白い絵を目指すみたいな方向だった。線が面白いとか、考え方が面白いとかいうような。だから、僕が思っているうまい絵っていうのと、学校で評価されるいい絵っていうのが、ちょっと違っていた」

しかし、そういったちょっとした疑念や違和感が功を奏して、理解の幅が広がる場合もある。上田青年がそうだった。嫌々ながら大学の授業に身を置くうちに、「うまい絵」と「面白い絵」の差が理解できるようになってくる。

「要は、単にうまいだけの絵はつまんないよねっていうことなんですけど、たぶんそういう教育を受けずにそのままの自分で居続けていたとしたら、多分ゲームの企画だったり、ゲームデザインみたいなものはやってなかったでしょうし、普通に〝うまい〟絵を描く仕事に就いていたんじゃないかな、とは思いますね」

四回生になると、少しずつ、未来に対する焦りが芽生え始める。卒業後、自分はどうするのか。どうしたらいいのか。

美術に突き進んで絵を描き続けていっても、それが仕事になるとは思えなかった。そもそも真面目に絵も描いていなかった。

「で、ちょうどそのころ、フジテレビの『ウゴウゴルーガ』などで３ＤＣＧ（三次元コンピューターグラフィックス）が注目されていて、そういう道具を手に入れれば、何かしら表現活動にも役に立つかもしれないし、面白いことにも使えるんじゃないかと思って」

『ウゴウゴルーガ』は一九九二年から約二年にわたってフジテレビで放送された子供向けバラエティで、ＣＧアニメや３ＤＣＧを多用したメディアアート色の強い番組として話題になった。

そんな３ＤＣＧに希望を感じて、上田青年は卒業間際に、パーソナルコンピューター「Ａｍｉｇａ」を手に入れる。Ａｍｉｇａは、当時、３ＤＣＧや映像編集ソフトが扱える数少ないパソコンの一つだった。

「Ａｍｉｇａ自体の情報もあまりなかった時代で。インターネットもなくって、まだ草の根ＢＢＳとかそういう時代だったので、もう情報を探すっていうこと自体が楽しくて……。本屋さんに行って、わずかな情報でもかき集めてきました」

卒業制作を仕上げ、大阪芸大を卒業しても大阪でＡｍｉｇａを使ったＣＧのアルバイトをしながら、美術活動を続けていた。そんな折、ソニー主催のアートコンペがあることを知る。そのころになると、上田青年の関心は絵画を飛び出し、別のものへと変わっていた。

「大学時代に、もう、自分の描く絵なんて誰が買うんだろうと。誰が見にくるんだ、みたいな不満を抱えたまま卒業して、すぐにＣＧを作るアルバイトを始めた。すると、アルバイト先のおじさんとかって、アートなんて全然わかんない」

美術系の大学にいると、世の中の大勢の人々は、自分たちと同じようにアートへの理解があると錯覚してしまう。

「で、現実の社会に入ったときに、もうちょっとわかりやすいものというか、普通の人が見ても、何かしら引っかかりがあったり、インパクトのあるものを作らないとダメだと……」

上田青年の中で、アイデアで受けないとダメだという発想が生まれる。一言でいうと「エンターテインメント」。

「大学時代は、アカデミックなアートの価値観の中に埋もれていたんだけど、しっくりきてなくて。卒業後に、やっぱり自分が好きなのはエンタメなんだということに気づいて、娯楽性と、あと、それこそレンタルビデオのバイト先の仲間に教えてもらったサブカルチャーを混ぜるというか、勝手にミックスされて」

上田青年は、アートコンペにインスタレーションを発表する。古びた汚い小屋の中に機械仕掛けのいろいろな仕組みを施し、人が近づいたりスイッチが押されたりすると、センサーによって、さも中に動物がいるように音を鳴らしたり、機械を動かすことで、気配を醸し出す。一種のアトラクションに近いインスタレーションだった。

そのコンペで見事入賞を果たし、大きな自信を得て、並行して勉強していた３ＤＣＧの技術に未来を見る。そこにあるのはゲーム業界だった。

「そのころ、アーケードで『バーチャファイター』が出て、〝すごいな〟と思ったんですね。ゲームだったら、自分のやりたいエンタメの表現と、映像だったり、ＣＧを使ったアニメーションを混ぜ合わせることができて、かつ仕事にもなりそうだと。そういったきっかけだったので、昔からゲームが好きで、ずっと作りたいと思っていたとか、ゲームデザイナーになりたいと思っていたというわけでもなかった」

そして上田青年は、当時、先鋭的なゲームを作ることで知られた飯野《いいの》賢治《けんじ》氏が社長を務めるゲーム制作会社「ワープ」に入社。本格的なゲーム作りに身を置くようになる。

今、上田さんに在学中の四年間を振り返ってもらう。

「自由な時間だったんじゃないですかね。一応、大学に通っているっていう世間体はありつつも、別

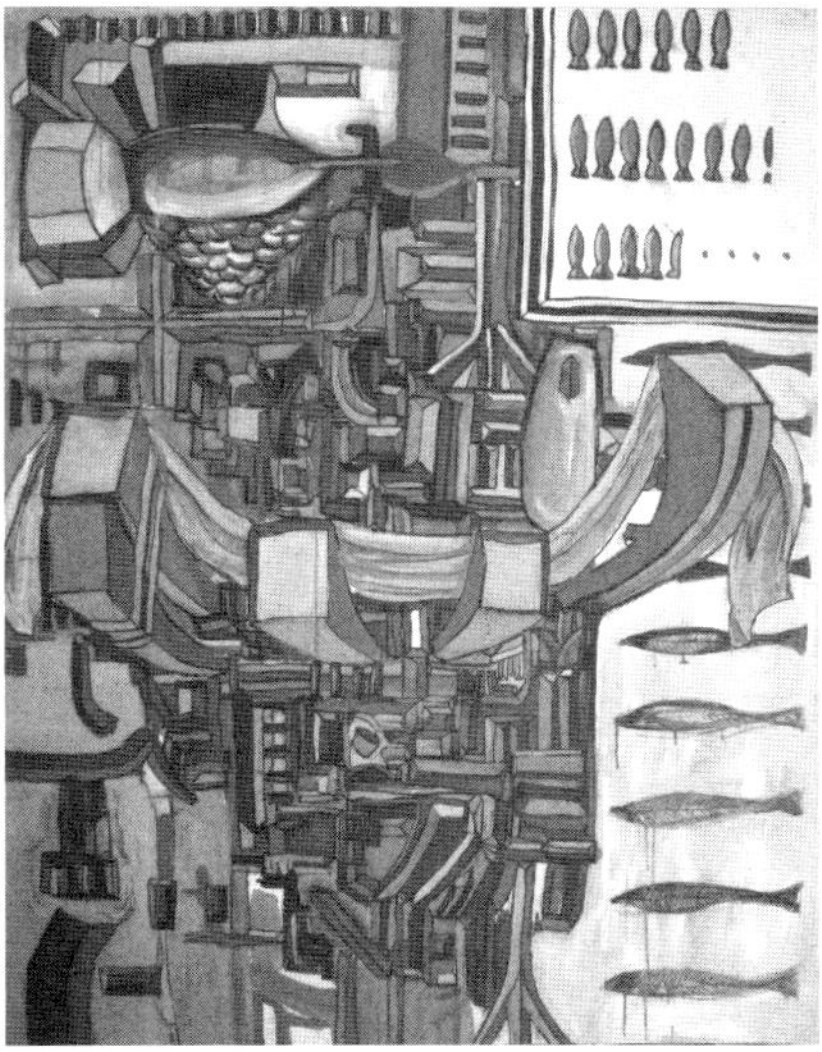

に締め切りに追われるわけでもなく、単位を取るのが大変なわけでもなく、自分に似たような人たちが集まっていて、のんびりやっててもそれに対するプレッシャーもなかった。その時間を有意義に創作に使えたかって言われると、自信はないんですけど、じゃ、何も役に立ってないかって言われるとそうでもない。やっぱり友達のネットワークだったり、新しいカルチャーを教えてもらったり、それは大学だけじゃなく、大阪も含めてですけど、今の自分を形作るうえで必要な体験だったと思います」

様々な分野の学科が集まった大阪芸大だったことも、よかったことの一つかもしれない。

「僕は絵が好きで、そこそこうまかったと思うんで、もし、もう少し技術寄りの学校に行っていたとしたら、きっと今のようなポジションにはなっていないと思いますね。ゲームデザインのように、企画の大本から考えることや、お客さんに直接提供するみたいな発想にまでは至らなかったんじゃないか、っていう気がします」

アートと娯楽性をバランスよく結びつけ、ゲームの上で独自の表現を導き出す作風は、学生時代を含むこうした変遷を経て生まれていった。

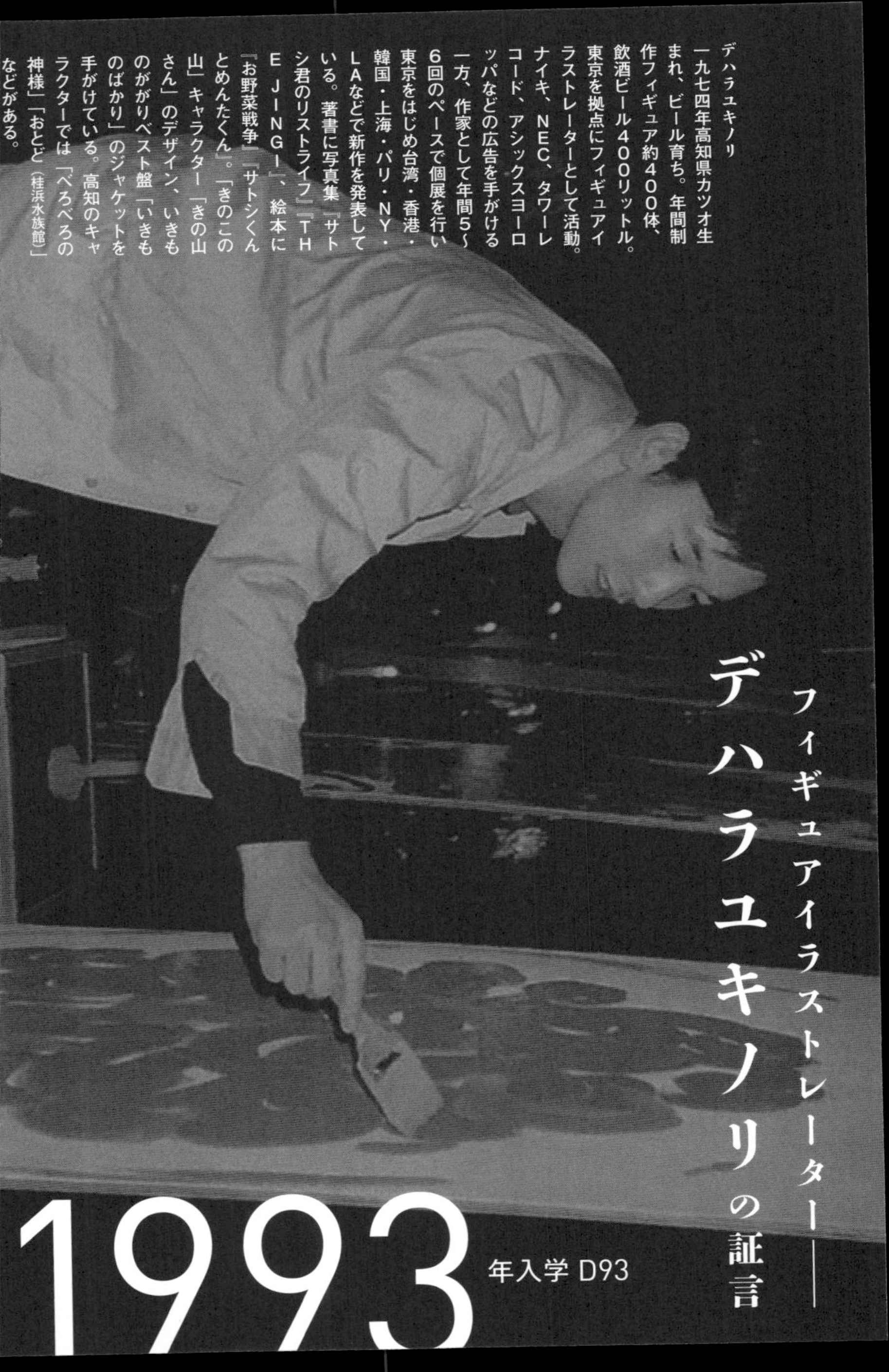

1993年入学 D93

フィギュアイラストレーター——
デハラユキノリの証言

デハラユキノリ

一九七四年高知県カツオ生まれ、ビール育ち。年間制作フィギュア約400体、飲酒ビール400リットル。東京を拠点にフィギュアイラストレーターとして活動。ナイキ、NEC、タワーレコード、アシックスヨーロッパなどの広告を手がける一方、作家として年間5～6回のペースで個展を行い東京をはじめ台湾・香港・韓国・上海・パリ・NY・LAなどで新作を発表している。著書に写真集『サトシ君のリストライフ』『THE JINGI』、絵本に『お野菜戦争』『サトシくんとめんたくん』。「きのこの山」キャラクター「きの山さん」のデザイン、いきものがかりベスト盤「いきものばかり」のジャケットを手がけている。高知のキャラクターでは「べろべろの神様」「おとど（桂浜水族館）」などがある。

上田さんより少し遅れて、四国は高知県から大阪芸術大学にやってくる青年がいた。後に、イラストレーターとしてナイキやアシックス、明治などの広告を担当し、ソフトビニールフィギュアで独自のキャラクターを作り上げ、世界中で個展を開催するフィギュアイラストレーター、デハラユキノリ氏だ。

デハラさんは一九七四年に高知市で生まれた。上田さんと同じように、幼少時代から絵を描くことに親しみ、小学生時代は図工の時間が好きで、また成績もよかった。中学高校とその欲求は続き、体育祭のパンフレットを担当したりと、学校行事で絵を描く場面がある時には、参加した。

ところが、絵に熱中すればするほど、学業は滞る。今の成績で進学を考えても、ろくな大学には入れないだろう。だったら、好きなことで大学に行った方がいい。そう思ったデハラ青年は、自然と美術系の大学を志し、アトリエに通い始める。アトリエでは横尾忠則《よこおただのり》や湯村輝彦《ゆむらてるひこ》の作品に触れた。

美術系の大学ということになると、武蔵美や多摩美などもあったが、デハラさんは大阪芸大一本に絞った。他の大学は偏差値も高く、せっかく好きなことをしようと思っているのに、また勉強などやっていられない。それに高知から出ていくとなると、東京は遠過ぎる。そんな二つの理由から、大阪芸大が最適と思われたのだ。推薦入試は学科試験がなく、高知から近い。

学部は、デザイン学科を受験。赤本で見た試験内容が一番自由で、面白いと思ったのが理由。昔から映画が好きで、映画のチラシを作る職業に近いのかもしれないと、漠然と思ってのことだった。そして現役で合格。一九九三年に入学を果たす。

いざ大学にやってくると、いろいろと勝手が違っていた。まずは河南町のさびれ加減。

「僕、地方出身といっても、高知市内の中心部に住んでたので、河南町はまるっきり田舎で。どうデザインを学べっていうのか……。なんか、古墳しかないし」

そして下宿。部屋を探すのが遅かったのか、空いた部屋がなかなか見つからず、結果、富田林に近い古びた下宿に決まった。長屋のような家を無理矢理改装し、部屋割りをした学生アパートで、中庭には使われていない井戸があった。窓は全部すりガラス。

「しょっちゅうムカデが天井から落ちてくるんですよ。でっかいのが。家の裏の畑に柿の木があって、屋根にちょっと掛かってるんですね。それ、一番ムカデが出るパターンらしいんですよ。柿の木から屋根を伝って部屋にっていう。ほんで、隣の部屋からも、うおー！って悲鳴がよく聞こえてて。あ、向こうでもムカデ落ちたな、ってわかるんです」

そして青春。

「女の子って大学生になったらカットソー着るでしょう。高知にはそんな人いないから、大学入ったらカットソー着てる女の人と喋りたいっていう憧れがあったんですけど、大阪芸大の人、なんか古着の人ばっかりなんです」

女子大生がカットソーを着るのかどうかはともかく、どうも思っていた大学生活とは違っていた。

あてが外れたのは、大学の授業も同じだった。もっと絵を描く授業や課題があるのかと思ったら、文字の配置や、製図のバランスを考えるばかりで、本当にデザインのことしかやらない。教えてくれる先生自体も、自由に生きた挙句たどり着いた先がここだった、というような変わり者が多く、参考にしても世の中からはぐれてゆく一方になりそうで、あまり近づかないようにしていた。

ムカデに嫌気がさしたデハラ青年は早々に長屋下宿を出て、大学近くの内田学生マンションに居を移す。芸大生御用達の派遣バイトをしながら、学内のバスケットボール部に所属し、週に2回、練習に参加した。まだこれといった目的も持てず、悶々としながら生きる学生生活は、正直なところ、あまり楽しいものではなかったという。

「嫌な奴になりがちというかね。大学には、ただ勉強できないんで芸大に来ましたってやつとかもおるし。俺は一生懸命受験したのに、お前は何となく来たとかさらっと言いやがってって腹が立ったり。結局みんな、その時点では五十歩百歩やのに……」

そんな日々に少しだけ変化が見られ始めたのは、大学生活も三年目に入ったころだ。

三回生になると、学科の専攻を自分で選ばなければならなかった。簡単に分けると、本格的に絵で勝負してゆく道と、マーケティングの視点からデザインを考えてゆこうとする道。デハラ青年は後者を選んだ。

「絵を描くっていうことは日常的なことで、ずっと好きやし、これからも勝手に描いていったらええから。逆に自分ではあんまり勉強しない方を教わろうと思って。要は、売るためのマーケティングですよね。そうしたら、クラスで一番できないやつになったんです」

バスケやバイトに明け暮れながらも、個展を開いたり、雑誌『イラストレーション』に作品を応募して掲載されたりと、絵の活動も続けており、授業の課題も相応のレベルでこなしていた。それが、マーケティングという視点から美術を見てみると、様相がガラリと変わる。

「何かの絵を描いたとして、『なんでこれ作ったんだ？』『これで何が宣伝になるの？』『ただ好きな絵を描いただけじゃないですか』と。要は、売りは何や？ということなんですけどね。実践的なことです。例えば『この遊園地を流行らせる広告を作ってください』みたいな」

それまでは、ただ自分の描きたい絵を好きなように描いて、その中に自分を見つけようとしてい

カラオケ店に描かれた壁画の数々。入店するやデハラワールドが展開。

た。それが美術だと思っていた。そんな内向きな視点に、商売という「マス」が入ってくる。周りは畑だらけの何もない田舎で未来もなく暮らしている自分の表現が、唯一、世の中と繋がれるかもしれないという、大袈裟に言えば、それは希望のようなものだったのかもしれない。

同じころ、同郷で関西外国語大学に進学していた友人と遊んでいるうちに、彼のバイトしているカラオケ店の壁に絵を描いてほしいという依頼が舞い込む。カラオケ店の廊下の壁一面が、自分のデザインした絵に染まる。頼まれて描いたことも、そして絵を描いてお金をもらったことも、それが初めてで、微かではあるけれど、絵を描くことを生業《なりわい》にするというイメージが湧いた。

卒業制作では、三回生で教わったマーケティングの授業を応用し、「自身の個展にどうやってお客を呼び込むか」をテーマに、個展を開くだけでなく、DM作りやラジオ局放送など、販促も含めて一つの作品とした。

四回生となり、いよいよ卒業後のことを考えなければならない時期になる。

カラオケ店で絵の仕事をしたあたりから、漠然とイラストレーターになりたいと思っていた。絵描きというよりは、雑誌などでイラストを使われるような仕事がしたい。しかし、いきなりフリーでやっていけるのか。当時の大阪芸大の学生は、就職活動を放棄してふらふらとモラトリアムな時間を過ごす人が多かった。

「そういう奴らが、なんていうか、かっこよくないっていうか。こいつはただ面倒くさいから就活せんだけやっていうのが、すごく、びんびん伝わってきて。これはまずい、この仲間になってしまうと思った。だから、イラストレーターになりたいけれども、一回まずは就職しようと。就職してからどうするか決めたらええやんと思って」

そう決意して、デハラ青年は、京都の広告会社、株式会社第一紙行に就職する。当時の第一紙行は、大手スーパーの広告チラシを作るのが主だった。

第一紙行には、ライフスタイル研究所という部署があった。本社とは別の場所にあり、社員があてもなく自由な研究をし、その成果やアイデアをいつか会社に還元すればいいというような、自由な部署だった。

「その研究所では、色んな包装箱の折り方をひたすら模索しているおじさんとか、みんなやってることがばらばらで、面白そうだと思って」

しかし、配属されたのは、本社の、和菓子のパッケージを扱う部署だった。

京都での会社勤めは、社会人生活を経験する上でも、観察対象としても興味深いものだったが、やはり苦痛でしかなかった。社会人生活の傍ら、イラストレーターとしての道を模索するも、関西は圧倒的に出版社の数が少なかった。

「やはり東京へ行こう」

そう決意し、一年三ヶ月で会社を辞め、上京。自分の作品が掲載された『イラストレーション』や学生時代に描いた絵を名刺代わりに、売り込みを始める。

「今、ちょうど事務所の整理をしてて、そうしたら、本当に二〇年くらい前の、学生の時の絵とかがいろいろ出てきて……。うん、あらためて見直すと、なんかこう、ケンカ売ってきてる感じがして、こいつ、何かを言おうとしてるなっていうのがわかるっていうか、作品がうるさいというか、主張が激し過ぎて、ちょっと嫌」

しかし、そのクドさが、「気持ち悪さ」と「かわいさ」の同居したデハラさんのオリジナルにして代表作である立体イラストレーション、ビニールソフトフィギュアの造形に繋がっていた。

「それこそアンチの精神じゃないけど、きれいな絵を描き出したらキリがないし、それを目指してる人いっぱいおるし。もともときれいな絵を特別好きなわけでもないので、できるだけ目立つとか、できるだけ変なもの、できるだけ色が多くとかかっていうのを自然と心がけてました。目立たんとあかんって」

そのスタンスは、大阪芸大で経験したことが土台になっているのかもしれない。

「東京藝大なんかだと、もう、合格しただけで一仕事終わった感じあるじゃないですか。大阪芸大は、なんか、刑務所っていうか、連れてこられた、みたいなイメージ。大阪芸大生って言われたら、世間は『絵を描いてるやつ』ってより、まず『変なやつ』って見てる。そんな、『道をそれた感』が、ちゃんとあったので。だから、他の美大より反骨精神あるんじゃないですか」

大阪芸大出身の表現者の多くは、洗練されたものを嫌う傾向があると、僕は常々思っている。それを、デハラさんはこう分析する。

「僕がいた頃の大阪芸大って、なんか美術のこと

在学中に開催した個展の作品。自身の顔写真をベースに様々な顔を描いた。

を云々語るやつがいなかった。まあ、勉強しないやつばっかりなんでそうなるのかもしれないけど。東京だと、絵は面白くなくても、一応美術を語る人は多くて……。語るより絵で見せてくれよって思う。多分、武蔵美、多摩美に行ってたらこういう感覚にはなれなかっただろうな」

根拠のない自信とルサンチマンが同居する矛盾。大阪芸大の青春とは、そういうものなのかもしれない。

卒業制作の作品。銃、売春、宗教など反社会的なテーマが多かった。

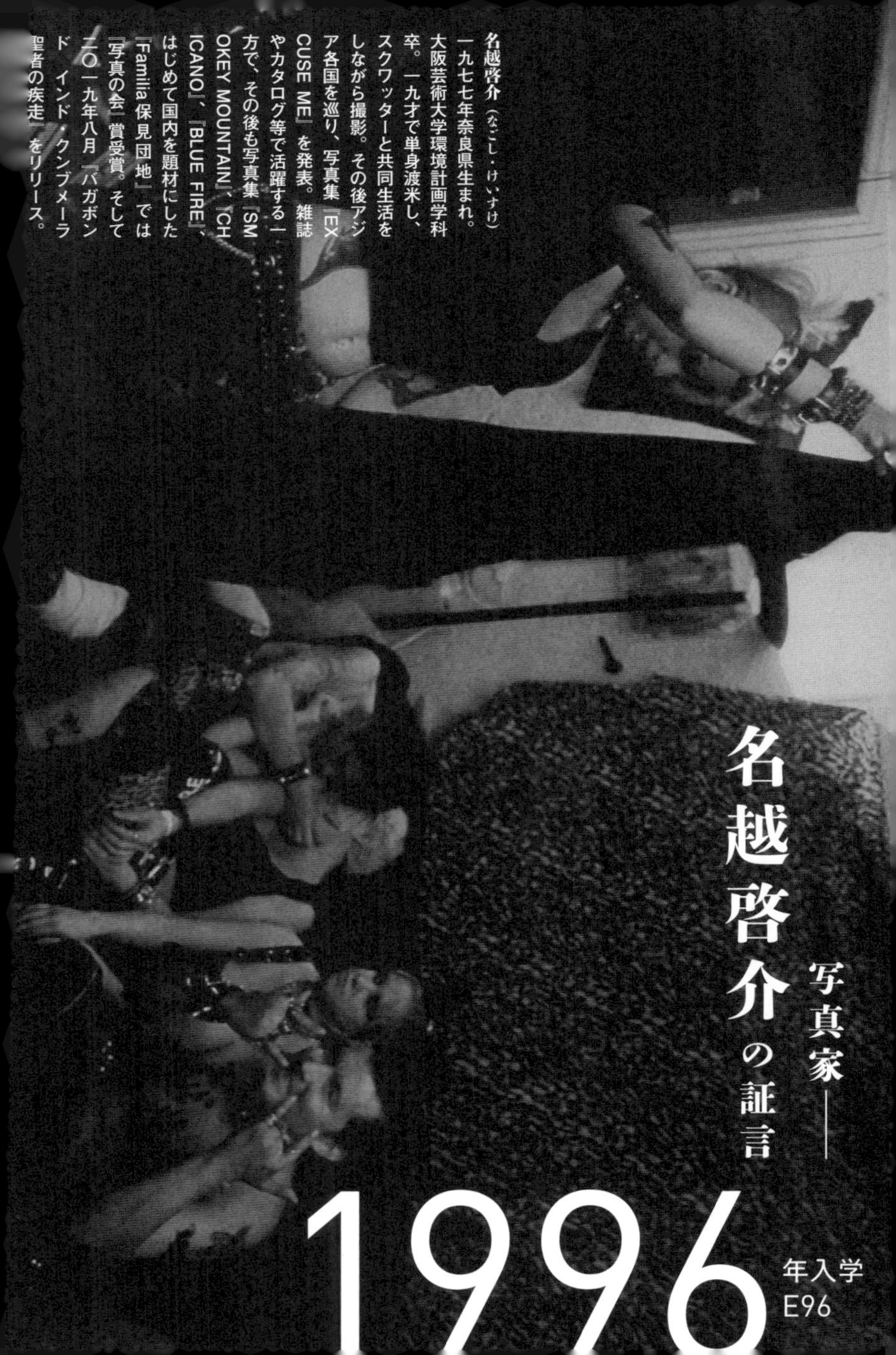

1996年入学 E96

写真家——名越啓介の証言

名越啓介（なごし・けいすけ）一九七七年奈良県生まれ。大阪芸術大学環境計画学科卒。一九才で単身渡米し、スクワッターと共同生活をしながら撮影。その後アジア各国を巡り、写真集『EXCUSE ME』を発表。雑誌やカタログ等で活躍する一方で、その後も写真集『SMOKEY MOUNTAIN』、『CHICANO』、『BLUE FIRE』、はじめて国内を題材にした『Familia 保見団地』では『写真の会』賞受賞。そして二〇一九年八月『バガボンド インド・クンブメーラ聖者の疾走』をリリース。

　このあたりから僕が在学した時代になってくるが、僕より一年あと、一九九六年に入学した写真家を紹介したいと思う。

　その人、名越啓介《なごしけいすけ》は一九七七年、奈良県に生まれた。父親の仕事の都合で転勤が多く、東北から中部まで幾度か転校を繰り返し、最終的には宝塚市に落ち着く。

　中学の頃から芸術系の大学があることを知っていて、勉学には早々に見切りをつけ、高校に上がるとアトリエに通い始めた。進学で東京に出るという意識はなく、なんとなく京都精華大学や神戸芸術工科大学などを気に留めていた。

　やがて、建築に少しだけ興味が出てきた名越青年は、大阪芸術大学の存在を知る。神戸や京都より、大阪が面白いような気がした。そして、建築の要素も学べる環境計画学科を受験。一般入試で合格し、一九九六年、晴れて入学を果たす。

　入学すると、すぐにバンドマンや厳つめの学生と知り合い、意気投合する。名越青年は昔から不良に憧れがあった。彼らの生き方には嘘がなく真っ直ぐで、その外見やスタイルも含めて魅了された。そんな悪い男たちと、学内のみならず、天王寺や心斎橋のアメ村で遊んだ。

　名越青年は、その頃から観察者だった。もっと彼らの傍にいたい。そしてその姿を残しておきたい。そんな思いから自然と写真に興味を持つようになった。

　高校時代から付き合っていた恋人の母親の彼氏が新聞社の男で、名越青年が写真を撮りたがっていることを知ると、仕事で使っていたニコンFM2を譲ってくれた。カメラには、28㎜の単焦点レンズがついていた。「君の性格に向いているよ」と恋人の母親の彼氏は言った。名越青年が初めて手にするカメラだった。

　写真に関する授業には少しだけ顔を出したが、あとはほとんど受けず、大学にも顔を出さず、ひたすら友人にくっついて、彼らの写真を撮った。特に仲良くなった四人組で、サンフランシスコからアリゾナ、ニューオーリンズを周る旅に出た。その旅でもずっとシャッターを切った。自分だけ一歩引いたところで、三人の行動を見守り続ける。そのポジションが、一番居心地がよかった。

旅から戻ると、大学には行かず、また街に出た。

「大学時代のことは、本当に覚えていないんです……。大学に行かなかったからなのかもしれない。ノリがあんまり合わなかった、というのもあるかもしれない。なんていうか、芸大生は自意識の塊みたいなやつらばっかり。それよりも僕は現場に出たかった。路上の方が断然面白かった」

大学を辞めてもいいと思っていたが、友人がいるので、居続けた。最低限の課題だけ出して、毎年、ぎりぎりの成績で進級した。

引きがいいのか、それとも自ら近づいてゆくのか、名越青年の周りには不良的な感度の高い人々がひしめいていた。そんな彼らの写真を撮り、雑誌『BURST［バースト］』に持ち込むと、買ってくれた。初めて、自分の写真で金が稼げた瞬間だった。卒業すると、すぐにカメラスタジオでアシスタントとして働き始める。金が貯まると、自分の興味の赴くままに、世界に出かけ、居座り、アウトローを撮る。そのスタンスは、今でも変わることがない。

「大阪芸大でよかったかなと思ったのは、むしろ卒業してからかもしれません。卒業して、社会に出て働くようになってから、卒業生とたくさん知り合ったんです。仕事で繋がることもあるし、なんていうか、あの場所（河南町）に居たことがあるっていうだけで、なんか打ち解けあうことがあるし」

また、ほとんど顔を出さなかった大学の四年間で、今に続く精神性を見つけたとも言う。

「自分はノリが合わなかったけど、大学には、生

『BURST』に掲載された名越さんの作品。

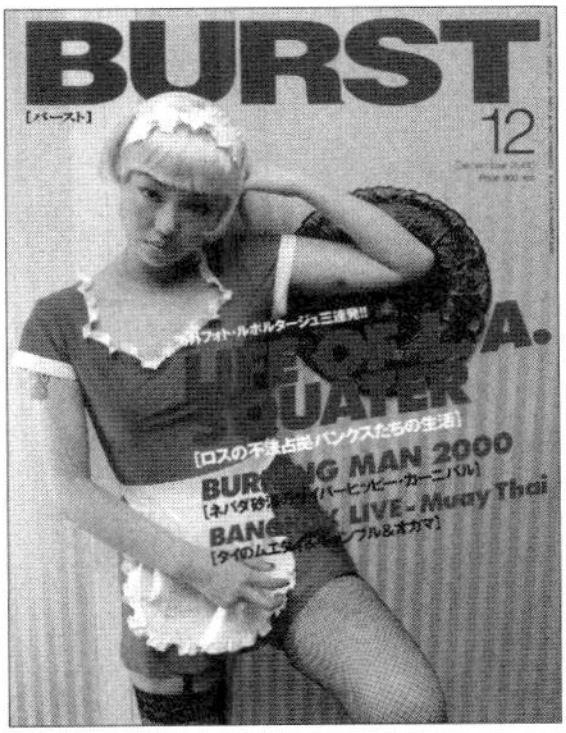

在学中の名越さんの作品が掲載された『BURST』（2000年12月号）のカバー。

い立ちや生まれ育った環境が面白い学生がやっぱり多かった。とてつもない金持ちから貧乏人まで、悪い奴から良い奴まで、『普通』っていうものがない感じ。その中で生きてゆくときも、何か目立つことやんないとって思わされたというか。それは表現の価値判断にも繋がってて、ぶっとんだ事をしなきゃダメっていう感覚。それは今でも変わってないです。それ以外のことは、本当に何にも覚えていません」

パンクバンド・オシリペンペンズ――石井モタコ
写真家――佐伯慎亮の証言

佐伯慎亮（さえき・しんりょう）
一九七九年広島県生まれ。大阪芸大写真学科卒。写真家。二〇〇一年第23回キヤノン写真新世紀優秀賞。被写体を限定せず、日常のあらゆる場面で生と死と笑いを収集。国内外での展覧会やドキュメンタリー映画の製作、広告、雑誌などフリーランスのカメラマンとして関西を拠点に活動している。写真集に「挨拶」（二〇〇九年）、「リバーサイド」（二〇一七年／共に赤々舎）がある。二〇一八年、大阪市の芸術文化賞「咲くやこの花賞」を向井康介氏と共に受賞した。バンド、アウトドアホームレスでは法螺貝を担当。

石井モタコ（いしい・もたこ）
一九八〇年大阪府生まれ。大阪芸大映像学科卒。オシリペンペンズボーカル。うどん歌手。一九九九年、大阪にてオシリペンペンズを結成。二〇〇四年、関西老舗インディーズレーベル・アルケミーレコードからのファーストアルバムをリリース。近年は漫画家・いましろたかしが原案、企画した映画『あなたを待っています』の劇伴をオシリペンペンズで担当。俳優として山下敦弘監督映画『味園ユニバース』『ハード・コア』に出演。他にも漫画家、インディーズレーベル「こんがりおんがく」の運営など、その活動は多岐に渡る。

1998 年入学 V98,P98

空白の学生生活を送った名越啓介より遅れて二年、同じ写真学科に一人、そして映像学科に一人、大学の門をくぐった男たちがいる。二人はやがて仲間を介して存在を知り、顔見知り程度の関係からより密度の濃い繋がりを経て、一人は写真家として、一人は特異な歌い手として、互いの仕事を見守りながら一線で活躍している。次はその二人、写真家佐伯慎亮《さえきしんりょう》とオシリペンペンズのボーカリスト石井《いしい》モタコに話を聞き、大学時代を紐解いてゆこうと思う。

　関西アンダーグラウンド音楽シーンの中でも重鎮的な存在となり、今は拠点を東京に移してその過激なパフォーマンスとパンクサウンドで荒地を切り拓いているオシリペンペンズのボーカル、石井モタコは一九八〇年、大阪に生まれる。父は漫画家。モタコ少年もその才能を受け継いだようで、子供の頃から漫画を描くのが好きで、また上手かったという。小学一年生のとき、西宮に転居。以後、高校を卒業するまでそこで暮らすことになる。

　実家の影響があって、端から一般の大学に行こうとは思っていなかった。母は成安造形大学出身。兄も母と同じ大学に進んでいた。高校に上がると、画塾に通い始める。一般科目は国語、数学、化学、物理、社会、地理等々、いくつもこなさなければならないが、絵画は画力一つ抜きん出ていればどうにでもなる。大学も大阪芸大のみならず、京都造形芸術大学も視野に入れ、学科も絵に関係するものなら何でも受けた。そしてことごとく失敗。たった一つ合格したのが大阪芸術大学の映像学科だった。おそらく、漫画はうまかったが、基本的な絵画デッサンに秀でていなかったのだろうと本人は述懐している。映像学科の実技の授業はストーリーを中心に考えるカリカチュア（6コマ漫画のようなもの）だったから、モタコ青年の特質とあったのかもしれない。

　受かったのがそこだけなら、そこに行くしかない。九八年、晴れて入学。のちに二人が参加することになるバンド、アウトドアホームレスのリーダーGOD-J（美術学科の同級生）によると、受験当日、セーラー服を着て試験会場に来ている男に遭遇、それがモタコ青年だったという。その姿に、GOD-Jは、「あいつ、絶対受かるわ」と思ったとかなんとか。

一方、孤高の若手写真家として尖った活動を繰り広げている佐伯慎亮は一九七九年、広島県に生まれる。生家は寺。父は中学校教員兼副住職。小学校のころから学校の成績はよくなかった。高校は和歌山県の仏教系高校へ。中学では下から数えた方が早いぐらいの成績だったのが、高校に入った途端、学年二位になってしまう。自分が成績上位者になるなんて、とんでもない高校に来てしまったと後悔。おまけに学校の先生は生徒と恋愛。総本山の汚いところを見て、病んでしまう。

そんなとき、高校の美術の先生（この先生は本当にいい人だった）が「そんなに辛いならやめて、私のうちで下宿しながら通信制の高校に通ったら？」と助け舟を出してくれる。言われた通り、通信制の高校に切り替えて毎日を送っているうちに、美術の先生にある写真家を紹介された。永坂嘉光《ながさかよしみつ》。高野山に生まれ育ち、高野山の風景を撮り続けている人で、大阪芸術大学写真学科の教授でもあった。

美術や芸術に対する興味は昔から漠然とあったが、受験までできるような実力はなかった。けれど、写真や映像なら……。ちょうど塚本晋也《つかもとしんや》の映画『鉄男』と出会い、衝撃も受けていた。

美術の先生を通じて永坂教授本人を知り、交流する中で、芸大受験を勧められて、佐伯青年は芸術系の大学への進学を考えるようになる。本当は京都芸術短期大学（現在は京都造形芸術大学に統合されている）の映像専攻に進みたかったが、実際に受かったのは大阪芸大の写真学科のみ。受かったのがそこだけなら、そこに行くしかない。モタコ青年と同じく、九八年、大阪芸大の門をくぐる。

モタコ青年と佐伯青年は、すぐに知り合うわけではなく、それぞれが別々の世界で暮らしていた。

絵を描くことが好きで大阪芸大に進んだモタコ青年だったが、専攻は映像。映像学科に入ったからには、これはもう映画しかないと思い、真面目に大学に通った。出られる授業にはほとんど顔を出し、ないときには下宿で映画を観る。

モタコ「ジャッキー・チェンが好きなんですよね。大好きで、そんな映画撮れたらな、みたいに思ってたんです。もともと生まれたところが田舎で、映画を観る手段があんまりなくて……。だから、芸大入って、阿倍野のツタヤとか通ってビデオ借りまくって、とにかく映画を観まくった」

写真学科に入学した佐伯青年も、モタコ青年と同じように、割と真面目に授業には出ていたようだが、あまり面白くはなかったという。当時、写真家のトップランナーといえば、ＨＩＲＯＭＩＸや蜷川《にながわ》実花《みか》、佐内正史《さないまさふみ》などの若手が中心だった。しかし、大学の教授たちとは、佐内正史なんて名前もわからないんじゃないかと疑ってしまうほどの世代の差があることを感じ、そんな保守的な人たちから教わっても意味がないと思ってしまう。当時教授たちが言っていたことが、どれほど大切なことだったのか、今になって振り返ってみると至極痛感するが、一〇代の頃は、どうしても古臭いものはかっこ悪い、という意識が働くものだ。

大学の授業はそんな感じだったので、佐伯青年は外に出た。大阪市内には、たくさんのギャラリーがあり、そして人がいた。

佐伯「アメ村にタンクギャラリーっていうギャラリーがあって、そこにはよく行ってたんですけど、めちゃくちゃちっちゃいギャラリーで、こんなん、俺の部屋ぐらいの広さやな、みたいな話になってきて、ていうか『喜志からわざわざここまで見に来んでも、おもろいやつおるんやったら、うちでやったらええやん』みたいな。『例えばどっか一室みんなで借りてさ』とかって、仲間内で話して。そんな金もないから、ほんならもう、俺の部屋でやってまおうかって、喋りながら盛り上がって……」

　そして、当時住んでいた内田学生マンションの自宅を、佐伯青年は本当にギャラリーにしてしまう。ちょうど二回生に上がった頃だ。大家には内緒で、壁を白く塗り、手前の六畳間をバーに、奥の六畳間を展示スペースに作り変えた。内装は舞台芸術学科の先輩に手伝ってもらった。やがて、友人の作品を展示したりするようになるが、佐伯青年にはもう一つの目的があった。

佐伯「そういう開かれた場所にしたら、被写体が来るじゃないですか。とにかく人を撮ろうと思って、お客さんばっかり撮ってました」

　そんな頃、モタコ青年はというと、授業と映画鑑賞に明け暮れながら、次第に音楽へも傾倒し始めていた。

モタコ「音楽はずっと好きやったんです。やっぱり、パンクってなるじゃないですか、若いときはみんな。そのまま、ロックや、みたいな」

　大きなきっかけは、同じ下宿で知り合った友人たちとの交流だった。

　当時住んでいた杉分《すぎわけ》学生マンションには、今も「ロックンタスケロール&ザ・キャプテンスウィング」というバンドで活躍している中前《なかまえ》タスケ、美術家で「巨人ゆえにデカイ」というバンドの水内《みずうち》義人《よしひと》、そして現代美術家として世界中を飛び回っている梅田哲也《うめだてつや》が住んでいた。彼らと交流を持つうちに、モタコ青年はパンクに目覚める。やがて友人たちと連れ立って、関西アンダーグラウンド音楽シーンの聖地とも言えるライブハウス、難波

佐伯青年の自宅兼ギャラリー。

オシリペンペンズ初期メンバー（2000年）左から２番目がモタコ青年。

ベアーズに通い始めた。ジャッキー・チェンになりたかった男は、ここへ来て町田町蔵《まちだまちぞう》（町田康《まちだこう》、一九六二年生、ミュージシャン、作家）へと面舵《おもかじ》を切った。

そのうちに、モタコ青年はキリンプラザのとあるイベントで佐伯青年と知り合い、自宅をギャラリーにしているという話を聞き、内田学生マンションを訪ねるようになる。

モタコ「慎亮に最初会うた時は、大学でも有名なすごくイケてるグループにいるやつって感じ。家がギャラリーってすげえし、『おい、行くぞ』ってうちのバンドのメンバー連れてくと、チャイとか出してくれて。俺、そのとき初めてチャイっていうものを飲んだ」

ところが、「イケてる」風に見えていた佐伯青年の「自宅をギャラリー計画」も、実はイケてるどころか、当の本人にとってはかなりの重荷になっていた。

佐伯「とにかくプライベートがないんですよ。遊びにきたやつらは夜中3時までしゃべってるし、みんなの横で土足のところに布団敷いて寝るんですけど、朝8時に起きたらまだしゃべっとるんですよ。なんやこいつらと思って。

インド旅行（2001年）。

『俺、授業あるから行ってくるわ』って言うたら、『ああ、頑張ってね』とか言われて。頑張る前にお前ら出ていけよ、みたいな感じのストレスが。ほんで授業から帰ってきたら帰ってきたでまた別の誰かが寝とるし……おしゃれでイケてるやつ、みたいなイメージついてましたけど、根っこは広島の田舎もんやったんで、そのギャップにも悩まされて」

結局、ギャラリー生活は、八ヶ月で幕を下ろしてしまう。

そんな邂逅があって、二人はよくつるむようになった。映像学科の特別授業で、教授の小池一夫《こいけかずお》が藤子不二雄《ふじこふじお》Ⓐを連れてきたときも、二人で授業を覗きに行った。

モタコ「Ⓐ先生が目の前の黒板にハットリくん描くんやけど、なんか違うねんな」

佐伯「似てへんっていうて、モタコがめっちゃ笑ってたん覚えてます。他に富山県警察のキャラクターの立山くんっていう、ゆるキャラみたいなんも描いて、なんじゃこりゃって思った」

そのころ、すでに結成していたオシリペンペンズのライブも、佐伯青年はよく見に行った。モタコ青年は、被写体としての魅力にあふれていた。純粋なパンクバンド、という印象だった。

やがて三回生が終わるころ、佐伯青年は大学を一年間休学することになる。理由は、僧侶である父の命令で、京都の醍醐寺に一年間の修行へ送り出されたのだ。四回生に上がる前である。

佐伯「卒業してから行くよりも、修行が終わってからも、もう一年学生生活あった方が精神的にええんちゃうんか？っていう親の配慮があって、三回生で一旦大学を休んだんです」

修行に行く前に好きなことをしておこうと、佐伯青年は当時付き合っていた恋人とインド旅行を計画。そして行く直前、共通の友人に恋人を奪われる。インド行きをやめてもよかったが、悔しいから行った。元恋人とは、インドで合流した。

佐伯「インドで、元カノに『背中、日に焼けて皮むけたから見て』って言われて、元カノの背中を見て……俺、ほんま何をやってるんやろうって」

修行後（2002年）。

煩悩むき出しのままに、佐伯青年は修行に出かける。モタコ青年は、餞別に町田町蔵のCDを持たせたという。

修行は、凄惨を極めた。

佐伯「期間は春から来春まであるんですけど、そのうちの、夏から正月ぐらいまでにかけての四ヶ月間にすごい厳しい修行があって……残りの期間は世俗に慣らしていく時間なんですけど、とにかくその四ヶ月は本当にやばかったです」

一日に3回の滝行。御真言《ごしんごん》が千回。

佐伯「滝行、夏はいいんですけど、秋、冬と、どんどん辛くなってきて……。一遍入ったら、そこで般若心経三巻読むんですけど、滝に体力奪われまくって、激痩せしていくんです。怪我したら、そこがまったく治らないんですよ。

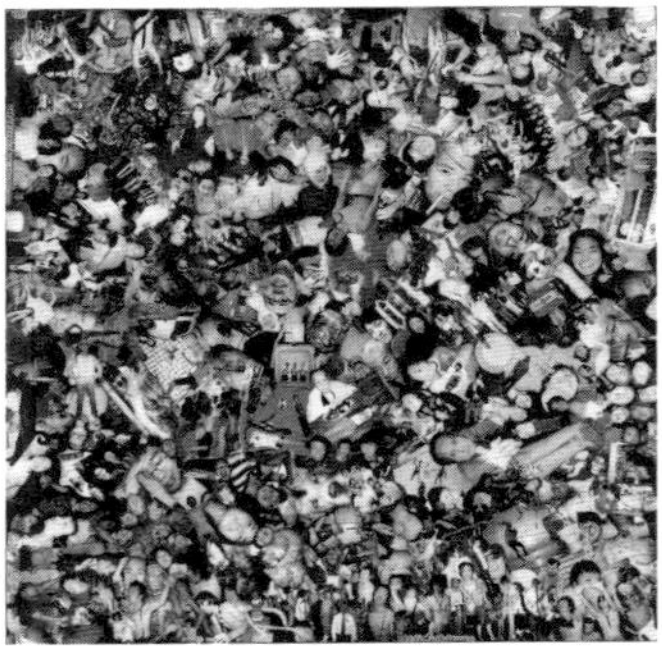

佐伯さんの卒業制作／平平平平（ヒラタイラヘイペイ）／（2003年）。

爪も変な形になってくるし。でも不思議と風邪は引かない。ずっと張り詰めてて、とにかくもう、一番短い道を歩く、みたいな。体力を削らないようにすることしか考えてなかった。ずっと腹が減ってるんで」

世俗の情報は一切入ってこない。仏器を磨くために床に敷く新聞紙の文面で、ニューヨークのワールドトレードセンターに飛行機が突っ込んだのを知った。仏器を磨きながら「俺ら、こんなとこで何してんねやろうな」と修行僧たちと呆然としたという。

逃げ出す修行僧も少なからずいた中、一年の修行を見事耐え抜いた佐伯青年は、翌春、大学に戻ってきた。そうしてひさしぶりにオシリペンペンズのライブを見に行ったら……。

佐伯「舞台でゲロ吐いて小便して、カッターで体切り刻んでるし、こいつ、どうなったんや！と」

一年で、モタコ青年も劇的な変化を遂げていた。

モタコ「周り、すごい人らが多かったんですよね。先輩たちがすごい、ハードコアの域を超えてるようなバンドばっかりで。火炎放射器とか、バットとか、そういうのでお客さんを倒すみたいな」

佐伯青年が仏教修行なら、モタコ青年はさしずめパンク修行といったところか。

モタコ「パンクっていうものは、なんか、人傷つけたり、自分を傷つけたりするもんなんやって、思ってしまって。当時、インターネットがそこまで普及していなかったから、目の前で起こっている、トガったもの見たら、それが最先端っていうことで……。でも、何でこんなことせなあかんねんっていう苦しみは、ずっとあったよね」

佐伯「そんなことしなくても、曲が十分かっこいいのに……」

パンクに没頭し、オシリペンペンズ一本でやってゆくことを決意して卒業してゆくモタコ青年と入れ替わるように復学した佐伯青年。彼もすでに写真の道を進むことを決意していた。

話は三回生に遡るが、実は佐伯青年、インド旅行の直前に応募した作品で、第23回キャノン写真新世紀・優秀賞を受賞している。

佐伯「インドに行く前の空港で応募に出したんですよ。で、インドから帰ってきたら『受賞しました』って連絡が来てて。その受賞で、写真家でいけるって思ったんでしょうね。それがなかったら坊さんになってたと思う」

あらゆる表現がひしめく芸術世界、賞や権威で評価されるものがすべてではないが、それによって生まれる作家がいることも確か。

佐伯「それまで、自分のためだけに金使ってわけのわからん塊を作っていたのが、ちゃんと誰かに評価されるっていうことを経験すると、やっぱり表現も外に向くし、自覚的になりますよね」

佐伯青年の写真家への目覚めと比例するように、オシリペンペンズの活動も活発になってゆく。卒業後、佐伯青年は一度は上京も考えたが、大阪に留まった。理由はモタコ青年やオシリペンペンズと、それに付随して押し寄せた関西音楽シーンだった。

佐伯「関西のアングラ音楽がすごく盛り上がっていくときやったんで。僕、当時、写真撮らんとライブハウスばっかり行ってました」

モタコ「ライブを撮る、というようなこともなかったね」

佐伯「そう。勝手に対抗意識があったんで。撮ったら負けのような気がしてて……。今から考えたら、ほんまもったいないことしたなと思うんですけど」

その後、オシリペンペンズは東京に拠点を移し、佐伯青年は三児の父となり、淡路島で写真家生活を送っている。

最後に大学の四年間を振り返ってもらう。

佐伯「ほんまに仲のいい友達っていうのが、四年間かけてやっとできたっていう実感。それまでずっと、周りとは薄く仲がいい、みたいな感じやったんで」

モタコ「いまだにみんな遊んでるからね」

佐伯「他の大学とやっぱり違うのは、ちゃんと阿呆な人がおったってことですかね。賢い人もおるんですけど、基本的には偏差値とかがアレなんで……。何かに秀でた人が己を試す場所として開けてるんじゃないですかね」

モタコ「大層じゃない感じの大学っていうね。敷居の低い」

佐伯「敷居が低いのは間違いない」

モタコ「いいのも悪いのも一緒にある」

佐伯「悪いも、本当に、ちゃんと悪い。イリーガルな人になってしまったんもいるし」

モタコ「逆に、ホンマに世界に羽ばたいていった人もおる。いいも悪いも価値は一緒。犯罪者も芸術家も一緒に学べるっていいやん、みたいなことかな」

佐伯「そうかもしれんな」

モタコ「ほんで例えるなら、犯罪者からドラッグもらって、芸術家もなんかこう覚醒して」

佐伯「そういう、あかんくなった人もいるでしょうね」

モタコ「淘汰されますよねぇ……」

1999年入学 V99

作家——山内マリコの証言

山内マリコ

一九八〇年富山県生まれ。大阪芸術大学映像学科卒。二〇〇八年「女による女のためのR–18文学賞」読者賞を受賞し、二〇一二年『ここは退屈迎えに来て』（二〇一八年十月一九日より映画が全国公開）でデビュー。主な著書に『アズミ・ハルコは行方不明』『さみしくなったら名前を呼んで』『パリ行ったことないの』『かわいい結婚』『東京23話』『買い物とわたし お伊勢丹より愛をこめて』『あのこは貴族』『皿洗いするの、どっち？ 目指せ！ 家庭内男女平等』『メガネと放蕩娘』『選んだ孤独はよい孤独』など。最新刊は短編小説&エッセイ『あたしたちよくやってる』。

石井モタコと佐伯慎亮より遅れて一年、空から恐怖の大王が降りてくるとノストラダムスに予言された終末、一九九九年に、自意識をこじらせた一人の自称サブカルゾンビが大阪芸大にやってくる。その名を山内マリコという。

山内さんは一九八〇年、富山市に生まれる。幼いころから創作への思いは強く、映画などもよく見ていた。読書も好きで、中学時代には、見よう見まねで小説を書いてみたこともある。けれど、いつも最後まで書き切ることはできず、中途半端に終わっていた。

中学を卒業し、富山第一高等学校に進学。サッカー部を筆頭に、運動部の活躍が目覚ましく、また国公立や私立難関大学に向けての特別進学コースもあるような、県内最大の私立高校だったが、山内さんは普通の大学に進もうとは考えていなかった。けれど、それ以外の将来を具体的にイメージできているかというと、そうでもなかった。そうして受験の時期が近づき、全国大学一覧などを眺めているうちに、芸術系の大学があることに気づく。何となく目についた名前だけで、担任の先生に、「東京藝術大学に行こうかな」と相談したら「お前、何言ってんだ」と呆れられた。芸術系の大学にも偏差値やランクがあるのだということを、その時初めて知った。

一応の受験対策として、先生の勧めでアトリエに通い始めたが、圧倒的に絵が下手だということがわかっただけだった。仕方がないので、比較的絵を描かなくてもいい大学を受けようと思い、あらためて大学一覧を眺める。すると、大阪芸術大学に目が止まった。映画『渚のシンドバッド』の橋口亮輔《はしぐちりょうすけ》監督や『新世紀エヴァンゲリオン』の庵野秀明監督の出身校として覚えていた。

東京の美術系大学も受けたが皆落ちて、結局、大阪芸大の映像学科と写真学科に受かった。浪人はせず、もうここでいいやと思って、どっちの学

科に行こうか、また担任の先生に相談すると、

「写真っていうのは、一人でできるものだから、何歳になっても始められる。けど、映像や映画制作は、一人では始められないし、共同で作るものだから、大学っていうこのチャンスにやっておいた方がいいんじゃないか？」

山内さんはこの言葉に大いに納得して、映像学科に進むことを決める。これが大きな間違いだったことに、彼女はすぐに気づくことになる。

一九九九年、春。山内さんは大阪芸術大学映像学科に入学。まずはやはりその田舎具合に打ちのめされた。

「進学って、地方出身者的には、都《みやこ》へ行く感覚なんです。しかも大阪だし、都会だと思って行ったら常識はずれに田舎で、一緒に部屋を見に行った親がドン引きしてて……。うちの実家、地方と言っても富山市の中心市街地に近いエリアで、気分としては都会に住んでる感じだったんです。それが急に何もない辺境の地にぶっこまれて……」

下宿は大学から徒歩数分。その年できたばかりの新築だったのがせめてもの救いか。

そうして、いざ映像学科に顔を出してみると、自分がこんなにも打たれ弱かったのかと痛感する。

「まだ何者でもない子達が、何者かになろうとあがく、その上昇志向というか。クリエーターになりたい、映像作家になりたい、自分は特別だし才能もある！みたいな、ドロッとした自我がみんなから発せられて、そんな集団の中で人あたりしちゃったんですね。ナイーブすぎたので死にそうだった」

同期の学生たちは、どんどん自主映画を撮り始めたり、映研に入って人脈を作ってゆく。進んでいる学生だと、すでにプロの現場にスタッフとして潜り込んでいる。みんなが先に進めば進むほど、冷めてゆく自分。

「映画を観るのが好きっていうのと、作るのが好

きっていうのは、全くの別物だってことに、大学に入ってみて気づきました。要するに集団行動ができないんですね。高校の担任の先生が言ったような、みんなで物を作り上げるって行為に、全く向いてなかった」

元々の創作意欲は多分に持ち合わせていながら、活発に活動する姿を見せられれば見せられるほど、自分の意欲を隠してしまう。その斜に構えたひねくれ気質が、自分で自分の首を絞めてしまうことになる。

その中でも、同じような気分でいる女友達がたった一人だけいた。その彼女と、いつも暇を持て余していたという。

「映像学科の入っている7号館の一階に、死角になってるベンチがあって、毎日カフェラッテとマルボロライト持って座ってました。灰皿がわりの、食堂かなんかから廃材として出たカレーのドラム缶みたいなやつに、タバコ投げつけてた」

授業は、なんとなく、ざっくばらんに顔を出した。あとは7号館のベンチ。食事は、昼は王将弁当、夜はコンビニ。たまにスーパーに買い出しに行って、カレーを作り置きした。

「チャコールグレーなんですよね、あの頃の記憶って。私、見てないんですけど、7号館のピロティの死角の前に、上から誰か飛び降りて自殺したっていうことがあったらしくて……。朝行ったら、もちろん死体はないけど、線香の香りがまだ漂ってて、そりゃ死にたくもなるよなーと思いましたね。『ハチミツとクローバー』とは別世界」

また、チャコールグレーなのは、恋愛も原因の一つだった。

「三角関係で、まあ、男を奪ったような感じの恋愛で……。自分が選ばれたんだ、みたいな喜びよりも、後ろめたさに押しつぶされて、大学時代はずっと贖罪《しょくざい》の意識と共に生きてきた気がする」

まるで夏目漱石の『こころ』のような、そんな後ろ暗い大学生活の中で、唯一の救いが、猫だった。

ベンチでだべっている山内さん。
当時流行っていたLOMOの4分割カメラで撮ったもの。

二〇〇一年、たった一人の友達と震えながらテレビで見たアメリカでの同時多発テロから一ヶ月ほど経ったころ、アニメおたくの同級生の寮に住み着いていた猫を、ひょんなことから引き取ることになった。名をチチモ。以来、二〇代の漂流生活を共に過ごす伴侶となる。

惑いながらも四回生となり、卒業制作の時期になる。山内さんは、たった一人の友達とその友人と三人で、小さな実験映画を作った。

「ミア・ファロー主演の『フォロー・ミー』（キャロル・リード監督）っていう映画があるんですけど、その続編を勝手に作ったんです。『フォロー・ミー』に出てくる探偵役のトポルって俳優にそっくりな男子をスカウトしてきて……。あれ、なんだったんだろう（笑）。当時、体力もないし、足もないし、金もないし、やる気もないしで、ほんとひどかったな」

卒業論文はフランソワ・トリュフォーについて。

「アントワーヌ・ドワネルものの考察なんですけど、蓋を開けてみたら完全に山田宏一さんの本の感想文なんですけどね。その本がいかに素晴らしいか、みたいなことをひたすら語り尽くしているだけという」

そうして、何も達成感を得ることもないまま、なし崩し的に大阪芸大を卒業してしまう。

学生生活はここで終わってしまうが、山内さんの漂流をしばらく続けよう。

卒業したはいいが、何の展望もなく、就職活動もしていない。けれどアパートは出ていかなくちゃならない。実家に帰るという手は使いたくなかった。となると、頼れるのは当時付き合っていた恋人だけしかいない。

山内さんは恋人の傍にいようと思い、彼の実家に近い京都にひとまず身を落ち着けた。チチモも一緒だった。

不本意ながら親からの仕送りに頼りつつ、近所の雑貨店でバイトを始めた。目的のない毎日の暇つぶしなのか、先の見えない将来への八つ当たりなのか、新作映画を見ては、映画雑誌『プレミア』（現在は廃刊）の読者レビューに映画評を投稿し、掲載されてはタダ券をもらい、また映画を見に行くという行為を繰り返していた。寂しさのあまり、どこにも発揮するあてのない文章力を、読者投稿にぶつけるしかなかったのかもしれない。それでも掲載されてタダ券をもらっていたのだから、やっぱり才能は燻らずに燃えていたのだろう。

そんなある日、バイト先の雑貨店にライターとカメラマンが取材にやってきた。

「その人たちと話しているときに、とにかく何かしたい、何者かになりたいっていうので、ライターさんに『どうやったらライターになれるんですか？』って聞いたんです。そしたら『京都の編集プロダクションの社長さんを紹介するから、ちょっと行ってみたら』って言ってくれて」

山内さんは、紹介された社長に、これまで掲載された『プレミア』の読者投稿のレビューを見せた。そして、少しずつ仕事を回してもらうようになり、雑貨店員とライターの二足のわらじ生活が始まった。けれど、どこか満たされなかった。

「文章書くの好きだから、ライターの仕事ができるようになって、最初はもう最高だと思って浮かれてたんですけど、だんだん個性を出せないことに鬱憤が溜まって。そもそもタウン情報誌とかなので、無記名記事なんですよね。全く色を出しちゃいけない。色を出したら赤入れられて、はねられちゃったりするような世界だったので、苦しくなってきて……」

恋愛も、なんとなくうまくいかない。そんな折、チチモの妊娠が発覚。しかし、出産には悲劇が待っていた。

「初産だったので、ほとんどが死産で……。何匹かのうち二匹しか生き残らなかった。まだ私も若かったし、打たれ弱いままだったから、かなりダメージを食らって、もうつらいからここにいたくないって京都の友達に弱音を吐いてたら、『マリコは東京に行きな』と背中を押してくれて。友達はうすうす気がついていたんですね、私が京都でのモラトリアムに窒息寸前になってること。何かをやりたい、だけど何をしたらいいのかわからない、それでいつも焦燥感に駆られていたのを見ていたので。一八歳で大阪に来て、あっという間に二五歳。関西にすっかり長居をしたし、次はもう東京くらいしか行く場所がないと、潜在意識では行きたい気持ちもあったのかな。だけど、きっかけをくれたのは友達の一言ですね」

山内マリコ、チチモと共に上京。上京した目的はたった一つ。小説を書くためだ。まったくの一人になって、バイトもせず、ライターの仕事も切り、誰にも必要とされないニート生活を送る。それでもやるしかないと開き直り、ありとあらゆる文芸誌の締め切りに向けて書き続けた。

「いろんな文学賞に出しては、一次選考に通ったかどうかを文芸誌の発売日に見て、ない、みたいな……。二〇代後半というと、女性にとって一番大事かもしれない時期ですよね。周りはどんどん結婚していくし、二人目を産んだ、なんて近況も聞こえてくる。でも私は、東京の外れに住んで先の見えないことをしているという……」

けれど、そんなしぶとさが報われて二〇〇八年にR18文学賞の読者賞を受賞。紆余曲折を経て二〇一二年に『ここは退屈迎えに来て』という一冊になり、ついに作家として立つ。

振り返ると、山内さんにとって、大阪芸大時代の四年間は、どういうものだったのだろう。

「何かを表現したいという欲求って、一〇代がピークで、年齢を重ねるごとにしぼむんです。だけど私の場合、大学時代があまりにも素敵じゃなかったから、そこで一つも自分を発揮できなかったから、表現することを諦めずにいられたっていうのはあります。そう思うとあの四年間は、必要な燻りだったのかな。四年どころか、卒業後に九年もかかって作家デビューしているので、長かった分、世に出た瞬間に、自分の人生がやっと始まったって思うと同時に、自分の人生やりきったって感じがすごくするんですね。終わってしまった感が。世に出てなにか仕事をしている人って、世に出るまでの物語が一番濃いんですよ、結局」

現在は結婚し、多忙な執筆生活に追われている。ちなみに、結婚した相手は、大阪芸大の映像学科の同期生だそうで、

「私、この取材を受けるっていうので、昨日昔のことを思い出していたら、高校卒業してから大阪芸大生以外の男と付き合ったことがないと気づいてしまって、本当にぞっとしました……」

業を背負ってしまうとは、こういうことを言うのかもしれない。

3章

そして、どんてん生活へ——

回想・制作の日々

再会――二三年後の春

二〇一八年四月三日。僕はノブこと山下敦弘くん、たっちゃんこと近藤龍人くんと三人で京都に向かった。電車を乗り継ぎ、辿り着いたのは東映京都撮影所。ちょうど桜が見頃で、隣接する太秦映画村は家族連れで賑わっている。

撮影所の受付で入館証をもらい、中に入った。食堂を横切り、大きな四角い建物が居並ぶ通りを行く。そびえ立つそれらは撮影スタジオ。壁や地面のそこかしこに歴史がこびりついていた。

案内されたスタジオを覗くと、長屋のセットが組まれていた。リハーサルを終え、本番に向けた最終調整で、各部のスタッフが走り回っている。モニターの側に老人が佇んでいた。座っている椅子の背もたれには、「中島貞夫」と記されてある。

「中島先生、お疲れさまです」

声をかけると、キャスケットを被った老人は僕らを振り返り、にこっと笑った。

「おう。来たか」

中島貞夫監督、二〇年ぶりの新作映画『多十郎殉愛記《たじゅうろうじゅんあいき》』の現場だった。

幕末の京都を舞台にした時代劇で、灯火が消えつつある「チャンバラ活劇」を今一度復活させようと目論む野心作だ。総勢百人の大立ち回りもあるという。

二〇年前と比べて、中島先生の体は一回り小さくなったようだった。ステッキをついていたけれど、足腰はまだまだ力強く、モニターの前からセットの中へ小走りに駆けて行っては、俳優やカメラマンに指示を出している。

スタッフの中にクマさんの姿も見かけた。クマさんは監督補佐として中島組に参加しているのだった。

クマさんは中島先生の思いを汲み取り、時には自らアイデアを出し、演出に付け加える。並んで話し合う二人の背中の向こうに、僕は在学していたころの中島先生とクマさんの姿を思い浮かべる。

中島組は、クマさんの他にも、大阪芸術大学映像学科の卒業生が多数参加していた。その多くが中島先生の教え子である。

本番が終わって休憩時間になり、喫煙所でタバコを吸う中島先生にあらためて挨拶をした。そこに主演の高良健吾《こうらけんご》くんもやってきた。

中島先生は昔と同じようにうまそうにタバコを吸いながら、

「山下、見苦しい現場ですまんな。何しろ金がなくてな」

「とんでもないです！　俺、スタジオでセット建てて撮影するなんて、ほとんどやったことないので。高良くん、どう？　中島組は」

「いやあ、やっぱり殺陣が難しくて……」

高良くんは、山下くんとは『苦役列車』で、近藤くんとは『横道世之介』で共に仕事をしている。ヒロインの多部未華子《たべみかこ》さんは、僕が脚本を書いた『ピース オブ ケイク』という映画で主演を務めた。教授と学生だった関係が、今や同業者として会話ができていることに、僕は不思議な感慨を覚えていた。あの無邪気だった二〇年前に、今の自分たちを想像できていただろうか。あの頃、僕たちは、一体何を思い、どんな不安や欲望を抱えて毎日を過ごしていたのだろうか。

映画コース——三回生

一九九七年、春。僕らは三回生になった。一年次から二年次に上がったときは、さして実感もなく、ただ単に時間が流れてゆくだけだったが、映像学科生にとって、三回生になることは少しだけ特別な意味があった。それは、専攻の選択にある。

映像学科生は、当時、三年次になると誰もが三つのコースのうちのどれかを専攻しなくてはならなかった。一つは映画コース。一つは映像表現コース。一つは映像広告コースだ。

映画コースは、有志で班を組み、16㎜の映画を撮ること。長編、短編は問わない。

映像表現コースは、主にベータカムでの作品作り。長編でも短編でも、ドラマでも何でも構わない。ＭＴＶなどのＭＶに憧れて作っているような学生が多かった気がする。

映像広告コースは、その名の通り、広告を映像で作り上げるもので、まあ、率直にいうとコマーシャルである。企業広告とか。アイデア一発勝負の物作り。

当時の僕の記憶では、専攻する学生が圧倒的に多いのが映像表現コース。ベータカムなので安価にできるし、何より自由度がある。

次に多いのは映像広告コースで、作品はコマーシャルだし、どれも2分とか3分の尺で済むので、手っ取り早く単位が欲しい人が選んでいたような気がする。

そして映画コース。鬼門である。何しろ金がかかる。原則16㎜撮影だが、支給されるフィルムはない。すべて自分たちで用意しなければならない。フィルム購入と現像を合わせて、時間で換算すると、1分一万円ほどの値段である（当時）。そして映画作りの定説として、映画に使われるフィルムは、完成品の三倍の量を使うとされている。NGやリテイクが出るからだ。仮に長編映画、例えば60分の映画だとすると、60×3＝180。最低でも一八〇万円をフィルムのために用意しなければならない。しかしそれはまだ序の口。撮影における車両、ガソリン、プロの俳優を使うならそのギャラ、美術、ポストプロダクション作業で使うシネテープなどなど、予算はどんどん膨れ上がる。足りないのは金だけではない。映画作りは時間との戦いでもある。撮影、編集、音入れ、アフレコ、ダビング、ネガ編集……完成までに乗り越えなければならない工程が果てしなく続く。冗談でなく、映画コースに進んだものは、他の一切のことに時間を使えなくなる。二年間、青春を捨ててとにかく映画製作に捧げる覚悟でなければいけないのだ。

僕とノブは二回生のころから、この茨の道を進むことを決意していた。クマさんの卒業制作に参加し、おぞましい狂気作『鬼畜大宴会』の完成を見てきた僕らには、映画コースに進む以外の選択肢などなかった。そしてそのために、学生生活の前半二年でバイトしてお金を貯めたのだ。16㎜で長編映画を撮る。それは果てしのない道程には違いなかったが、それだけに震えるような興奮が胸の内に広がっていた。

そして、同じく鬼畜組に携わったたっちゃんとハヤトも志は同じだった。特にたっちゃんは自分も作品を作ろうとしていた。そこで僕らは同じ班を組み、ノブ監督のものと、たっちゃん監督のものを、お互いに手伝いながら作ろうと目論んだ。クマさんの『鬼畜大宴会』とハッシーさんの『チョコレイト』のような関係だ。

そしてもう一人、仲間に加わったのは松本アキラ、通称アキラさんだ。

アキラさんは大阪芸術大学が生んだ大所帯バンド、「赤犬」の初代リードボーカルで、映像学科の二つ上の先輩だった（二章一五七ページ参照）。つまりクマさんたちと同期で、『鬼畜大宴会』のサウンドトラックも担当していたが、単位が足らずに留年してしまい、僕たちと同じ代になっていた。それを機に、アキラさんに音響方面を手伝ってもらおうと、班に入ってもらったのだ。もちろん、映画音楽も赤犬にお願いするつもりだった。

最終的に映画コースには僕らを含めた一一か一二の班ができたように記憶しているが、実のところ、横の交流はほとんどなく、どんな学生がどんな映画を作ろうとしているのか、まったく分からなかった。

大学の前半二年間を『鬼畜大宴会』に捧げたことで、僕には映像学科の友人があまりいなかった。交流をもつ時間がなかったというのもあるが、他と線を引いてストイックに映画作りに邁進するクマさんの姿に、自分もそうあらねばと自身に言い聞かせていたのもある。『鬼畜大宴会』と同じ年次の卒業制作の中には、監督が自分の恋人を主演にして映画を作っている班もあって、ゲリラ活動家がひっそりと爆弾を作るように、富田林の片隅で映画を撮っていた鬼畜組から見ると、彼らは至極軟派に映ったものだった。しかもその監督の恋人というのが僕たちの学年で一番可愛いと噂されていた女の子だったので、余計に敵対視してしまった。今思えば明らかに単なる嫉妬である。

そんなルサンチマンいっぱいの学生だったから、ノブやたっちゃん、ハヤト、ゴウなど一部の友人を除いては、僕は完全な敵だと思い込んでいた（今はそんなこと思っていません）。だから、三回生が始まって早々、二回生の課題授業「制作1」で撮った短編の上映会「スクリーンサーカス」が行われた時も、他班の作品に比べて、自分たちの『腐る女』が一番本腰を入れて取り組んでいる作品だと思って見ていたし、また、周りは本気になってないな、と内心バカにもしていた。そんな自信も今思い返すと恥ずかしいかぎりだが、それが若気の至りというもので、誰しも俺が私が一番面白いものを作っているんだという勘違いを経て作り手になってゆくものだろう。必要な驕りだったと思いたい……ダメか。

同期のライバルたち

音楽に傾倒し、トーチカ・ウォーマーズ・ダイエットというバンドで活動していたゴウは、ライブ活動の傍ら、仲間たちと何本か自主映画を撮ったりしていた。

ゴウの発想は軽々とリアリティを飛び越え、思考があっちへ行ったりこっちへ行ったり忙しく、だからこそ奇抜で唯一無二だった。ただ、それだけに広げた風呂敷はいつも大きくなり、なかなか回収されないで、未完となることが多かった。当時のゴウのブレーンとして彼の屋台骨を支えていたのは、僕とノブの初めての自主映画『P』に出てくれたサイトーくんだったが、ゴウの人使いの荒さに参って降りてしまったりと、彼の映画作りはなかなかに混迷を極めていた。僕もいくつかスタッフとして参加したことがあるが、通天閣の下を走り回ったり、飛田新地でゲリラ撮影を敢行するなど、面白いけれど、かなり神経を使う現場が多かった。その頃は、よく山本政志《やまもとまさし》監督（一九五六年生）や渡辺文樹《わたなべふみき》監督（一九五三年生）の映画について喋っていたように思う。

そんな彼だったが、バンドメンバーの一人、ショージ（現在、バンド「あらかじめ決められた恋人たちへ」のフロントマン）と揉め、殴り合いの喧嘩をし、トーチカは解散してしまった。三回生の終わり頃には、毎日のようにつるんでいた仲間の一人だったヌシがいろいろな挫折を経験し、大学を休学して海外放浪の旅へ出て行ったり、ジュンちゃんがまったく大学に姿を見せなくなったりと、なんだか殺伐とした空気が自分たちの周りに漂っていた。僕の中で、大学生活の前半二年はひたすら面白くて、後半の二年はとにかく辛く暗く、長かったという印象がある。

バンドの解散など紆余曲折の二年を経たゴウも、三回生になると映画コースを志願した。けれど班を組むのがかなり遅れてしまい、人員が集まらない。僕はノブやたっちゃん、ハヤトと組んでしまっている。彼の発想とバイタリティについてゆける人間はそうはいない。ゴウの酒量が増え始めたのもこのころだ。

そんな孤独な彼に、たった一人だけ寄り添う男がいた。僕とノブの自主映画でも音響班として助けてくれていたノエルだ。

トーチカ解散以後、酒に溺れたゴウはしばらく一人で音楽を作っていた。そのとき、エンジニアとして彼の側についていたのがノエルだ。クリスチャンの家庭に生まれたノエルは人の感情の機微に敏感で、いつも後ろから僕らを観察していたように思う。寡黙なのもきっとそのためで、だからいつでも誰にでも優しく、そして人一倍繊細だった。

ノエルは、ゴウと音楽を作る流れで彼の卒業制作映画班の一員となる。また、一学年年下の映像学科の後輩も数人加わり、どうにかこうにか柴田組が出来上がった。

僕やノブからすれば、ゴウがようやく映画に戻ってきた、という感じだった。自分たち以外はライバル視していたが、ゴウの映画は純粋に楽しみだったし、今度こそ完成にこぎつけて欲しいと思っていた。

そしてもう一人、ライバル視してはいたが何だかどうにも気になってしまう学生が映画コースにいた。名前を寺内幸《てらうちこう》太郎《たろう》（一九七五年生、現・寺内康太郎）、通称テラウチくんと言う。テラウチくんは大阪の堺市出身で、一回生の頃からなんとなく存在は知っていた。創作に関して早熟で、かなりレベルの高い8㎜映画を作っていた。僕が特に好きだったのは『ルパンズ』という短編。次元、ルパン、五右衛門のコスプレをした男たちが、小さなトンネルの中でただだらだら喋っているだけなのだが、カット割りや会話の間、編集のうまさなどが光る佳品で、何かの上映会で初めて観た時、相当嫉妬させられた。しかもVHSのパッケージまで作って、なんか、ちゃんとしてるなあ、と羨望し、テラウチくんをとりまくスタッフの子たちもなんだかプロフェッショナルな雰囲気を身にまとっていて、眩しかった。

ポニー撮りたい

さて、そんな無名の映画監督たちが集まる河南町の片隅。後半二年のざっくりとしたスケジュールを、僕たちはこんな風に考えた。

とりあえず六月までに企画を考える
夏休みを使って諸々の準備と資金集め、脚本執筆

まず、十月くらいにたっちゃんの映画の撮影。約二ヶ月を目標に
その後、ノブの映画の準備
年明け、ノブの映画の撮影。約二ヶ月を目標に
四回生から、それぞれの作品の編集作業
夏までに終えて、秋から音作業
冬、ダビング。およびネガ編集
年内に完成

「どんな話にする？」

平和寮の一階から二階に引っ越したノブの部屋で、僕らは企画を練った。

「話っていうより、人かなあ……」

ノブがタバコを吸いながら呟く。

「人？」

「なんか、男と男、みたいな」

「他は？」

「なんか、たとえばアパートに住んでて、そこに年上の女の人がいて、ちょっとエロくて」

「めぞん一刻みたいやな」

ハヤトがノートに絵を描きながら、僕らの話を聞いている。

「なんか、地平線撮りたい」

「他は?」

「なんか、ポニー引いてる男。ポニー撮りたい。ポニー」

「ワールド牧場におるかもな。で、一体どういう話?」

「話っていうか……話じゃなくてさ」

ノブはその頃から、いわゆる「お話」に興味がなかった。

「腹減った」

ハヤトが天井を見上げる。

「スパゲティ茹でよか」

当時、僕らは茹でたパスタにケチャップを混ぜただけのものをよく食べた。

「とにかく来週くらいまでにみんな何か考えてみようや」

味も素っ気もない、腹に溜まるだけの炭水化物を胃袋に放り込みながら僕は言った。

「まだ時間は全然あるしな」

「夏休みが終わるまでに脚本できるやろ」

「全然余裕」

そう、時間はたっぷり残されている。ノブもやる気満々に見えたし、僕らは悠然と彼が脚本を書き終わるのを待った。まだまだ高を括っていた。

自主映画とPFF

「こないだ、若松孝二《わかまつこうじ》（一九三六―二〇一二年）の特集上映やってて観に行ったんだけどさ。その映画館、自主上映もやってるみたいで『鬼畜』も上映できないかと思ってさ」

東梅田にある小さな映画館のことを、クマさんがそんな風に教えてくれたのは、おそらく僕らが三回生に上がった一九九七年の初夏だったように思う。

『鬼畜大宴会』を完成させたクマさんは、卒業制作に没頭するあまりか、ギリギリ単位が足りず、留年していた。ザイプさんも留年となったが、そのまま中退し、元からの夢だったアニメーターになるために大阪を離れて福島へと旅立った。ハッシーさんは無事卒業を果たし、東京の映像系の専門学校へ。『浪漫ポルノ』を完成させたウジさんは大阪芸大の大学院に進学と、先輩たちはそれぞれの道を進み始めていた。

ここで、当時のインディペンデント映画を取り巻く状況を、僕の経験してきた主観でざっくりと説明しておこうと思う。

九〇年代中ごろ、未来を夢見る映画青年が、作品を広く世に問うためにはたいへんな困難がつきまとった。

デジタルが主流となった昨今とは違い、当時の映画館はフィルム上映が絶対条件で、それも

35㎜でないと普通の映画館ではかけてもらえない。ミニシアターになると16㎜の映写設備もあったはずだが、8㎜フィルムはほとんど扱ってもらえなかった。

といって、35㎜フィルムで映画を作るとなると莫大な予算がかかり、インディペンデントの枠で撮るには、相当の覚悟と苦労が伴う。作品の出来はどうであれ、35㎜フィルムで自主映画を作ったというだけで「ともかくアイツらはよくやった」とひとかどの尊敬を集めたものだ。安価なデジタルビデオカメラ（それも高画質）で作った自主映画が、出来次第ではシネコンなどで上映させてもらえる現在とは隔世の感がある。

まあ、35㎜フィルムで自主映画を撮るなんて輩は本当に稀で、多くの作家は8㎜フィルムで作っていた。そして、自分たちで上映会を企画し、小さな貸しスペースに8㎜映写機を持ち込んで、身内の客たちを前に鬱々とスクリーンを見つめる。その自慰に似た行為では作品は外に出られず、小さなコミュニティの中に埋もれしまうことがほとんどだった。

そんな自主映画作家がどうにかして開かれた場所に出ようとすがる一つの希望。たった一本の蜘蛛の糸。それは、

「ぴあフィルムフェスティバルのPFFアワードに応募して受賞すること」

ぴあフィルムフェスティバル（以下、PFF）は、一九七七年から始まった、当時の日本ではおそらく唯一にして最大の自主映画上映イベントだった。その中のコンペティション、PFFアワードでは、毎年全国から五〇〇本以上の自主映画が応募で集まり、選考の後に残された上位十数本がPFFの本会場で上映される。そして上映後の最終選考会でグランプリと準グランプ

リが選ばれた。ＰＦＦがきっかけで世に出た作家は主に「ぴあ出身」と呼ばれ、有名なところでは、園子温《そのしおん》（一九六一年生）、矢口史靖《やぐちしのぶ》（一九六七年生）、橋口亮輔《はしぐちりょうすけ》（一九六二年生）などがいる。

テレビの出現によって危ぶまれた映画産業の衰退は深刻で、その速度は止まらず、またバブル崩壊後の不景気の煽りを受けて予算はどんどん削られた。ビデオレンタルに特化したＶシネマだけは元気で全国に流通していたが、日本映画界は実質瀕死の状態だった。そのため撮影所システムにおける徒弟制度、つまり助監督という下っ端時代を経て監督になるという流れも最早崩壊し、人材はまったく育たない。ＰＦＦはおそらくそんな危惧から生まれたイベントだろう。８㎜フィルムが出現した影響も大きい。いつしか、若手映画作家の登竜門と呼ばれるようになる。

補足しておくと、もう一つ、映像作家かわなかのぶひろ氏が一九七七年に設立した団体・イメージフォーラム（芸術性の高い映画・映像作家の育成、作品上映を行う）による「イメージフォーラム・フェスティバル」というコンペティションもあったが、こちらはガチガチのアート系フェスティバルで、商業の世界に羽ばたきたいなんていうのはちんけな野望だオラ！映像の既成概念を壊してなんぼだろオラ！映画を時間から解放するんだオラ！こちとら実験だオラ！ダダだオラ！アートだオラ！オラオラオラオラオラオラ！というかなり硬派な世界なので、ここではちょっと割愛させていただきます（ちなみに、イメフォ出身及び受賞監督には、河瀬直美《かわせなおみ》さん〔一九六九年生〕、井口《いぐち》昇《のぼる》さん〔一九六九年生〕、村上賢司《むらかみけんじ》さん〔一九七〇年生〕などがいます）。

当時、なぜＰＦＦがここまで自主映画作家に求められたか。それは何といってもＰＦＦスカラシップ制度にあったと思う。

ＰＦＦスカラシップとは、コンペティションでグランプリと準グランプリに選ばれた監督が、ＰＦＦの専任プロデューサーと共に新しい企画を開発し、映画作品として制作する権利を得ることである。そして商業公開までの予算を出してくれ、面倒を見てくれるという若手にとって夢のような制度だ。前述した「ぴあ出身者」たちも、このスカラシップ制度で作品を作り、映画監督として立っている。

ほとんどの自主映画作家がそうするように、クマさんも『鬼畜大宴会』をぴあフィルムフェスティバルのＰＦＦアワードに応募していた。しかし、その結果をただ手を拱《こまね》いて待っているだけでは物足りなかったのだろう。クマさんは自主上映の道を探した。

プラネットとの出会い、からの「エログロナイト」

卒業制作展で学内上映されたあと、『鬼畜大宴会』は学外でのお披露目として、江坂ブーミンホールを借りて行われた赤犬のライブイベントの中で上映されただけで、まだ誰にも知られていないインディーズ映画でしかなかった。ネットもＳＮＳもない当時、一度か二度自主上映された映画が噂になるなんてことは皆無に等しい。しかもここは大阪である。情報格差もあったあの時代、映画の名産地はやはり東京で、大阪で映画で食べていくなんて発想を、持つことすらできなかった。

クマさんが探し当てた映画館は「プラネットスタジオ＋1（以下プラネット）」と言った。初めて行った日のことは覚えていないが、僕の周りではクマさん以外に知っている人はいなかったので、おそらくクマさんに連れていってもらったのだと思う。

北区堂山町。阪急東中通商店街から細い路地に入って一〇〇メートルほど歩いた先、雑居ビルの入口に小さな立て看板があり、その日の上映ラインナップが記されている。ビルの一階は半地下になっていて、スナックやバーが居並ぶ通路の一番奥の赤い扉がプラネットだった（現在は北区中崎に移転）。

入るとすぐに受付があり、その奥にむき出しの映写室がある。通路とも呼べない空間を右に曲がるとそこが劇場内で、小さなフロアいっぱいにパイプ椅子が並んでいた。数は三〇ほど。目と鼻の先がスクリーンで、最前列だと、手を伸ばせばほとんどスクリーンに触れそうだった。

初めて館内を見たとき、正直なところ、僕はひどく落胆してしまった。映画館と聞いていたから、せめて一〇〇席はあるようなミニシアターだと思っていたからだ。それが実際に覗いてみると、飲食店の居抜きっぽい物件を無理やり上映スペースにしただけのような、これでは大学の試写室より貧相ではないか。

館主は富《とみ》岡《おか》邦《くに》彦《ひこ》（映画プロデューサー、プラネット＋1代表）という小柄な無精髭の男で、受付兼映写室でいつも映写機を回していた。不愛想で、若い僕らのような映画青年を見下したような目で見ている。実際バカにしていたと思う。なんでも数年前まで東京の映画業界にいたそうで、黒《くろ》沢清《さわきよし》監督の『地獄の警備員』の脚本を書いたりもしていた。大学の先生以外で脚本家と出会ったのは、トミオカさんが初めてだったかもしれない。

映画館とは言えない映画館だったけれど、そのラインナップはすさまじかった。映画創世記の無声映画からアメリカンニューシネマ、果ては怪獣映画まで、和洋問わず、他では絶対に観られないものが上映スケジュールに並んでいた。トミオカさんは生粋の映画狂でその知識と記憶も半端ではなく、学生がバカにされても仕方がなかったように思う。後年、このプラネットで観た作品にどれだけ助けられ、教養になったことか。

同じビルの三階に「プラネット映画資料図書館」という施設があった。安井善雄《やすいよしお》さん（現・プラネット神戸映画資料館館長）という、映画狂のトミオカさんも真っ青になるくらいの偏執狂、映画の妖怪とでもいうべき人が収集した古今東西の映画の資料、パンフレット、チラシ、書籍、ポスター、スチール写真などが保管されている場所で、その種々雑多なものがひしめく一室には、埃をかぶった、むき出しのフィルムが所狭しと積み上げられている。図書館というよりは、まるで映画の墓場のようだった。実は、この保管しているフィルムをただ眠らせておくのはもったいない、上映するべきだという考えのもとに作り出されたのが、プラネットスタジオ＋１という上映施設だったのだ。

クマさんが持ってきたＶＨＳ版の『鬼畜大宴会』を観たトミオカさんは「個人的に好みではないが、これは話題になる！（後日談）」と踏んだそうで、上映を快諾。クマさんはウジさんを誘って『浪漫ポルノ』との併映を目論んだ。さらに僕らの『腐る女』も抱き合わせでやってくれることになり、上映イベントの形となる。題して「エログロナイト」。

学園祭などで上映会をやったことはあったが、学外で、しかもお金を取って映画を上映する経験は、それが初めてだった。チラシを作り、情報誌に告知を出して、チケットを売る。

このイベントに際して、宣伝隊長となったのが安井《やすい》聡子《さとこ》、通称ヤスイさんだ。

ヤスイさんは映像学科の二つ上の先輩、つまりクマさんたちと同期で、高知出身でアル・パチーノにそっくりな豪傑。その大きな目で睨まれると後輩は立ちすくんでしまう。彼女は『鬼畜大宴会』にも美術として参加し、牢屋のセットなどを作っていたので、僕も存在は知っていた。

「映画を作るだけで満足してはダメ。作ったあと上映してこそ、映画」

というのがその頃のトミオカさんの口癖だった。初めての学外上映で、何をどう宣伝していいのかわからずとまどうばかりの鬼畜組の助っ人として呼ばれたヤスイさんは、プラネットとの間に立ち、持ち前の行動力でイベントを推し進めていった。

僕らは梅田のあちこちでビラを配った。上映中は、ノブがサンドイッチマンになって街角に立った。僕はトミオカさんから映写機の使い方を教わって、クマさんの映写を手伝った。

上映が始まってみると、入りは上々だった。身内も多かったが、連日満員だったように思う(まあ、定員三〇人だけれど)。住んでいた大学近くの下宿から堂山町まではおよそ1時間半もかかったので、夜は劇場の中で雑魚寝した。

何で撮るかは重要じゃない

上映の最中も、時間を見つけては、ノブと卒業制作の企画の話をした。

「ノブ、脚本進んでる？」

「……うん」

「どのくらいまで書けた？」

「なんか……オープニングはできてて」

「どんなの？」

「ある朝、とある森の奥から全裸の男が出てくるの」

「うん」

「全裸の男の片方の手には手錠がはめられてて」

「ほう」

「その、空いた方の輪っかにさ、誰かのちぎれた手首がぶら下がってる」

「なるほど。元々は誰かと繋がってたんやな。それで？」

「……とりあえずそこまで」

「ポニーは？」

「ポニーも出したい」

「……まあ、まだ時間もあるしな」

隣で聞いていたハヤトが、黙々とノブのアイデアを絵に描いていた。そう、まだまだ時間はある。まだまだ。


そんな中、たっちゃんもまた卒業制作の企画出しで悩んでいた。彼との出会いの折に書いたように、たっちゃんの当時のオールタイムベストはスタンリー・キューブリックの『バリー・リンドン』。どちらかというと静謐な画作りが好きで、是枝裕和《これえだひろかず》（一九六二年生）の『幻の光』を教えてもらったのも、たっちゃんからだったような気がする。他には小栗康平《おぐりこうへい》（一九四五年生）の『死の棘』もあったか。三回生に上がってまもなく、中島哲也《なかじまてつや》（一九五九年生）の『夏時間の大人たち』をノブと三人で観に行ったのも、たしかたっちゃんの誘いだった。『夏時間の大人たち』は小品だが、それまでのどの映画にも似ていない間を持った映画で、興奮したのを覚えている。三人ともパンフレットを買った映画は、これが初めてじゃなかっただろうか。今でもよく見返す映画だ。

そんなたっちゃんの企画は、覚えているところで言えば、小さな一軒家で暮らす父娘の話で、娘が嫁ぐ嫁がないで揉めたり揉めなかったりするような、ちょっと小津安二郎《おづやすじろう》（一九〇三—六三年）っぽい味わいのものだったような記憶がある。しかし、完璧主義な一面が邪魔して、なかなか一つにまとまらないようだった。撮影はノブの映画より前を予定していたので、あまり余裕もなかった。

そうこうしているうちに、機材選択の時期がやってくる。

機材選択とは、各班が撮影に使う専用のカメラを決めることで、それぞれの班は、原則、最初に選んだカメラを使い続けなければならない。なぜこんな風な決まりがあったのか、よくはわからないが、過去に班同士での機材のトラブルでもあったのだろうか。例えば誰が壊した、なんていう責任の所在とか。研究室の方でも管理がしやすかったのかもしれない。

そしてこの機材選択、実は撮影の優劣を左右する重要なイベントなのだった。

映像学科の研究室にある16㎜カメラには三つの種類があった。

一つは『鬼畜大宴会』でも使っていたアリフレックスST。いわばアリフレックスの標準とでもいうべきカメラ。頑丈だけが取り柄。

そしてその改良型のアリフレックスBL。STは専ら撮影することだけに目的をおいたカメラで、回すとモーターの回る音がうるさく響き、同時録音ができない。そこで作動音をどうにかしてなくそうと考案されたのが、このBL型だ。その音対策はいたってシンプル。構造はSTのままに、カバーを厚くさせることで作動音を外に漏らさないようにするというもの。したがって大きさはSTより一回り大きくなり、レンズ部分にも大きな鉄の覆いがつくので、その重さは10キロを超える。手持ちで撮影することを端から放棄している。三脚据え置き専用カメラと言ってもいいだろう。しかも防音といっても、やっぱり作動音はするので、外の撮影ならまだしも、屋内の撮影では実質的に同時録音は無理だった。

そして最後の一台がアリフレックスＳＲだ。ＳＴやＢＬとは違い、構造を一から見直した新型。マガジンもコンパクトになり、メカニックも電子機能がついて刷新。消費電力が抑えられたことによりバッテリーも小さくなり、三脚に乗せても、手持ちでもオールオッケー。もちろん16㎜フィルム最長４００フィート装填可能。ＳＲの構造は、今現在の35㎜フィルムカメラにも踏襲されている。驚くべきはその静音性の高さで、カメラ横にいなければ回っているのかいないのかが判別できないほど静かだ。

さて、この説明を聞いて、ＳＴ、ＢＬ、ＳＲ、どれで撮影したいと思うか。言わずもがな。そんな映画コース生羨望の的であったアリフレックスＳＲ。研究室には、たしか二台か三台しかなかったはず。そしてこのＳＲを巡っての争奪戦。

結論から言ってしまえば、僕らは負けた。

この争奪戦、あみだくじで決めたのか、それともくじ引きだったのか、どうにも思い出せないので、先日たっちゃんに聞いてみたら、

「ジャンケンだったじゃん。コースケがやって、負けたんじゃん」

ということだった。おそらく正しいのだろう。人は、嫌なことがあったらすべて記憶から抹消されるようにできているというのだから。

とまれ、希少なＳＲは他班が獲得し、僕らにあてがわれたのは、ただ重いだけのＢＬ。

僕らは大いに落胆したが、結果的に、このとんでもなく重いカメラをあてがわれたせいで、僕らの映画では手持ち撮影ができなくなり、そして三脚据え置きの撮影を余儀なくされたせいで、

後にノブの映画の特徴とされる「長回しの芝居」が生まれることになった。まあ、生来のノブの性質もあったにせよ、この出来事が彼の作家性を形作る一つの原因になったことは確かだと思う。この分析、間違ってもジャンケンに負けた言い訳と思わないでほしい。

当時は悔しさでこう叫んだものだ。

「『何で撮るか』は重要じゃない。『何を撮るか』が重要なのだ！」

迷走する制作

劇的な朗報が舞い込んできたのは、「エログロナイト」が盛況のうちに幕を閉じてまもない夏の終わりだった。

「『鬼畜』が、ＰＦＦの入選作品に選ばれたんやって！」

「ウソやん！」

「一一作品の中の一本らしい」

応募したと聞いたときから、この歪んだ映画愛に満ちた『鬼畜大宴会』が無視されるわけがないとは思っていたが、本当に入選を果たすと、えもいわれぬ動悸がしてくる。

「コンペの上映、いつやったっけ？」

「十二月」

「そうか、『鬼畜大宴会』を、ついに東京の人間が観るのか」

「せや、東京の人間が観るんや」

「東京がなんや！」

「首都がなんや！」

「殴り込みや！」

武者震いの止まらない東京コンプレックスな僕たち後輩だったが、当のクマさんは飄々としていたように思う。「入選して当然」と思っていたのか。いや、もっともっと先を見ていたのだろう。実際、ＰＦＦ入選はまだほんの入口に過ぎなかった。

さて、たっちゃんの映画である。

たっちゃんの映画は、脚本もキャストも決まらないまま、ロケハンだけは重ね、カメラテストを行った。撮影と照明は僕が担当した。しかし、父娘が住む舞台となる一軒家で、二日ほどテスト撮影をしたきり、映画は頓挫してしまった。完璧主義に苛まれ、ついに脚本を書き切ることができなかったのだ。

脚本の相談に乗ろうと、僕はたっちゃんの家で随分と話し合ったが、すでにたっちゃんの腰は重く、ついに白旗を上げてしまった。

「もうすぐノブの映画の順番だよね。俺、ひとまず撮影に専念するよ」

たっちゃんの映画は泣く泣く断念。僕らは次にやってくるノブの企画に焦点を合わせ始めた。

さて、そのノブである。

夏休みが過ぎても、ノブは脚本を見せてくれなかった。それでも、僕らは彼を信じて脚本が出来上がるのを待った。

待った。

待った。

待った。

「書けない」

とノブが開き直ったのは、夏の蒸し暑さも和らぎ、夜風に冷たさを感じるようになった頃だ。

「なんで⁉」

「書けない」

「どうすんの⁉」

「書けない」

「時間ないやん⁉」

「書けない」

「自分で書く言うたやん⁉」

「書けない」

「なんでもっと早よ言わへんねん⁉」

「書けない」

「……」

「書けない」

役者集め、ロケハンなどを考慮しても、どれだけ遅くとも十二月までには脚本が必要だった。

仕方なく、僕はノブの部屋の机に座って、原稿用紙を広げた。

「とにかくなんでもいいから書き始めよう」

僕は、腕組みをして背後に立つノブを振り返る。

「ざっくり『これ』っていう設定が欲しいな」

「あの、ほら、春休みにイワオくんたちと撮ったやつ」

「ああ、あの四つの季節の」

「そうそう。ああいう、男二人の話にしたいとは思ってるんだけど……」

ロングショットの長回し

実は、三回生に上がる前の春休みに、僕とノブは一本の短編映画を撮影していた。

完成した『鬼畜大宴会』を観て、次は僕らの番だと意気込んだはいいが、果たして何を作ったらいいのかと煩悶し始めていた時期だった。

クマさんは僕らが逆立ちしても及ばないほどの映画の知識と教養と、そして何よりセンスを持ち合わせていた。演出、撮影、編集、どれをとっても素人離れしている。特筆すべきは編集のうまさで、とてもじゃないけど『鬼畜大宴会』のような細かいカット割りを繋いでゆくことは、僕やノブにはできそうにない。

「俺たちは一体何を作ればいいのか……」

その頃、アキ・カウリスマキ（一九五七年生）の映画が評判で、ノブもよく観ていた。特に『真夜中の虹』が素晴らしいと言っていたのをよく覚えている。他に覚えているところでは、入学してすぐに一緒に見た森田芳光《もりたよしみつ》（一九五〇—二〇一一年）の『家族ゲーム』や『の・ようなもの』。ジム・ジャームッシュ（一九五三年生）の一連の作品。

特に二人で面白がって観ていたのは、『市川準《いちかわじゅん》の東京日常劇場』だ。市川準（一九四八—二〇〇八年）がテレビ朝日で発表した10分一話完結の短編ドラマシリーズで、選りすぐりを再編収録したビデオが二本発売されていた。会社の社員食堂で瓶詰めのうにをみんなにご馳走しようとする中年社員、交番で暇をつぶす二人の警察官、新幹線の中で談笑する不倫中の男女など、様々なシチュエーションで些細な会話劇が繰り広げられる。その、天上から人を観察するような視点の向こうに、おかしみがあり、かなしみがあり、よろこびがあり、笑いがある。ワンシチュエーションでこんなにも面白いことができるんだなと、僕らは驚いたものだ。

そんな作品たちをだらだら観ていたある日、いつものように平和寮に遊びに行くと、ノブが大学ノートを僕に見せた。書かれていたのは一、二ページほどの小さなセリフのやり取りで、とある男の部屋に、久しぶりに会う男友達がやってきて、土産に葉巻をもらうだけなのだが、二人の間の、友人なのか恋人同士なのか、よくわからない不思議な関係が優しく垣間見えていた。

おそらく、先に挙げた『東京日常劇場』や、ダウンタウンの『ごっつええ感じ』のコント（ノブは重度のテレビっ子だった）に触発されて書いたのだろう。

「こういうのを何個か集めて、一本にならないかな」

「じゃあ、季節で区切るのは？　これが春で、夏と秋と冬を足して、一年にするっていう」

「あ、いいかもしれない」

それから、僕も加わって、二人で残りの三つのシチュエーションを作った。季節を通してみると、春に再会して冬にまた別れるという何となくの流れができて、小さなお話になった。

前作『夏に似た夜』は絵コンテから出発して、カメラの構図や編集、カット割りに重点を起き、そのためにキャラクターに目が行かず、「繋がってはいるがよくわからない」結果に陥ってしまった。そんな反省があったのか、ただ好きなものを作ろうとしたらそうなってしまったのか、もうよく思い出せないが、はっきりと言えるのは、このとき、ノブと僕は、初めて「芝居」「演技」を撮ろうと自覚したということだ。

撮影の手法にしてもそうだった。僕とノブは切り返しの撮影が圧倒的に下手だった。「切り返し」とは、対話している二人を撮るとき、それぞれの被写体を交互に撮り、編集で繋いでいくやり方で、Aが喋ったあと、その視線の先のBのカットになり、Bが喋るとまたAのカットに戻ってAが喋るというような、基本的なカット割りなのだが、僕らがそれをやろうとすると、会話の中にどうしても不自然な空気が生まれてしまう。仮にうまく繋がってるよと言われても、自分たちとしてはそのブツ切りにされたような間が、どうにも気持ちが悪い。

となると、解決方法としては、カットを割らずにやるしかない。となると、必然的に長回しになる。となると、被写体を一つの構図の中に収めなければならなくなる。となると、引き（ロングショット）の画角となる。

　終始ロングショットの長回しで面白くなるのか。とにかくやってみるしかない。

　そして、技術的な課題もあった。

『鬼畜大宴会』の撮影でつくづく感じたのは、「フィルム撮影には電気は不可欠」ということ。感度１００〜４００のフィルムで絵作りするのに、大学で支給される照明機材は、１０００キロワットが一つと６５０キロワットが二つ入った「ユニキット」と呼ばれるタングステンライトだけだった。これだけでは、ワンルームの広さの撮影で精一杯。しかもかなりの電気量を食うので、小さな屋内で目一杯使ったらヒューズが飛んでしまう。電気量が少なくて、自分たちでも手に入れられる灯りはないものか。

　当時の愛読書の一つに、撮影監督の高間賢治《たかまけんじ》著『撮影監督ってなんだ?』があった。低予算でいかにフィルム撮影に取り組んできたかが記され、僕にとっては非常に実践的な内容で、その中で色評価蛍光灯というものの存在を知った。

　タングステンフィルムで普通の蛍光灯を撮ると緑色に映ってしまう。なので、現場に蛍光灯があると、紫色のフィルターを巻いたりしていたのだが、なんとこの色評価蛍光灯というものは、ほぼ見たままの色合いで映るのだという。また蛍光灯なので電気量も少なく済む。プロの現場では安河内央之《やすこうちひろゆき》という照明技師が蛍光灯を使うことで知られていた（現在はキノフロという撮影用の蛍光灯がある)。ちなみに安河内央之氏と名コンビと謳われたカメラマン、佐々木原《ささきばら》保志《やすし》氏は、今現在、大阪芸術大学映像学科の教授である。佐々木原・安河内コンビは当時の僕にとってヒーローであった。

　そんな蛍光灯、東京にしかないのではないかと思って日本橋の電気屋街をうろついてみたら、殊の外簡単に見つかった。８㎜フィルムでどこまでテストできるかわからないが、色評価蛍光灯での照明もこの撮影で試してみたかった。

　登場人物はほぼ二人。僕らは長年の友人だったイワオくんに出演をお願いした。松吉《まつよし》巌《いわお》、通称イワオくんは、舞台芸術学科の学生で、おそらくゴウたちを通じて一回生のころに知り合っていた。スキンヘッドにジーンズとドカジャン。二重の切れ長の目にとても色気があった。脱ぐと脇毛もすね毛も剃っていた。芝居心のある挙動でみんなをアジテートする姿は華があって、僕は密かに憧れていた。ノブも同じ思いだったと思う。

　もう一人の登場人物は、ノブが自ら演じた。中性的なイワオくんの顔立ちと、髭まみれのノブはなかなかに好対照だった。

　撮影は、ノブの部屋をそのまま使って行われた。カメラは、先輩から８㎜フィルムカメラの最高峰、フジカシングル８ＺＣ１０００を借りた。

　長回しとはどういうものなのか、というのがテーマだった。部屋の隅にカメラを据え置いて、できるだけ部屋全体を見渡せるようにする。カメラを動かすことを考えないで、空間の中で被写体をどう動かすか。リハーサルで、あれこれ試行錯誤しながらカットを決めてゆく。なんだか、初めて自分たちでちゃんと映画を作っている、という感覚がした。

撮影はだいたい二日程度で終わった。例によって、撮影が終わると、ひとまずはそれで満足し、編集することも忘れて僕らは遊び歩いてしまったけれど……。

二度目のガンヌ――三回生、十一月

その、春先に撮った、まだ編集もしていない短編映画を元に、僕とノブは脚本を書き始めた。

無職でその日暮らしのフリーター（当時の自分たちの投影だ）が、パチンコ屋の前で、一人の怪しい男と出会う。

僕らのその頃のお気に入り映画は、伝説的暴走族、ブラックエンペラーを追った柳町光男《やなぎまちみつお》監督（一九四五年生）のドキュメンタリー『ゴッド・スピード・ユー！ BLACK EMPEROR』だった。

「ああいう不良っていいよなあ」

ノブは、アキ・カウリスマキからの流れで、レニングラード・カウボーイズも好きだった。

「リーゼントで、女モノのサンダル履いてさ」

「あー、わかるわかる。何やってるかわかんない感じな」

「で、ほら、裏ビデオのダビングとかやってんの」

「あー、なんかこないだテレビでそんなニュース見たな」

「ビデオテープだったらうちにもコースケんちにもいっぱいあるじゃん」

「ラベルだけ貼り変えたら小道具に使えるしな」

「ビデオデッキも友達からかき集めたら何とかなるだろ」

「ポニーはどうする?」

「ポニーは……もう諦める」

そして、フリーターの男は、怪しい男に誘われ、裏ビデオのダビングの手伝いを始める……

そんな風にして、少しずつ物語は形を成し始めた。


十一月。また学園祭の季節がやってきた。

卒業制作に向けて、一日でも早く脚本を書き上げるべきなのに、僕らはまたしてもガンヌ映画祭を企画した。この頃は、とにかく体力だけは無尽蔵にあった。

映画祭は去年に引き続き2回目。けれど、前回と同じラインナップでは面白くない。僕らは新作を用意しながら、チラシを作って新しい作品を募集した。

本数を稼ぐため、クマさんたちも8㎜で自分たちの作品を作り始めた。僕とノブも、その春撮った短編映画の編集をしながら、クマさんたちの映画作りに参加した。

「とにかく質より量で勝負」

クマさんや僕らは、様々なジャンルの短編（たとえばカンフー映画だったり、インド映画だったり）を用意しようと、同期の先輩たちを巻き込んだ。『鬼畜大宴会』を完成させた落ち着きからか、この時期のクマさんは比較的人付き合いがよかったような気がする。

ある日、クマさんに呼ばれて部屋に遊びに行くと、見慣れない先輩が同席していた。

その先輩の顔だけは覚えていた。入学してまもなく、先輩の課題作品の上映会があり、その中の一本、実写版『北斗の拳』に出演していた人だ。頬のげっそり痩せて、つり目が尖っている顔が常人離れしていて、一目見たら忘れられないとは、こういう顔のことをいうのだろうと思ったものだ。

山本浩司というのがその先輩の名前だったが、皆は「ハンチョウ」と呼んでいた。

ハンチョウさんは、今も映画監督として活躍する本田隆一、通称ホンチさんとコンビを組み、自主映画を撮っていた。『ニューヨーク1997』などが好きな印象で、ジョン・カーペンターにオマージュを捧げるようなエンタメ映画を作っていた。

クマさんに誘われるまま、僕らは大学近くの河川敷で、カンフー映画を撮った。カンフーといっても、なぜかセーラー服を着せられた僕がハンチョウさんと戦うだけの他愛のないもので、飛んだり跳ねたりするだけだったが、ハンチョウさんのカンフー芝居は堂に入っていた。ジャッキー・チェンが大好きらしかった。カメラが回っている前ではめちゃくちゃはしゃぐのに、普段は拗ねたようにだまっている。その落差が僕は内心怖かった。

ハンチョウさんで驚いたのは似非インド映画を作った時。現像済みのフィルムに、1コマ1コマ、針で傷をつけて映像を紡ぎ出したりアニメーションにするシネカリグラフィーという表現技法、通称「シネカリ」が特技で、寄せ集めの衣装でインド人っぽく踊る男の額からビームが出る、なんていう仕掛けをやってみせた。ノブと「この人、ただもんじゃねぇな」と噂したりした。

その間にも、僕らは僕らで春先に撮った短編を発表するために編集を始めた。編集は、長回しを繋ぐだけだったので、そんなに苦労はなかった。イワオくんにまた時間を作ってもらって、ノエルの家でアフレコを撮った。音楽もノエルに担当してもらった。

『『断面』ってタイトル、どう?』

大型モールの改装工事のバイト中にノブは言った。

「だんめん?」

「うん。それぞれの季節の断面を切り取ったって感じで」

「モンテ・ヘルマンの『断絶』みたいやな」

「全然テイスト違うけどな」

ともかく、僕らはそれを『断面』と名付けた。

8㎜映画作りも十分楽しかったが、僕には、上映会にどうしても参加してほしい作品があった。同期のテラウチくん監督の『ルパンズ』だ。捻くれ度100%の頭でっかちがはびこる芸大生の中にあって、テラウチくんは生粋のエンタメ志向。

「なんだかんだ言うてみんなスピルバーグ好きなんやろ? 素直に好きって言おうや。言ってしまえや」

という目つきで他の学生を見ているところがあった。

『ルパンズ』の上映を快諾してくれたテラウチくんも、今まさに映画コースで卒業制作を準備しているところだった。

「コースケくんの班、どんなの撮るか決まった？」

「や、今まだ考えてて。そっちは？」

「もうすぐ撮影」

「どんなの撮るの？」

「ラジオ局の話」

テラウチくんはいつか、三谷幸喜《みたにこうき》（一九六一年生、映画監督、劇作家）も好きだと言っていた。

「タイトルは？」

「『チェケラ！』って言うねん」

「チェケラ？　ラジオ局で？」

「ただのチェケラちゃうで。チェケラの後に、ビックリマークつくねん」

埋蔵金のありかを教えるときみたいな大仰さでテラウチくんは言ったが、その価値がいかほどのものか僕にはわからなかった。

そして始まった第2回ガンヌ映画祭は、前回よりもはるかに盛況だった。僕とノブの新作『断面』も意外に評判が良く、「これでいいのだ」と卒業制作に向けての脚本作りにも弾みがついた。

『どんてん生活』

ガンヌ映画祭が終わり、僕らは脚本の仕上げにかかった。裏ビデオ稼業に足を突っ込んだフリーター・町田努《まちだつとむ》は、あやしい男、南紀世彦《みなみきよひこ》の計らいで、裏ビデオ監督とその恋人兼AV女優と出会う。AV女優に小さな恋心を寄せていたある日、警察の摘発を食らい、監督と女優は突然姿を消す。一方、紀世彦は別れた妻とその子どもとの関係を修復しようとするが、元妻は新しい男との再婚を決意していた。一人取り残された紀世彦のそばには、努だけがそっと寄り添っている……。

書き上がってみると、見事に僕ら、特にノブが大きな影響を受けている『スケアクロウ』と『真夜中のカーボーイ』を足して二で割ったようなお話になっていた。

「タイトル、どうしようかね?」

汚い文字が並んだ原稿用紙の束を前に、僕は尋ねた。ノブはルーズリーフを前にあれでもないこれでもないと、適当な言葉を書き連ねている。僕らの後ろで、ハヤトはいつものように自分のノートにイラストを描いていた。

「曇り空を撮りたいんだよね」

脚本を描いている最中も、事あるごとにノブはそう言っていた。

「ガス・ヴァン・サント（一九五二年生）の『ドラッグストア・カウボーイ』みたいな、どよーんとした感じ」

「曇り空ね」

雲。どんより。うろこ雲。いわし雲。くもり。僕らは雲にまつわる言葉を思い出し、ノブがノートに並べる。

「曇天は？」

「どんてん、か。なるほど」

「曇天なんとか。なんとかと曇天。曇天となんとか」

「他に好きな言葉ない？」

ノブがラジカセの周りに散らばったCDを眺める。BUDDHA BRAND（前身グループを経て、一九九〇年結成のヒップホップ・ユニット）、YOU THE ROCK（一九七一年生、ヒップホップ・ミュージシャン）、そしてエレファントカシマシ（一九八一年結成、八八年デビューのロックバンド。二〇一三年、デビュー二五周年ドキュメンタリー映画を山下敦弘監督が撮る）。

ノブはエレファントカシマシが大好きで、中でも『無事なる男』は、脚本執筆に詰まるたびに助けを求めるように聴いていた。いわばテーマ曲だった。

「生活っていいタイトルだよな」

ノブが、エレファントカシマシの四枚目のアルバムを手に取った。真っ白いバックに、太い黒文字で『エレファントカシマシ　生活』とだけ書かれたシンプルなジャケット。

「生活……曇天生活か」

曇天生活、とノブがノートに書きつける。

「……なんか漢字やと硬いな」

「曇天だけひらがなにしたら？」

どんてん生活。

「いいんじゃない？」

「どんてんせいかつ。どんてんせいかつ」

僕らは何度も呟いてみる。

「どう？　ハヤト」

「ええんちゃう？」

ハヤトはイラストを描きながら、顔を上げずにそう言った。

そんな風に脚本ができあがるころ、突風のように朗報が舞い込んできた。

『鬼畜大宴会』がＰＦＦアワードで準グランプリを獲得したのだ。

あんなに桁外れの映画だ、きっと話題になるはずだ、と思ってはいたが、実際に河南町で受賞の知らせを聞いてみると、到底信じられない思いだった。大阪南部、畑しかない片田舎で、誰にも求められず、何の見返りもなく、未来の確証も与えられないまま暗闇を泳ぐようにただひたすらに作った映画が、はるか東京、花の都で喝采を浴びているのだという。

ほどなくして、またこんなニュースも飛び込んできた。

『鬼畜大宴会』がベルリン国際映画祭に招待された」

僕らとしては、何が起こっているのかよくわからない。河南町は静かだし、一食はタバコの煙でいっぱいだし、天の川通りを学生が行き交っているし、平和寮は汚い。

でもそんなことは関係ないのだ。こんな片田舎でも映画は作れる。そして、必ずどこかに届く。そのことが僕らを何より勇気付けてくれた。そしてその勇気と引き換えに、クマさんが急に遠いところへ行ってしまったような寂しさを覚えた。

「……すげえな、クマさん」

「……すげえよ、クマさん」

この寂しさを払拭するためには映画を作って、ここから抜け出すしかない。

「いつか、俺たちも」

「うん。次は俺たちが」

そう、自分たちの映画を作るのだ。

キャストとスタッフ

『どんてん生活』と名付けた脚本を書き上げた僕らは、『鬼畜大宴会』ＰＦＦアワード準グランプリ受賞、そしてベルリン国際映画祭出品の追い風に乗って、休む暇もなくロケハンに出かけた。

幸い、この夏に実家でクラウンを手に入れたたっちゃんと、これも実家から持ってきたハヤトの軽ワゴンがあったので、足には困らなかった。

物語の主人公である努と紀世彦の暮らす街は、東京や大阪のような大都市でもない、かといって人の噂の広まりやすい小さな町でもない、どこにでもありそうな中途半端な地方都市をイメージしていた。僕らは主に、天王寺・阿倍野界隈を重点的に歩いた。一九九七年当時の阿倍野はまだ再開発の前で、近鉄前の交差点から飛田新地に至る一角にはひなびた商店街があり、立ち飲み屋がいくつも並んでいた。昭和の匂いが色濃く残った路地は、大阪阿部野橋駅の裏手にも広がり、早朝割引がお得な大阪芸大生御用達のファッションヘルス「リッチドール」もこの中にある。新世界みたいにベタベタな大阪色がないのもよかった。そこから少し北、天王寺から四天王寺に繋がるあたりも、古くからの住宅が並び、魅力的な風景がたくさんあった。

また、音響として僕らの班に加わってくれたアキラさんの家もこの近くにあり、そこをあやしい男、紀世彦の住処として使わせてもらうことになった。このワンルームは機材置き場としても利用できたので、必然的に阿倍野・天王寺がロケの中心になっていった。

ロケハンと並行して、役者集めにも奔走する。

「俺、あの人に紀世彦やってもらいたいんだけど」

脚本作りやロケハンでは優柔不断なノブが、そこだけはやけに確信を持って呟く。

「誰?」

「ハンチョウさん」

僕は、痩けた頬とつりあがった目を思い出した。

「あの人の顔、おもしろい。『ゴッド・スピード・ユー』の中にいそうじゃない？」

「なるほど」

「ハンチョウさん、リーゼントにすると似合うと思うんだよ」

「ああ、たしかにな。で、女モノのサンダル？」

「そうそう。あの人、劇的に細いし」

横でやりとりを聞いていたハヤトが、ノートにリーゼント頭のハンチョウさんを描いた。

「こうやって見てみると、『ガキ帝国』の島田紳助《しまだしんすけ》を思い出すな」

「素敵やん」

僕とノブは内田学生マンションに住んでいるハンチョウさんを、話の勢いで訪ねた。携帯電話が普及する前の時代は、突然ノックするしかなかった。

ハンチョウさんはテレビゲームをしていたらしく、僕らの急な来訪に、自分の時間を邪魔されて不機嫌そうだった。

「あの、ハンチョウさん、僕らの卒制に出てくれませんか？」

ハンチョウさんは、ノブが差し出したコピー版の脚本を黙って受け取ると、黙って頷いて、黙ってドアを閉じた。カメラが回っていない所では、やはり暗くて怖い感じだった。後日、人づてに聞いたら、ハンチョウさんは僕たちの自主映画『夏に似た夜』が好きで、出演の依頼をとても喜んでくれていたらしい。

さて、次はもう一人の主演、努役である。

「俺、あの人に努やってもらいたいんだけど」

と、ノブは再び迷いなく断言する。

「誰？」

「赤犬のテッペイさん」

宇田鉄平《うだてっぺい》、通称テッペイさんは、大阪芸大が産んだ大所帯バンド、赤犬（二章一五七ページ参照）のメンバーの一人だった。

赤犬は、『鬼畜大宴会』の上映イベントなどで少なからず交流があり、大学の先輩として、そしてそのライブパフォーマンスも含めて、僕ら後輩は憧憬の眼差しで見ていた。ボーカルのアキラさん、ヒデオさん、ロビンさんとともに舞台に立っていたテッペイさん。異色な面々ばかりの中、一見地味な色合いだったが、だからこそ「あの人って何なの？」的な目立ち方で不思議に人目を引くという独特な立ち位置にいた。

「テッペイさんの顔、いいんだよ」

「なんていうか、こう、ホッとする感じな」

「リーゼントのハンチョウさんの隣にいてくれそうじゃない？」

僕とノブはその足でテッペイさんに連絡を取り、大学で会った。

「テッペイさん、僕らの映画に出てくれませんか？」

テッペイさんは柔和な笑顔で、

「ええで」

と言った。

「ギャラとか出ないんですけど」

「ええで」

「飯も基本自腹なんですけど」

「ええで」

「立ってるだけでいいんで」

「ええで」

「そのまま喋ってくれたらいいんで」

「ええで」

「ライブとかある日は撮影入れないようにするので」

「ええで」

どんな時も笑顔で頷くテッペイさんは、仏様のようだった。

ノブはそんな風に、他のキャスティングも迷いなく進めていった。

紀世彦の先輩分にあたる裏ビデオ監督に赤犬のボーカルの一人、ロビンさんこと前田博通《まえだひろみち》。その男汁満載の風貌と色気のある声はとても二〇代のそれとは思えず、一食などで見かけても独特な存在感を放っていた。過去、ヌシの映画などにも出演していたことがあり、自主映画の現場にも理解を示してくれていた。

紀世彦の別れた妻に、今枝真紀《いまえだまき》、通称マキさん。在学中に知り合った数少ない女性の先輩で、その小さな体からは想像もできないほどバイタリティがあり、物言いもはっきりして迷いがない。誰とでも分け隔てなく接する姉御肌なマキさんだから、僕たちとも接点を持ってくれたのだろう。中島《なかじま》らも主宰の笑殺軍団リリパットアーミーにも所属していたことのある実力派である。

そのマキさんの友人に、康李丹《こうりたん》という女の人がいた。周りからはリランと呼ばれていた。透き通るような真っ白い肌が印象的で、まん丸な顔の真ん中に、ちょこんと鼻が立っている。話していると話題がころころ変わって、どことなく天然っぽいのが可愛らしかった。そのキャラクターが、裏ビデオ監督の恋人兼女優に繋がるものがあるということで、僕らはリランさんに出演をお願いした。

テッペイさんとハンチョウさんを含めたこの五人が、『どんてん生活』の主要なキャストだ。

スタッフは脚本・監督のノブ、制作・脚本・照明の僕、美術、録音のハヤト、カメラマンのたっちゃんの四人がメイン。そこに三人の助っ人に加わってもらうことにした。

須田結加利《すだゆかり》、通称スダさん。僕やノブと同期で、一回生のころからたっちゃんと繋がりを持っていた。色白で彫りが深く、ロシア人のクオーターと言っていたが、実は千葉生まれの生粋の日本人。僕は一年くらい本気で騙されていた。楽観主義で開放的。主に、記録とメイクを担

『どんてん生活』記録ノートと予定表。

当してもらう。

藤野《ふじの》ミチル、通称ミチル。一学年下の映像学科の後輩で「中学生の時、ポカリスエットを飲みすぎて糖尿病になった同級生がいる」という、どこに向けたいのかわからない無害な嘘をついて、僕らを困惑させた。根は真面目。ミチルは、撮影と照明周りの助手を担当してくれた。

そしてもう一人、柳《やなぎ》田《だ》佑子《ゆうこ》、通称ユーコちゃん。彼女も映像学科の後輩で、ミチルと組んで映画を作っていた。少し目を離すとレフ板とかで勝手に遊びまわるスダさんやミチルと違い、温厚で物静かな、まるでお母さんのような雰囲気を醸し出していた。彼女は撮影や照明、そして記録など、多岐にわたって色々な仕事をこなしてくれることになる。

この総勢七人が山下組のスタッフだ。

クランクイン

キャスト探しの間にも、僕は出来上がった脚本を元に、総合的なスケジュールを練った。撮影中も様々な準備に追われるのを想定して、三日撮影して一日休んで、また三日撮影するというバランスで一週間を構成していった。そうすることで、ロケの天候などにも対応しやすくなる。一日の撮影は基本的に2シーン。多くて3シーン。

『どんてん生活』はおよそ60シーンで成り立っている。ロケ場所の都合も考えて振り分けると、だいたい二ヶ月で撮り終えられそうだった。『鬼畜大宴会』のあの強行を考えると、なんて生易しいスケジュールだと思うが、まあ何しろ自分たちだけの16㎜の長編映画の撮影は初めてのことで、やはりこのくらいの幅は持たせた方がいいだろうと思ったのだ。また、現場は長回しが多くなりそうなので、リハーサルの時間も考慮に入れた。

パチンコ屋や駅など、僕がロケ先の交渉に走り回る裏で、ノブとスダさんはリーゼント頭の試作に奔走。ノブの髪の毛で試してみたが、やはりなかなか難しいもので、圧倒的に髪の量が足りないのだった。そこで内側に詰め物を入れることでボリュームを出すことにし、どうにか形にはなったものの、セットが完成するまでに2時間近くかかってしまう。ハンチョウさんに無理を強いることになってしまうが、仕方がないだろうと踏んだ。木に縛り付けられて腹を蹴られたり、喉に手を突っ込んでゲロを吐かされたりするよりははるかにマシだろう。

衣装合わせ、カメラテスト、美術、小道具作りを経て、時にはまだまだ真剣味の足りないメンバーが寝坊をしたり、時には二手に分かれたロケハンの帰りにノブとスダさんだけがこっそり回転寿司を食べて僕が激怒したり、小さなアクシデントはありながらも、準備はちゃくちゃくと進み、ついにクランクインの日は訪れた。


『どんてん生活』は、一九九八年二月七日にクランクインした。

とはいうものの、撮影期間について書くべきことは、実のところ、あまりない。『鬼畜大宴会』の過酷な現場に比べて、それはあまりにも平坦で、抑揚のない毎日だったからだ。

早朝、たっちゃんの家に向かった僕は、彼がダークバックに手を突っ込んで400フィートマガジンにフィルムを装填している横で、機材を車に詰め込む。フィルムはコダックのVISION200Tだったか。

別の場所では、ノブやスダさんたちがハンチョウさんのリーゼントをセットしている。お互いに準備が整うと、中間地点で合流し、その日の現場に向かう。移動はたっちゃんが実家で手に入れたクラウンとハヤトの軽ワゴン。撮影準備に手間がかかる時は、僕ら撮影班が先に現場に行っていることもある。そして淡々と撮影をこなし、次の現場へ。休日は現像所でラッシュを確認して、特別な準備があるならそれに従事し、翌日また同じように現場に出る。

どんてん、というタイトルをつけたこともあって、僕らは雲と曇り空のルックにこだわった。

冬のイメージを想定して、シアン色のカメラフィルターで冷たさを出そうとした。色調整は、現像所での最終的なプリントのときでもできたが、僕とたっちゃんは撮影の段階からネガに色味を出しておきたかった。

主な撮影の流れはこうだ。中崎《なかざき》タツヤ（一九五三年生、漫画家）の漫画みたいなパースがめちゃくちゃなノブの絵コンテをもとに、たっちゃんが構図を決める。ファインダーを覗いて画角を確認したら、僕がライティングを始める。その間に、ノブが役者たちに演出をつける。

その頃のノブの演出は、とにかく自分がやってみせるというもので、セリフを読みながら、こうかな、いや、こうかな、と思案しながら、自ら演じてみる。高校時代に遊びで撮ったコントビデオ仕込みの芝居は、その小さな体も相まってコミカルで、準備をしている僕らも思わず笑ってしまう。元々が出たがりな人であった。

僕らが笑うとノブは安心するようで、その動きや間が採用されたりする。ハンチョウさんやテッペイさんは、そのノブの動きをモノマネするような形で芝居をする。そして何度もリハーサルをやり、微調整が入り、やがて本番に入る。基本的にはその繰り返しだった。

僕らの班に充てがわれたカメラ、アリフレックスＢＬは、やはり完璧な防音を施しているとは言えず、特に室内でガラガラと音が響くので、役者の体に仕込むピンマイクがあればまだしも、ゼンハイザーマイク一本しかない環境では、同時録音は到底無理だった。それでも、後々のアフレコの手引きとして、ハヤトが現場の音を録り続けた。

そんなルーティンを、僕らは毎日、粛々と続けた。それは何の派手さもない、さして大きな事件も起こらない現場だった。こんなに平穏な現場で、果たして面白い映画になるんだろうか、そんな心配をしてしまうほどだ。まあ、事故や盗難があるとそれはそれで困るのだが。

そうして、気がつくと春になっていた。

映画のラストは、主要キャストたちが小さな公園で花見をするシーンで、クランクアップもその日に合わせていた。

心配していた開花予想もばっちり当たり、満開の桜の下、夢のような宴会を撮った。それは文字通りの、主人公の二人が夢見る幻影だ。

撮影は昼過ぎに終わったが、僕らはそのまま宴を続けた。役者もスタッフも一緒になって乾杯した。自分たちまでもが自分たちの映画の中に入り込んでしまったような、それは実に幸福な打ち上げだった。

こうして映画『どんてん生活』は無事にクランクアップした。翌日、大学の研究室に機材を返しに行くと、僕たちは四回生になっていた。


さて、クランクアップしたところで、少しだけ予算面の補足をしておこう。

『どんてん生活』の総予算は、たしか二八〇万円だったと記憶している。僕、ノブ、ハヤト、たっちゃんの四人で、一人当たり七〇万円を出しあった。その九割はフィルム代に消えた。美術、衣装などはほとんど手作りか借り物。唯一買ったのは、主人公・南紀世彦が持っていた特攻服くらいだったか。

卒業制作なのに、なぜ大学側から1フィートもフィルムが支給されないのか。当時もよく嘆いていたが、その度に教授の太田米男《おおたよねお》先生に言われたものだ。

「大学側が金を出してしまうと、お前らの作った作品でも、大学の所有物となってしまう。我々は機材をタダで貸す。お前らは自分たちの金で映画を作る。そうすると、著作権も何もかもお前らのもんや。作った後で、お前らが好きなように自分の作品をどこへでも持っていけるように、あえて金を出さへんのや」

当時は、ただの金を出したくない口実だと思って聞いていたが、後年、『どんてん生活』を商業公開し、映画監督としてデビューしたノブを思うと、太田先生の言っていたこともまんざらではなかったのかもしれない……。

卒業シナリオ——四回生、四月

四回生になった映像学科生が卒業するためには、卒業制作の他に提出しなければならないもう一つの課題がある。それは卒業シナリオ、もしくは卒業論文の執筆だ。

どちらを書くかは個人の自由だが、卒業シナリオはペラ二〇〇枚程度の脚本、卒業論文は一〇〇枚から一五〇枚程度の映画分野についての論文を秋までに提出しなければならない。論文の方が枚数は少ないようだったが、適当にセリフを書き飛ばせる脚本の方を選考する学生が多

かったように思う。出来の良し悪しは問われないので、

太郎「あのさ」
花子「うん」
太郎「あの時のあれさ」
花子「あれって？」
太郎「あれってほらあれ」
花子「だからあれってなによ？」
太郎「だからあれだよ」

なんていう意味のない会話でだらだら尺を稼いでもまったくかまわない。実際そんな脚本ばっかりだったんじゃないだろうか。見たことなかったけど。

そんな、四回生にとってはかなり憂鬱で倦厭される課題だったが、僕は内心楽しみにしていた。

一回生のころからシナリオ創作論で短編や中編の脚本を書かされていたが、どれも真剣に取り組んではいなかったし、さして楽しいとも思えなかった。けれど、『どんてん生活』の脚本を、結果的にノブと二人で書いてゆく中で、また撮影現場で映像化されてゆく工程を通して、脚本に対する興味がだんだんと芽生え始めていた。

『どんてん生活』はノブのやりたいこと、撮りたいことを具現化するために、僕が引き出し役となって完成させた。それじゃあ、自分が書きたいことってなんだろう。

それまで僕は、自分の資質や適性を真面目に測ったことがなかった。友人や先輩の現場ではいつも照明部として参加していたし、自分たちで映画を作ろうとする時には、いつも隣にはノブがいた。映画を作ることはノブと一緒に何かをやることだった。僕の半分は、ノブでできていた。

それでは、本当の自分は？

自分には何が書けるのだろう。

そして、面白い脚本とはなんだろう。

そんな疑問をぶつけるには、卒業シナリオはうってつけに思えた。しかも、中島先生が直々に担当してくれるという。僕は迷わずに卒業シナリオを選んだ。

「シナリオ一本書くってことはな、なかなかしんどい作業だぞ」

初めての授業で、数人の生徒を前に、中島先生は言った。

「ペラ二〇〇枚っていうと、だいたい１００分から１２０分の長編だ。単なる思いつきやワンアイデアで引っ張れるわけじゃない。プロだって、オリジナルで初稿書くのに半年はかかるんだからな」

いつものようにタバコの煙を燻らせながら、相応の心構えを持つようにと僕らに釘を刺す。

「映画ってのはな、キャラクターだ。キャラクターさえ面白けりゃな、お話は転がっていくんだ。だからまずはな、人間を書いてこい。そうだな、最低でもキャラクター一人につきペラ一〇枚。ストーリーはまだ書くな。いいな」

その日の授業は、それだけで終わった。

卒業シナリオを専攻したときから、ロマンポルノを書いてみたいと思っていた。田中登《たなかのぼる》（一九三七―二〇〇六年）の『㊙色情めす市場』に出会ってから、僕はフィルムアート社刊、山根貞夫《やまねさだお》責任編集『官能のプログラム・ピクチュア――ロマン・ポルノ1971-1982全映画』を買い込み、阿倍野のツタヤにある「にっかつ名作映画館ロマンシリーズ」を片っ端から借りて観ていた。映画の中の男と女はみんな、倦怠にまみれていた。ほとんど恋愛経験もない僕の目にはとても大人に映ったものだ。背伸びをして、ああいった関係が書けないものか。

そしてまたもう一つ、僕がハマった監督に、増村保造《ますむらやすぞう》（一九二四―八六年）がいた。

イタリアに留学したこともある増村保造の映画の中には、いつもたくましい女が出てきた。ケレン味に溢れ、ものすごいスピードで映画が走り抜けてゆく様は気持ちが良くて、特に『セックス・チェック　第二の性』『巨人と玩具』がお気に入りだった。

その増村保造の作品に『盲獣』という映画がある。江戸川乱歩《えどがわらんぽ》原作、白坂依志夫《しらさかよしお》脚本で、生まれながらの全盲の男が、性欲を触覚で満たす様を描いた映画だが、その「生まれながらの全盲」というモチーフが頭から離れなかった。

生まれた時から暗闇の中で生きるとはどういうことなのだろうか。物の形もわからない。色もわからない。そのような生き方でも、思春期になれば、性欲は沸き起こってくるのだろうか。

「ロマンポルノ」と「全盲の性欲」。その大きな二つのモチーフを漠然と思い描きながら、僕は原稿用紙に向かい始めた。

ライバルの動向

話は半年前に遡る。

僕やノブが『どんてん生活』の脚本執筆で四苦八苦していた三回生の初秋ごろ、ゴウの映画も少しずつ動き始めていた。

「子どもの頃、長崎で原爆に遭った男がさ、その時の爆音に取り憑かれるんだ」

こんぶ亭で、ゴウはコンビニで買った安物のワインを瓶ごと煽りながらそう言った。

こんぶ亭とは、ゴウが仲間たちと共同生活をしていた、大学から徒歩五分あたりにある一軒家で、当時の溜まり場だった。名前の由来はよくわからない。「噛めば噛むほど味の出る家」ということなのだろうか。まあ、古い木造の、たしかに味のある家ではあった。

「そいで、原爆の爆音に取り憑かれた男が、その爆音を再現するために、生涯をかけて音響装置を作る」

「音響装置って？」

「和室の壁が全部スピーカーでさ、ラスト、その真ん中で主人公が音を鳴らすんだよ。爆音の波に飲まれて、恍惚とした表情で」

「それは……面白いな」

「今、モリタとかと一緒に考えてんだけど。アイデア、最高でしょ」

モリタと聞いて、僕はキラキラした彼の鋭い瞳を思い浮かべた。

森田《もりた》哲徳《てつのり》、通称モリタくんは文芸学科の学生だった。いつ、どうやって知り合ったのか、もう忘れてしまったが、おそらく一食で暇を潰していた時に、ゴウを介して存在を知ったのだと思う。鼻筋の通った綺麗な顔をしていて、同性から見ても見目がよかった。いつも黒っぽい、バンドをやっていそうなダレた服装だったので、知り合った当初はまさか文芸学科だとは思っていなかった。実際音楽をやっていて、ゴウともバンドを通じて知り合ったようだった。

こんぶ亭にはモリタくんもよく出入りしていて、いつしか自然と話すようになった。ハヤトに負けず劣らずの博学で、メイン、サブ、カルト、全方位のカルチャーに精通していた。誰が呼んだか、「西の知の巨人」。

平野《ひらの》勝之《かつゆき》、バクシーシ山下などのＶ＆Ｒ系のアダルトビデオを僕やノブに教えてくれたのもモリタくんだ。『水戸拷問　大江戸ひきまわし』を観てドン引きしているノブを嬉しそうに眺めるモリタくん。アダルトビデオも一つのドキュメンタリーだということを発見して興奮した夜のことを思い出す。

また、堀辰雄《ほりたつお》や室生犀星《むろうさいせい》などの純文学しか読まなかった僕に、彼はミステリーやＳＦ小説の可能性を説いてくれた。その解釈も独創的で、やっぱり文芸学科なのだなと思ったものだ。知り合ったのは遅いが、受けた影響は大きい。僕やゴウが酒を飲んで果てしなく泥酔してゆく中、一滴も飲まないモリタくんは明け方まで喋り倒した。秀才に違いなかった。

「原爆の爆音を再現するために生涯をかける男」

というモチーフはいかにもゴウらしく、素晴らしい発想だったが、自主映画でやるには規模が壮大すぎた。実際、企画を提出した時にも、教授から猛反対を食らったという。けれど、ゴウは強引に企画を推し進めた。実家に戻り、奔走して親戚や友人から金を借りた。バンドが分裂して、一人になって、酒浸りで、ゴウも後がなかった。

そうして秋、ゴウの無謀な映画撮影はスタートした。こんぶ亭の空いた六畳間に、クライマックスシーンの爆音室セットを作る傍ら、ロケに出る。たっちゃんや僕も、空いた時間があるときは、技術班として撮影に参加した。ただ一方で、本当に完成させられるのか、実のところ疑わしいとも思っていた。

ハコ書き——六月

一九九八年、初夏。ゴウの班が金策、セット作り、撮影に駆けずり回っていた頃、僕ら『どんてん生活』組は編集を開始する。7号館研究室横の編集室にこもる毎日が始まった。

『鬼畜大宴会』で編集助手をしたときに、僕は編集機、スタインベックの使い方を一通り覚えていた。まずはシーン1から、マスターショットだけをゆるく繫いでゆく。フィルムなので、最初からきっちり切ってゆくと、全体像を見渡したときに、尺を元に戻せなくなってしまう恐れがあるからだ。

ざっくりと繫いで、最初から観る。流れを見た後、ノブと意見を交換してまたシーン1から、今度は本格的に繫いでゆく。フィルムの切り貼り、膨大な量のフィルム整理、やることは山ほどあり、何度も何度も見返し、全体的にどうにか格好がついたころには、大学はもう夏休みに入っていた。

編集と並行して、卒業シナリオも進めていた。僕は中島先生に言われた通り、キャラクターを作り出していった。

当時二〇歳の僕にとって、知っている世界といえば、大阪芸大のある河南町か徳島・池田町の実家しかない。ということで、実家の池田町を物語の舞台とした。そこで暮らす一人の女がいる。中学時代、僕が朝の通学路で一目惚れした、税理士事務所勤務の三十路近いお姉さんがモデルだ。

物語の中の彼女は運送会社で事務として働いている。作家になる夢が破れて地元に帰ってきた男と中途半端な関係を持ち、また、過去に付き合いがあり、今は妻子を持つ役場の男に復縁を迫られたりと、男には好かれるが、どれも真剣になれず、自分はいったいこれからどうなるのだろうと思っている。

そしてもう一人のキャラクターは一六歳の少年。生まれながらに全盲で、父母に見捨てられ、たった一人の祖母と暮らしている。祖母は無償の愛で孫を幸せに育てていたが、思春期を過ぎるころになり、一つの問題が発生する。少年に性欲が芽生えたのだ。少年にとって、性欲はわけのわからない欲望でしかなく、ただただ苛まれ、どうしていいのかわからない。祖母もなす術がなく、途方に暮れるばかり……。

「この二人はどうやって出会う？　出会ったらどうなる？」

出来上がった人物像を前に、中島先生が問う。

「少年の祖母と主人公の女は、親戚なのかもしれません」

「リアリティあるか？」

「舞台は四国なんです。四国の人間はあまり四国から出ないので、親戚も、四県にまたがっていることが多いんです」

「あり得る話だな。じゃあ、女は全盲の少年を見てどう思う？　元から知っていた？　祖母はなぜ会いに来た？　何を望んでいる？　そして、女はそれにどう反応する？」

中島先生の問いかけを受け、考え、答えるうちに、どんどん女と少年の周りに、新しいキャラクターが発生し、物語の輪郭が形作られてくる。

「よし、じゃあ、今出た案をもっと練って、ハコ書きにしてみろ。ハコ書きの書き方はな、いいか、ノートに縦に一筋、横に四筋の線を入れて、10コマのマスを作るだろ。マス目に番号を入れて、一からシーンを書いていくんだ。これは前に立ち戻ったり、前後を入れ替えたり、何度も何度も書き直すことになる。でも、ハコがきっちり出来てれば出来てるほど、初稿が楽になる。初稿でセリフに集中できる。だから何度も書き直せ。そして、これ以上直せないとなったら、初稿に移れ」

卒業制作の編集が一段落したあと、夏休みを利用して、僕は三週間近く実家に戻り、ハコ書きに取り組んだ。ちょうど埼玉から親戚の叔父さんが小学生の娘を連れて帰省していた。僕はそのずいぶん年下の従姉妹の相手をする傍ら、マス目に向かう。中島先生の言った通り、書いては立ち戻り、消しては書いた。煮詰まると、舞台となる実家を従姉妹と歩いた。夜、花火などしていると、ふいにアイデアが溢れてくる。明け方まで机に向かって、朝、従姉妹に叩き起こされる。遊びに連れて行けとうるさいのが、可愛かった。その三週間は大学生活の中で、一番平和な出来事として記憶されている。

闇編、再び

肝心のハコ書きは、その期間で到底書き終わらず、大阪に戻ってからも書き直しは続いた。そうしている間にも夏休みが終わり、『どんてん生活』の編集が再開する。

編集作業が落ち着き、一通り画が繋がると、今度は音作業が始まる。ひとまずのメインは二つ。セリフのアフレコと、効果音録りだ。

アフレコ作業はまず、ハヤトが撮影現場で録音したオッケーテイクのセリフをノートに書き起こす。現場ではアドリブも多く、脚本にないセリフも拾わなければならなかったためだ。

書き起こしが終わると、テレシネ（編集済みフィルムをビデオに置き換える作業）されたビデオを流しながら、役者たちが映像の自分たちに合わせてセリフを喋る。

同録ができている環境であれば、こんな手間はいらず、もっと時間も短縮できたはずだが、一方で利点もあった。セリフ自体をいじることは無理だったとしても、その声音や呟き方などで、「間」の感覚やセリフの印象を検討することができたのだ。言い方を変えると、アフレコは二度目の演出だった。リハーサルの好きなノブは自分でも悩みながら何度も何度もセリフを録り直した。

そして効果音録り。これはもっと単純なもので、セリフと同じようにテレシネしたビデオ映像を見ながら、役者と同じ動きで、足音やコップを置く音などを録ってゆく。効果音録りは当然物音の少ない場所でやらなければならないので、必然的に深夜に行われた。ただ、室内は電気があるので苦労しなかったが、室外では電源を探すのに工夫が必要で、街頭の電源を血眼になって探した。

アフレコ作業はハヤトとノブを中心に、効果音録りは僕やたっちゃんも参加しての全員録音。深夜、真っ暗な広場で14インチのテレビデオで映像を流しながら、数人の男たちがヒールで歩いたりバットを振り回したり、周りからは異様な光景に見えただろう。効果音も室内で撮ればいいようなものだが、僕らは「空気感」というようなものも録れると思っていて、ロケのシーンは録音も外でやらなければと思っていた。必要であれば、撮影された同じ場所にまで行って録音した効果音もある。音に映像は映らないのに……、まったく、無駄なことをしていたものだ。

録音作業は、録ったらそれで終わり、ではない。DATで録音した素材を、シネテープに起こし、フィルムと同期させなければならない。

シネテープとは、ざっくり言えば磁気テープのことで、16㎜フィルムと同じ形をしている。フィルムと同じようにパーフォレーション（送り穴）もあり、編集機で同期させると、同じコマ数で進んでゆく。これを利用して、録音したシネテープをシーン頭から合わせてゆけば、効果音やセリフが画と同期させられる仕組みだ。

だから、シーン頭のセリフの第一声、効果音の出始めを狙って、シーンごとにシネテープをあてがってゆけばいいのだが、どういうわけか、音がだんだん遅れてくる。理由は簡単で、アフレコや効果音録りは、テレシネしたビデオの動きやリップ（唇）に合わせて録音するからだ。ビデオの映像は1秒30フレーム、フィルムは1秒24コマ。その6フレーム、6コマの差で、音に遅れが出る訳だ。

ということで、特に長回しのシーンなどは、だんだん遅れてくるセリフや効果音を、編集機で確認しながら、シネテープを切り貼りして調整する必要がある。これが結構厄介で、また大学の編集機・スタインベックは年代物で画面の光量が足りず、目を執拗に使うのでかなり肩の凝る作業だった。そして何より、時間がかかる。

てんてこ舞いだったのは何も僕らだけではない。撮影を終えた他の班も編集に追われていた。

一服しようと編集室を出ると『チェケラ！』を編集中のテラウチくんが休憩している。

「どう？　間に合いそう？」

「アフレコまだ終わらへんわ」

「シネテープ足りてる？　なかったらウチ余ってんで」

「助かるわー」

その頃になると、もうライバルだ敵だなんて悠長なことは言ってられず、とにかくみんなで完走を目指そうという連帯感が生まれていた。

アフレコ、効果音録り、シネテープ起こし、同期作業……。様々な工程をこなしていると、時間はどんどん足りなくなる。僕らは鬼畜組に倣って夜中に編集室に忍び込み、闇編を始めることにした。

ある深夜、ノブと二人でせっせと闇編に勤しんでいると、何やら隣で物音がする。

「！　警備員かな？」

「や、だって巡回の時間まだやで……？」

そのうちに、今度はすぐ外で足音。次いで、ノックの音。僕らが恐る恐るドアを開けると、

「……オータカさん⁉」

それは映画コースの同期で、大高美保《おおたかみほ》、通称オータカさんだった。彼女はマシンガンフィルムズという班の一員で、卒業制作映画『マシンガン学園初等部』のスタッフだった。

「オータカさんも、編集？」

「うん。提出に間に合わへんから」

オータカさんの手の中で合鍵が光っていた。彼女も自ら合鍵を作って、編集室に忍び込んだらしい。

「馬場くん、監督やのに酒ばっかり飲んで何もせえへんねん。私一人で編集やっててんけど、隣から山下くんらの仲良さそうな声聞こえてきて、なんか寂しなってな。顔見に来た」

「一人かあ。そっちも大変そうやな」

「うん。お互い頑張ろうや」

「うん」

子どもみたいに小さな体でスタインベックに向かっているオータカさんを想像すると、健気なようでもあり、それでいてたくましさも感じるのだった。

オータカさんは、ちょうどそのころ、自分の祖父を撮った短編映画『ハラブジ』を作り、「星の降る里芦別映画学校」で審査員賞を受賞。その縁で大林宣彦《おおばやしのぶひこ》監督と出会い、大林組のスクリプターを務めた。その後、本名の呉美保《おみぽ》の名で映画『酒井家のしあわせ』を撮り、映画監督としてデビューすることになる。

闇編には、他にゴウの班もやってきていたはずである。ゴウは撮影を続けながら、またセットの作り込みをしながら、ともかく編集も始めるという、もう何をやっているのかわからない状態になっていた。そして、酒の量もどんどん増えていった。

僕らは四回生だった。世間の同い年は就職活動で忙しいはずなのに、僕らは映画のために走り回っていた。僕の周りの人間は、誰も卒業後のことなんて考えていなかった。就職は、してはいけないものだと思っていた。就職は負け。会社員になるという同期がいると、

「あの子、就職するんや……かわいそうにな」

と残念がった。

でも、それはやっぱり普通じゃなかったと思う。

卒業シナリオの終わり——四回生、冬

夕方に目覚め、深夜編集室に忍び込み、明け方に酒を飲んで昼前に寝る。そんな生活の中でも時間を見つけては、卒業シナリオを書きあげるために毎日机に向かった。中島先生の言った通り、ハコ書きに時間をかけたおかげで、いざ初稿を書き始めると、最初のうちはすいすい進んだ。

小さな町の運送会社で事務として働く三〇歳の独り身の女は、さして生きる楽しみもなく、あてのない毎日を送っている。人間関係といえば、都会で挫折を味わって地元に戻ってきた男だけ。

そこへ、隣の県から母方の叔母が数年ぶりに訪ねてくる。隣には、一六歳になったばかりの従兄弟がいる。初めて出会うその少年は、生まれながらの全盲だった。

思春期を迎え、性欲の芽生え始めた少年を常々疎ましく思っていた叔母は、女に無理やり少年を預けるようにして姿をくらましてしまい、女は、嫌々ながら全盲の少年との二人暮らしを受け入れる。やがて二人の間に奇妙な友情が生まれる。それは次第に欲望へと姿を変え、女は全盲の少年に自らの体を差し出す。頭の中には、『㊙色情めす市場』の主人公・トメの心象がこびりついて離れなかった。

執筆の進みが良かったのは最初だけで、三分の一を過ぎると、一気にペースが落ちた。果たしてこれは本当に面白いのか、全くつまらない駄作を書いてしまっているんじゃないのかと、不安に苛まれ、ペンが動かなくなる。それでも冬には提出しなければならない。恐れ、煮詰まってはペンが止まり、無理やり進めて活路を見出したような気分で手を動かし、また書きあぐねては立ち止まる。そんな懊悩を幾度も繰り返し、ようやく書きあげることができたのは、秋の終わりのころだった。

目の前には、ペラ二四〇枚の原稿が積み上がっていた。けれど、達成感は全くなかった。あるのは失望感だけだった。

執筆前はあれほど頭の中で素晴らしい物語が描けていたのに、いざ書こうとしてみると、思い描いていた物語の十分の一も再現できていない。ひとえに自分の文才のなさ、才能のなさ、技術力の無さが原因だった。ただただ落ち込むしかない。

締め切りの期限は目前だった。一から書き直す時間も、いや、それ以上に、もうすでに気力すら持ち合わせていない。羞恥心に苛まれながら清書を済ませると、僕は捨てるように研究室へ提出した。そうしてまたノブとの映画作りに戻って、それっきり忘れてしまうことにした。

朝には霜が降り、吐く息も真っ白になる一九九八年の河南町の冬。こんぶ亭で、ゴウの映画のクライマックスシーンの撮影が始まった。

ゴウたちが作り上げたセットは、和室の六畳間の四方の壁いっぱいに、画用紙とプラスチックで作った擬似スピーカーが隙間なく並び、何十本、何百本の真っ黒いチューブが天井から床から張りめぐらされている。真ん中にはロッキングチェア。その周りには、無造作に何が何だかよくわからないメカが転がっていた。それはまるで当時のゴウの内面をすっかり形にしたような混沌だった。

ゴウの映画の撮影を務めていたのは、映像学科の一年上の先輩、石塚洋史《いしづかひろし》、通称イシヅカさんだったが、このクライマックスの撮影は、僕やたっちゃんもヘルプとして参加した記憶がある。ゴウの演出は直感的で、発する言葉は基本的に意味不明なので、こっちで察して構図や光を決めて、実際に彼に見せて判断してもらうのが一番だった。ボレックスカメラでコマ撮りやバルブ撮影など、いろいろなことを試したのも覚えている。撮りたい映像は頭の中にちゃんと浮かんでいるのに、予算と技術力が圧倒的に足りなくて、地団駄を踏んでいる。ゴウの理想を実現しようとあがくスタッフたちは、疲れ切っていた。

ラストシーン、爆音により、ロッキングチェアに座る主人公の体が、触手のようなチューブに飲み込まれ、キノコ雲の形状と化してゆく姿は、彼が入学した頃から熱愛していた塚本晋也や山本政志、そしてノイズ音楽すべてを詰め込んだゴウの心象そのものだ。その純粋さが時には傲慢と写り、酔っ払って口論しては殴り、殴られ、吐いてはまた酔っ払って議論をふっかけて顰蹙《ひんしゅく》を買うゴウだったが、その精神は四年間ブレることなく一つの創作を見つめていた。自分を貫き通したのは立派だった。そうして何より、彼に最後まで付き添った、ノエルを中心としたスタッフの力がなかったら、とてもじゃないが途中で空中分解していただろう。彼は仲間に恵まれたと思う。

編集ラッシュ

撮影を終えたゴウとノエルが急ピッチで編集を急いでいる頃、ノブと僕の卒業制作『どんてん生活』は一足先に音作業を終え、ようやく映画の形が見え始めていた。

セリフと効果音が入ると、音がない状態での編集からはまた違った角度で「間」や時間の長さが見えてくる。そこからさらに微調整を重ね、最終的に80分前後の尺になった。

繋がってみると、不器用な映画だった。不器用な話の運び、不器用な編集、不器用な構図、不器用な照明、不器用な演出。ただ、それでも画面の中にいる紀世彦と努はなんだか無視できないような存在で、二人が他愛もないことであだこうだやりとりしているところだけは飽きずに見ていられた。この二人を好きになってくれるかどうかで、観客の好みがずいぶん分かれるだろう、と僕は思った。

最終的な音の工程であるダビング作業に移る前に、中島先生による編集ラッシュが行われた。ダビングルームで実際に中島先生に編集済みの作品を見せて、意見を仰ぐというものだ。

僕たちと一緒に試写を見終えた中島先生の反応は、はっきりいってよくなかった。

「まず、長い。30分は切れる」

「や、でも30分も切ったらお話が……」

「前半ほどんどいらないだろ。ドラマは後半からしか始まっていない」

「……」

「あと、画も暗いな。近藤、向井」

「や、でも、曇り空が狙いで……」

「とにかく長い。以上！」

中島先生はタバコの煙を燻らせながら、ダビングルームを出ていった。

中島先生の言うことはもっともだった。この映画には物語を形作る葛藤がほとんどない。あるとすれば、フリーターの努が、紀世彦の元妻が再婚して新しい生活を始めるのを知りながら、紀世彦に告げることができず、誰も来るはずのない待ち合わせ場所に向かう彼をただ見守ることしかできないという関係くらいで、それも映画が始まって三分の二も経った頃に起こる出来事。それまでは、ただただ二人がなんでもない日常を送るだけの時間だ。もっとも、物語のない前半部分のテイストこそがノブの映画の真骨頂となってゆくのだが、見方を変えれば、物語に興味のないノブの性癖を、中島先生はこのときから見抜いていたとも言える。

編集ラッシュの前から、中島先生にどう言われようとこの編集のままで行こうと思っていたが、面と向かって言われると、やっぱり堪えた。しかも曇り空を基調とした画作りも伝わっていない。

「……」

「たっちゃん、画が暗いってよ」

「イマジカの人に相談してみるか」

「……」

そのとき、ノートにイラストを描いていたハヤトが、はっと顔を上げた。

「……もしかしたら」

「うん？」

「もしかしたらやけど……試写のとき、中島先生、サングラスかけたままじゃなかった？」

「……！」

僕たちは、画作りもこれまで通りの狙いを貫くことにした。

真夜中の子供シアター

一応の尺の目処がついたところで、僕らはオプチカル処理について検討を始める。

オプチカル処理とは、フィルムに光学的な合成を施す作業で、わかりやすいものだと、シーンの終わりでだんだんと画面が暗くなってゆく「フェード・アウト」や、その逆の「フェード・イン」、画と画が重なる「オーバー・ラップ」などを表すための手法だ。これは一つの処理をやるのに結構な金がかかる。画が普通に繋がっていればやる必要もないものだが、フェード・インとか、オーバー・ラップとかをやると、なんというか映画度がグッと上がるというか、映画らしくなるというか、豪華に見えるというか、なんかやりたくなる。

予算的にも限界があるので、僕たちは、

「フェード・アウトを1回、オーバー・ラップを1回」

と決めた。フェード・アウトは映画の折り返し地点になるシーンの終わり、オーバー・ラップは、後半、裏ビデオ監督とその恋人が行方をくらます際の昼から夜に移り変わる箇所だ。パソコン上でいくらでも処理できる昨今の状況から鑑みると、なんであんなフェード・アウト一つで大騒ぎしていたんだろうと、当時が少し恥ずかしくなる。

そんな風な細々とした編集と音作業が終わり、最終的なミックス作業に移る時期にさしかかっていたが、重要な最後のピースが一つ残っていた。音楽である。

同じ班員であるアキラさんを筆頭とした赤犬にサウンドトラックをお願いしていたが、曲数が多いために制作に遅れが出てしまい、初号プリントの提出までには間に合いそうにないという事態になってしまった。

けれど、ここで妥協して突貫で作ってもらうのも本望ではない。何よりアキラさんもそれを望んでいなかった。

「せやけどお前ら、単位のためにはプリント提出せなあかんで」

ダビングの日程を相談しに行った先で、映画音響の荒川輝彦《あらかわてるひこ》先生は腕組みをして困った顔をした。

荒川先生は、『極道の妻たち』『里見八犬伝』『蒲田行進曲』などの録音・整音を担当した技師で、小さく丸い体に、眼鏡の奥のタレ目が似合う気の優しいおじさんだった。趣味は何ですかと聞くと、山に分け入って蝉の声を録音すること、と言っていた。楽しいんですか、と聞くと、先生は、楽しいんや、と笑った。生粋の職人だったと、今振り返って思う。

「そんならこうしたらどうや？」

荒川先生は僕らに提案した。

「版権フリーの音楽やったらダビングルームにぎょうさんある。ひとまずはそれを使って初号プリントを提出する。で、正式な音楽ができたら、それに差し替えてダビングし直そう」

「音楽できるの、卒業後になるかもしれないんですが、それでもいいんですか？」

「ダビングルームやったらわしが何とかしてやる。ただ、ダビングし直すと、プリントにまたお金かかるけど……」

「金は僕らで何とかします！」

荒川先生の助力もあり、ダビングに向けて最終的な目処が立ち始めたころ、僕らはこの映画にとって最後の撮影を始めた。エンドロールの撮影だ。

僕らはこれまで関わってくれたスタッフ・キャストと協力者をリストアップして、ニシオさんを訪ねた。

ニシオさんは大学の先輩で、クマさんやハッシーさんを通じて知り合った数少ない女性の先輩の一人だった。プラネットのイベント「エログロナイト」でも広報を担当していた。イラストやグラフィックに造詣が深く、最新式のＭａｃを持っていたので、エンドロールをデザインしてもらおうと思ったのだ。

縦に流れるスクロールではなくて、小津安二郎の映画みたいに、一枚一枚、名前が並んでいるデザインを、ニシオさんは丁寧に作ってくれた。主演の二人から監督の名前まで揃ったところで、僕らはまだ班の名前を決めていないことに気づいた。

自主映画をやっている人間は、それぞれ何がしかの名前を持ちたがった。そういったクレジットを冒頭に付け加えることで、なんだか本格的な映画になったように見えるからだ。要はちょっとした飾りで、大きな意味はない。

「『鬼畜大宴会』のとき、クマさんはどんな名前にしてたっけ？」

ハヤトが『どんてん生活』のノートの裏に書きつけたクレジット。

「松茸の松に鬼畜の畜で、松畜《しょうちく》」

「俺、ああいうのがいいな。塚本晋也の……」

「海獣シアター？」

「そうそう、何とかシアター、とか」

　すると、パソコンに向かっていたニシオさんが僕たちを振り返った。

「子供っての、入れたら？」

『鬼畜大宴会』にスタッフとして参加していたころから、僕たちはよく「子供たち」と呼ばれていた。

「あんたたち、クマやハッシーの『子供たち』なんだからさ」

「子供、か」

「……『真夜中の子供たち』って、どう？」

　とノブが言った。

「あ、カウリスマキの『真夜中の虹』から取ったやろ？」

「バレた？」

「真夜中の子供たちか……なんか不気味でいいな。『真夜中の子供たちシアター』」

「『たち』が余計やな」

「なるほど、『真夜中の子供シアターか』」

ハヤトがノートに名前を書きつけた。『真夜中の子供シアター』。そのネーミングは何だかとても的確に思えた。

名前だけでは物足りないので、簡単な絵を入れることにした。ノブが適当に描いたそれは、ポニーに乗った子どもの絵だ。ここにきて、ポニーが復活したのだった。

ニシオさんの手によってできあがったエンドロールを、大学7号館にある小さな部屋を借りて、僕とたっちゃんで撮った。三日後、現像の上がってきたプリントをチェックし、フィルムの頭には「真夜中の子供シアター」ロゴを、お尻にエンドロールを繋ぐと、すべての編集作業が終わる。尺を測ると、84分だった。

間を置かずして、ダビング作業が始まる。

ダビングとは、アフレコ、効果音、ＳＥ（環境音）の三つの音源と、劇伴を混ぜ合わせ、一本のシネテープにマスターとしてまとめあげる作業のことだ。本編を10分前後のロール6つに分け、1ロールずつ、フィルムと音を同期させながらレベルを何度も調整し、録音してゆく。要するに完成した映画そのものの音源となるわけで、フィルムを眺めながらダビングを行う行為は、かなり神経も使いながら、観るのが楽しみな作業であった。

フィルムを映写しながら音量レベルを何度も調整するので、録音にはかなりの時間を要し、がんばっても一日に2ロールこなすのが精一杯。荒川先生の指示のもと、僕たちは三日間ですべてのダビングを終えた。これで、全ての音作業が終わったことになる。ダビングを一つのゴールとして目指してきた僕らにとっては、ようやく苦労が報われたと、ホッとする瞬間だが、喜ぶにはまだ早い。僕らの前には、最後の最後に大きな壁が待ち受けている……。

ネガ編集

ネガ編集、それは難行。ネガ編集、それは地獄。もし、一連の映画制作の工程の中で、一番やりたくないことは何かと問われたら、即答する言葉。

ネガ編集。

ああネガ編集。

ネガ編集とは、これまで編集してきたポジフィルムを元に、マスターフィルムであるネガフィルムを繋いでゆく作業である。

デジタル世代の若者たちのために、ここで一つ注釈を。

フィルムで映像や写真を撮ると、ポジフィルムと、その映像の明暗や色味が反転したネガフィルムが戻ってくる。そもそもポジフィルムというのはネガフィルムを焼き付けたものなので、ネガが存在する限り、ポジフィルムはいくらでも作ることができる。デジタル写真で言えば、JPEGがポジ、RAWがネガと捉えてもらえると想像しやすいかと思う（厳密には違うけど）。

これまで編集してきた映画を一本のプリントにするためには、同じ素材、同じコマ数で編集されたネガが必要で、一本に通ったネガフィルムと、ダビングで一本化したシネテープを現像所に持って行って初めて音と映像が合体した完成プリントが出来上がる。

つまり、ネガフィルムというのは、なくなってしまうともう二度と替えの効かないものであり、ましてや表面を傷つけてしまってもアウトで、細心の注意を払って扱わなければならない代物だ。ネガ編集は、それを1カット1カット繋いでゆく作業のことである。

やり方はこうだ。シンクロナイザーと呼ばれる、フィルムの通り道が二つ並んでいる機材の、一方の通り道に編集済みのポジフィルムを通す。ネガフィルムにはパーフォレーション（送り穴）の側に番号が付いており、ポジフィルムにも同じ番号が焼き付いている。その番号を頼りに同じ部分のネガフィルムを探し出し、シンクロナイザーのもう一つの通り道に並行して這わせる。こうすることで、ポジとネガが並んでシンクロし、ズレることなくコマ送りができるようになる。その名の通り、まさにシンクロナイザー。

こうしてポジフィルムを参照しながら、ネガのカット尻を探し出して切断し、次のカットの頭を探してきてはポジのコマ通りに繋げてゆく。

この繋げる作業というのがまた一癖ある。ポジのようにテープでつけるわけにはいかず（なんせネガなので）、手間がかかるのだ。

まず、専用の機材（蓋のついた文鎮みたいな重いやつ）にネガフィルムを固定し、0.2㎜ほど出っ張ったカット尻の表面を、付属のカッターで削り取る。カンナで木を削る要領を思い浮かべてもらうとわかりやすいかと思う。繋げる方のカット頭も、カット尻とは逆の面を同じように削り、削った側面同士を、セメダインのような専用の接着剤を塗ってくっつけるのだ。

このネガフィルムの表面を削り取る作業というのが難しい。削りが足りないと接着部分の厚みが増してプリントに支障が出るし、削りすぎると強度が損なわれて千切れやすくなってしまう。さらに悪いことに、削り取るつもりがそっくり切り落としてしまう可能性も高く、そうなってしまうと、帳尻を合わせるために次のカット頭を1コマ多くして接着しなければならない。そしてそれはダビング作業で同期させた音から、その1カットだけ音が1コマずれてしまうことにもなり、短いシーンならまだしも、長回しのシーンだとマスターシネテープにも手を入れなければならなくなってしまう。そして何より、編集ラッシュより1コマ分間がずれてしまうことになる。1コマぐらいと侮るなかれ。物理的には24コマ分の1だが、体感だとかなり違って見えてくる。

そんな、どの場面においても緊張を強いられることになるネガ編集。映画コースの誰しもが乗り越えなくてはいけない最後の壁。僕らの映画は長回しなのでカット数が少なくてよかったが、鬼のようなカット数を誇る『鬼畜大宴会』のクマさんとザイプさんは、どんな思いだったのだろうか。想像するだに寒気がする。

朝、僕と撮影の担当だったたっちゃん、そしてノブが集まり、ネガ編集の準備をする。ネガの切断・接着は僕の担当。ネガのNGテイクを使って、削り落としと接着を何度か練習して、慣れてきた頃、編集開始。ノブとたっちゃんがネガフィルムを整理し、カット頭を探す横で、僕はフィルムを繋げてゆく。

会話など一言もなく、白い手袋をはめて黙々とネガ編集を続ける様は、まるで蟹工船の船員のようだ。どこまでも単調で、しかし一時の気も抜けない作業に従事していると、果たしてこんな大学生活でよかったのだろうかという不安に苛まれてゆく。

世間の大学生は合コンに卒業旅行に明け暮れている。それなのにこっちは大阪南部のだだっ広い畑の真ん中の冷たいコンクリートに囲まれた小さな一室で、誰が観てくれるのかわからない、面白いのかどうかもわからない、誰にも必要とされていない映画を完成させるために、ただただネガフィルムを切っている。恋人をバンドマンに寝取られた一回生の冬以降、彼女もいない。ひそかに憧れている女の子が一人だけいたが、告白する自信も勇気もなく（これは自分のせい）、ただただ失恋で覚えた酒を飲み、だらだら映画を観続けた毎日だった。形として残ったのはノブと作ったつまらない自主映画が二、三本。サブカルとモテないルサンチマンのせいで捻くれ曲がった自意識が肥大しただけの四年間に、何の意義が見いだせるというのか。ネガ編集中はそんな自己嫌悪に襲われ、ずっと落ち込んでいた。振り返れば、大学生活の最後の一年は、ずいぶん暗い思い出しかない。

二、三度のミスはありながらも、致命的な部分は回避して、僕たちはどうにかこうにかネガ編集を乗り切った。これで、卒業制作映画『どんてん生活』の制作工程の全てを終えたことになる。赤犬の音楽差し替えの件はあるにせよ、ひとまずのゴールを迎えたわけだが、そこに喜びはなかった。ネガとシネテープをイマジカに提出し、フィルムの色調整のためのタイミング作業を終えると、僕はただただ脱力し、数日布団の中で眠り続けた……。

面接

『どんてん生活』の初号プリントが上がるのを待っている間に、僕は大学に呼び出された。卒業シナリオの最後の授業で、提出したシナリオの講評を受け、正式に単位をもらうための面接だった。あまりの出来の悪さに絶望して提出した脚本だったから、大学に向かう僕の足取りは重かった。

今さら批判を受けても傷口に塩なんだよなあ、と思いながら面接室のドアをノックした。中から、中島先生の「入れ」という声がして、部屋に入る。

白い大きな机の向こうに、中島先生が座っている。

「座れ」

言われるままに、机を挟んで中島先生と向き合った。先生の前に、僕が清書した脚本がポツンと置かれている。

サングラスの奥の眼光が、鋭く僕を見つめていた。怖い。

「……向井、これだけどな」

「はい」

「面白いよ」

「……え？」

「この脚本は、面白い」

「……そうなんですか？」

「お前、なかなかやるな」

それから中島先生は、俯瞰的な講評をしたあと、気になった細かい各シーンについての意見をくれた。嬉しかったのは、その感想が、

「俺が撮るなら、こうしてこう直す」

という監督目線の提言だったことで、つまりそれは、僕と同じ目線に立ち、学生の僕を対等に扱ってくれた証拠だった。

「内容が内容だけにな、ほら、エロとかな」

「あ、ロマンポルノのようなものが書きたかったので……」

「うん。他の先生方の講評もあるから、おそらく学科長賞とか研究室賞とか、そういった賞は取れんだろう。だけどな、俺の中では、今期の一番はお前だ」

「……はあ」

そして、中島先生は最後にこう言って僕を退室させた。

「お前は書ける人間だ。だから、できることなら書き続けたほうがいい」

まるで思いもよらなかった中島先生の反応に、僕はなんだか呆然として、意味もなく天の川通りをほっつき歩いた。お前は書ける人間だ、という言葉が、頭の中で何度も繰り返されていた。自分は書ける人間。自分は書ける人間。暗かった一年間の先に、小さいけれど、ほの明るい光が見えてきたような気がした。捨てるように提出した脚本が、どういうわけか、急に愛しく思えてくる。

今はどうか知らないが、当時、提出した卒業シナリオと卒業論文は、原則として大学が保管することになっていた。後日、僕は研究室に適当な話をして保管してある部屋の鍵を借り、自分の卒業シナリオを手に入れた。それは今も僕の手元にある。

一九九九年三月二一日

年も明けた一九九九年、初春。卒業式を目前に控えた三月二一日に、大阪駅近くのオーバルホールで、大阪芸術大学映像学科展・九八年度卒業制作上映会が行われた。けれど、僕にはその上映会での記憶がすっぽりなくなっている。

というのも上映会に参加した記憶がないからで、実際、当時の上映会のパンフレットを開いてみても、映画コースのラインナップに『どんてん生活』の名前はない。

あやふやな記憶を遡ってみると、『どんてん生活』の初号プリントは間違いなく提出されたはずである。みんな、無事に単位をもらえて、卒業できているのだから。思うに、赤犬の劇伴でない『どんてん生活』は僕らにとってはまだ未完成な代物で、そんな中途半端なものを上映したくないと思ったのだろう。先日、ノブに訪ねたら、彼も同じような記憶を持っていた。生意気な奴らだ。四の五の言わずに黙って上映してもらっていたらよかったのに。

その代わりにといってはー何だが、初号プリントが上がると、僕らはすぐにそれをＶＨＳに変換し、プラネットのトミオカさんに送った。ＰＦＦに送ろうとも思っていたが、その前に自分たちで上映したいと考えていたのだ。「エログロナイト」でクマさんたちがそうしたように、僕らはゴウの卒業制作と一緒に上映イベントができないかと考えていた。これはノブの発案だった。

そのゴウの卒業制作映画『ＮＮ‐８９１１０２』だが、『どんてん生活』と同じく、卒業制作上映会のパンフレットに名前はない。けれどゴウに聞いてみると、上映会で上映した記憶があるそうである。

こんぶ亭でのクライマックスシーンの撮影を乗り切ったゴウとノエルは、編集、音入れの作業の合間にもスタジオにこもり、音楽仲間の協力を仰いで、壮大なサントラを作り上げた。ラスト、爆音に飲み込まれてゆく主人公の上に降り注ぐテーマは、物語の中のもう一人の主役だ。この特異な映画が上映会で果たしてどんな反応を受けたのか、それを知ることができなかったのは、上映会に赴かなかった後悔の一つだ。

完成は難しいだろうと悲観していた僕らの予想を超えて、紆余曲折がありながら、ゴウは強度の高い、彼にしか作れない映画を完成させたのだ。それは彼の四年間の総決算であり、色褪せない一つの代表作となった。

大学で時間を共にした友人たちは概ね束縛を嫌う野放図な奴らばかりだったから、行事ごとなどには顔を出さないのだろうと思っていたが、蓋を開けてみれば、一食でつるんでいた友人たちのほとんどが卒業式に顔を出していた。この辺りがまだまだ子どもっぽいというか無邪気というか、可愛らしい若者たちである。着慣れないよれよれのスーツに身を包んで卒業証書を受け取るみんなの姿は、これから社会に出るなんて到底思えないほど頼りなかった。

卒業式が終わると、持ち込んだ缶ビールを一食で飲みながら適当にみんなで過ごした。夜になり、大学近くのサイトーくんの住処、林荘に流れて、本格的に飲み始めた。卒業祝いなんて洒落たものではなく、ヤニと煙にまみれた汚い室内で、眞露か発泡酒、よくて二階堂をそのままストレートで飲むようないつもの安い宴会だった。ラジカセからはノイズやスカム音楽が流れていた。

気がつけば、大勢の卒業生が林荘に集まっていた。中には深く知り合った奴、そうでもないけれどいつも近くにいた子、近づきたかったのにその機会が最後までなかった人、そして後輩たちも顔を見せ、寮の廊下や表の地面、そこかしこで酔っ払っては、誰かが喚いている。

四年という月日が、人にとってどれほどの重さを持つものかはわからない。それは一様に測れるものではなく、経験する事柄、環境、年齢によって体感も捉え方も違ってくるだろうからだ。

一八歳から二二歳までの四年間の生活が自分に何を与えてくれたのか。到底成長したとは思えない代わりに、自分を取り巻く世界の全てが確実に変わってしまったことだけは実感していた。もう、一〇代の頃のような憧れを持って映画を観ることも、音楽を聴くことも、小説を読むこともできない。曲がりなりにも創作の向こう側を覗いた僕らは、胸の内の欲求を形にする術を少しずつ身につけようとしていた。

階段に腰掛けてモリタくんと話し込んでいると、フセくんの悲鳴が聞こえた。見ると、口論で揉めたらしいゴウが、フセくんを二階の窓から落とそうとしている。

「ゴウ！やめろ！」

声を上げるフセくんも、彼を窓から放り出そうとしているゴウも、へらへら笑っていた。なんだかなあ、とみんなが呆れて見ている。最後までそんなことの繰り返しだった。

ポケットの中の携帯電話が震えた。画面の着信を見ると、プラネットのトミオカさんだった。

「もしもし」

「ああ、向井？」

特徴のあるダミ声が響いてくる。

「山下に繋がらんかったからそっちにかけたんやけど……映画、観たよ」

「そうですか⁉ど、どうでした？」

「……ま、ええんちゃう？」

「？」

「おもろいんちゃう？」

「大丈夫ですか？」

「どうせオモロないやろって寝ながら観てたんやけど、気がついたら前のめりで観てたわ」

「ホンマですか⁉」

「ナナゲイの松村も一緒に観てたんやけどな。こら、何とかしたらなあかんなって話になってん」

「ノブと、あとゴウの映画もあるんですけど、『ＮＮ‐８９１１０２』っていう映画なんですけど、プラネットで一緒に上映できないかって思ってて」

「ああ、聞いてる。それなんやけどな、松村とも話してるんやけど、ナナゲイがな、経営難で今度閉まってまうねん」

「十三の第七藝術劇場ですか？」

「うん。五月か六月に。閉館したら、二週間借りて、そこで上映したらどう？って話。プラネットでやっても小さく終わってしまうからな。もっとでっかくやろう」

「なるほど」

「ともかく、近いうちみんなでプラネット来れる？」

「はい。みんなで行きます！」

大学を卒業したという実感は何もなかった。明日には河南町を脱出し、大阪市内に引っ越しをする予定だった。上映に向けた宣伝活動、赤犬の音楽を待った再ダビング、当面を生き延びるためのバイト、そして次にみんなで作る映画……やるべきことは無数にあり、世界はまだまだ十分に広い。

僕らはまだ何者でもなかった。

そこに、なかったもの――あとがきにかえて

ここまで読み進めてくれた読者諸氏に感謝すると共にまずは謝りたい。大阪芸術大学とは何か、正体を解き明かすつもりが、ただの自主映画の制作日誌のような体裁になってしまったことを……。

言い訳を許してもらえるなら、聞いてほしい。大阪芸大にいた四年間、先の見えない不安な僕の生活の礎となって支えてくれたのは、映画だけだった。僕は映画を作るためにアルバイトをし、映画とは何かを知るために映画を観て、技術を盗みたいから先輩たちの自主映画作りを手伝い、一人では作れないから人を巻き込み、友達を作った。本当に、本当に映画しかやってこなかった。そんな僕が大阪芸大の本を書こうとすると、そのことより他に書く記憶があろうはずがなかったのだ。

そんな中でも、様々な年代の卒業生に在学中の思い出を聞けたことは僥倖《ぎょうこう》だった。大きな発見と、新しい気づきに出合わせてくれた先輩諸氏には感謝している。

彼らの証言から大阪芸大の時代をあらためて振り返ってみる。

七〇年代は学舎こそあれ、まだ大学の形も成していなかった。そこは荒涼としたフロンティアで、来たものを絶望させた。

八〇年代の大学は「檻」。つまりはどれだけ早く抜け出すことができるか。「大阪」の名に惑わされ、古墳しかないような辺境に連れてこられた若者が自分を見つめる場所。しかもやってくるのは暴走族上がりの不良と趣味の偏った変人ばかりで、油断した人間から篩《ふるい》にかけられ、淘汰されてゆく。

九〇年代はモラトリアム。バブル景気の枯野の上を、焦りを通り越した諦念と虚無が支配していた。新しいものは最早何も生み出せないというのなら、せめて自分たちだけでも楽しもうというコミューン的な空気があり、外に出れば、チーマー崩れの地元の不良に「芸大狩り」と称して襲われることもあった。

ほとんどの卒業生が口を揃えて嘆く、その大学の立地状況も大きな特色の一つだろう。大阪とは名ばかりの、原付で10分も走れば奈良県に入るという県境。夏はマムシが出て、冬は猿が出る。なのに街を歩けば若者だらけ……。

綺麗に言えば芸術村と呼べなくもない、その隔離されたような環境は、同じ土を踏んだ者との同情を生んだ。今でもときおり、知り合った人などに、

「私も大阪芸大出身なんです」

と言われると、

「そうか、あなたもあの辺境で四年間を……」

と、つい握手を求めてしまう。いわば戦友に近い。彼の地は東京から遠く、そして「大阪」からすらも遠かった。

そんな環境で形作られた大阪芸大は、一体どんな人間を生んでいったのか。そのことを示唆する言説がある。第二章でも紹介した映画監督の山賀博之氏が取材時に語った言葉だ。少し長いが、引用させていただく。

名前が非常によく似ているために比べられる大学に東京藝術大学なんかがありますが、例えば東京藝大って「芸術の教養の世界」じゃないですか。芸術というものを教養の側面から教えているのが東京藝大ですよね。こう言ったら失礼だけど、多摩美とか武蔵美に入る人っていうのは、東京藝大に行けなかった人だと思うんですね。で、多摩美とか武蔵美っていうのは、もちろん先生もそれなりの人がいるから、教養的なことも一応頑張りはするけど、大学の役目としては職業訓練だと思うんです。例えばデザイナーとか、実際の職業としてそれをやっていく人たちを教育している。東京藝大の学生って必ずしも就職しないんですよね、本当の「芸術の教養の世界」だから。

じゃあ、翻って大阪芸大は何なんだというと、そのどっちも持っていないんです。教養もなければ職業訓練にもならない。でも面白いもんで、大阪芸大出身者って、いろんな世界にすごい蔓延《はびこ》っているじゃないですか、言い方悪いけど。

それはなぜなのか。

意外なことに、世の中の人って、芸術家か職人、その二つしかないと思っているんですよね。でも、いわゆるクリエイティブとか創作系の仕事って、大半が職人の仕事でもなければ、芸術家の仕事でもないんです。大半がどっちでもない。もちろん職人的な仕事をする人、芸術の世界で自分を押し上げてゆく人、それはいてもいいし、やられているのはいいと思うけど、実はこのクリエイティブという世界でいうと少数派です。大阪芸大は、「教養と職人の隙間」にいるんです。

僕が大阪芸大出身者が「蔓延っている」という言い方をする理由はそれです。みんな芸術家として尊敬されているわけじゃないし、職人だねって思われているわけでもない。でもなんかいるんです。しかも長々と飯を食えていっているわけです。その領域には名前が付けられていない。実は大きな部分を占めているはずなのに……。

教養と職人の隙間

教養と職人の隙間、そこに名前を付けるとしたらどんな言葉になるのか。取材の後から今日まで、僕はずっと考え続けてきた。けれど今になってあらためて思う。そこに名前を付ける必要はない。むしろ付けてはいけない。決めつけてしまうと、大阪芸大の大阪芸大たる所以からますます遠ざかってしまうだろうからだ。

「大阪芸大は、なんか謎」

それでいいんだと思う。

最後に僕の見解を少しだけ述べさせてもらう。

大阪芸術大学を紐解こうとする書籍の最後にこんなことを言うのは身も蓋もないかもしれないが、大阪芸大には他の美大芸大と違った特別な何かがあるのかと問われれば、

「何も違いはない」

としか僕には答えられない。自分のことを照らし合わせれば、大学という場所は何ら特別ではなく、

「出会いがすべてだった」

結局はそう言うしかないのだ。

大学に入ったことで、僕は実に様々な人々と出会った。まるでトーマス・マンの『魔の山』で描かれた無垢な青年ハンス・カストルプのように、僕はその全ての人々に感化され、日々、昨日とは違う自分を見つけていった。僕の半生を振り返ると、大学進学以前と以後で世界ははっきりと変わってしまっている。

そこでは全ての思想や意見、音、言葉、不満、欲望、ルサンチマン、屈託、不安、羨望、嫉妬、希望、絶望が肯定された。

僕の周りにいた学生たちは王道を嫌った。彼らは物を作るより、壊したがっていた。美しい旋律よりノイズを愛した。精緻な絵画より子どもの落書きを目指し、練られた物語より、衝動をどうやったらフィルムに焼き付けられるのかを考えていた。理屈は全て言い訳ととられた。安定よりは破滅に向かうことを良しとしていた。大抵、どの友人の部屋に行っても、中島らもの

本が一冊は置いてあった。大阪芸大の卒業生だった中島らもは、まるでアリストテレスのように学生の間で語り継がれていた。

その熱を若さと言ってしまえば、そうかもしれない。でもそれだけで片付けてしまいたくない思いもある。あの四年間で変えられた意識のままで今も生きているからだ。

とりわけ映像学科で出会った人々の影響は大きい。クマさんがいなければ僕は映画は作るものだと思えなかったし、ノブやハヤト、たっちゃんがいたからこそ、その第一歩を踏み出せた。教授の中島貞夫先生も外すことができない。「お前は書ける人間だ」と勘違いさせてくれたおかげで、十人並みとはいえ脚本家になれたのだ。

大学で知り合った友人たちとは今でも折に触れて集まる。桜が咲けば花見をやり、年末になれば忘年会にかこつけて酒を飲んでいる。近頃は彼らの子どもたちもいる。話題はすっかり変わったけれど、気分は一食のままだ。

ノブとは今も一緒に映画を作っている。たっちゃんもカメラマンとして立ち、今でも現場が終わると誘い合って映画を観に行く。ゴウはゴウで、ブレずに自分の映画と向き合っている。クマさんも映画を撮り続けているし、ハッシーさんもカメラを回している。元木さんや本田さんも映画監督として第一線で活躍している。ハンチョウさんは今やベテラン俳優だ。

そんな風だから、生業として映像業界に身を置いているけれど、毎日が学生生活の延長のような気がしてならない。二章で誰かが言ったように、僕も未だ大阪芸大を卒業できていないのかもしれない。

大阪芸大の歴史を紐解くにあたっては、僕の力不足もあって、自分が在籍した二〇〇〇年あたりまでの状況しか追えなかった。あれからすでに二〇年が経過しようとしている。その期間も大阪芸大は大きく変容し、色を変えているに違いない。その辺りのことは、やがて来る新しい破壊者たちに記してもらうのが適当だろう。後人を待ちたい。

大阪芸術大学には、あのころの僕にとって必要だったものの全てがあった。ただそこには、芸術だけがなかった。僕の考察はここで終わる。

◉謝辞

本書の執筆、編集、制作に際して、多くの関係者・関係先に、取材、情報・資料提供、事実関係の確認などで助力をいただきました。ここに謝意を表します。とくに以下の方々の存在あるいは協力がなければ、本文の叙述が成り立ちませんでした。お名前を記すとともに、深く感謝申し上げます。向井康介

玉置朋之、中島貞夫、森野順、村主岳史、前田隼人、山下敦弘、森田富士郎、布施圭次郎、柴田剛、熊切和嘉、財前智広、橋本清明、小木曽健太郎、橋本裕二、宇治田隆史、元木隆史、本田隆一、山本浩司、林健太郎、和氣俊之、三上純未子、澤田俊輔、杉原敏行、仙田学、東野哲也、平良勤、木田茂、近藤龍人、河村光代、斎藤洋平、坂本一雪、山本剛史、大澤ヨシノリ、池永正二、橋本有生、高杉賢、斉藤美樹、中西ノエル、魔夜峰央、工藤皇、工藤陽子、工藤智美、藤吉久美子、山賀博之、古田新太、赤犬、水口祐介（グッチ）、前田博道（ロビン）、岡澤理秀（リシュウ）、上田文人、デハラユキノリ、名越啓介、佐伯慎亮、オシリペンペンズ、石井モタコ、山内マリコ、木村好克、松本アキラ、寺内幸太郎（寺内康太郎）、富岡邦彦、安井善雄、安井聡子、西尾真生、松吉巌、宇田鉄平、今枝真紀、康李丹、須田結加利、藤野ミチル、柳田佑子、森田哲徳、呉美保、石塚洋史、荒川輝彦、小木曽祥子、大阪芸術大学企画広報部（以上、敬称略、順不同）

著者紹介

向井康介（むかい・こうすけ）

一九七七年徳島県生まれ。脚本家・作家。九五年、大阪芸術大学芸術学部映像学科入学（V95）、九九年卒業。在学時、山下敦弘や熊切和嘉たちと出会い、映画の世界へ入っていく。卒業制作で脚本を手がけた『どんてん生活』（監督・山下敦弘）は、二〇〇〇年にゆうばり国際ファンタスティック映画祭のオフシアター部門にてグランプリを受賞。〇七年、『松ヶ根乱射事件』でシナリオ作家協会主催第10回菊島隆三賞を受賞。一四年、文化庁新進芸術家海外研修制度で北京に留学。一七年、咲くやこの花賞受賞。映画作品に『マイ・バック・ページ』『もらとりあむタマ子』『聖の青春』『愚行録』『ハード・コア』など、テレビドラマ作品に『深夜食堂』『植木等とのぼせもん』など、著書には『猫は笑ってくれない』（一八年、ポプラ社）などがある。

大阪芸大《おおさかげいだい》

破壊者《はかいしゃ》は西《にし》からやってくる

2019年8月20日　第1刷　発行

著者　向井康介《むかいこうすけ》

発行者　千石雅仁
発行所　東京書籍株式会社
〒114-8524東京都北区堀船2-17-1
03-5390-7531（営業）
03-5390-7512（編集）

編集担当　金井亜由美
ブックデザイン　坂野公一（welle design）

印刷・製本　図書印刷株式会社

ISBN978-4-487-81138-0　C0095

出版情報　https://www.tokyo-shoseki.co.jp/